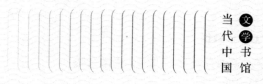

当代中国 文学书馆

落满尘埃的旧事

梁讷言 著

中国文联出版社

图书在版编目（CIP）数据

落满尘埃的旧事 / 梁讷言著. -- 北京：中国文联
出版社，2017.2（2023.3重印）

ISBN 978 - 7 - 5190 - 2559 - 5

Ⅰ.①落… Ⅱ.①梁… Ⅲ.①散文集—中国—当代
Ⅳ.①I267

中国版本图书馆 CIP 数据核字（2017）第 031775 号

著　　者　梁讷言
责任编辑　郭　锋
责任校对　乔宇佳
装帧设计　中联华文

出版发行　中国文联出版社有限公司
地　　址　北京市朝阳区农展馆南里 10 号　　邮编　100125
电　　话　010 - 85923025（发行部）　　85923091（总编室）
经　　销　全国新华书店等
印　　刷　三河市华东印刷有限公司

开　　本　880 毫米×1230 毫米　　1/32
印　　张　12
字　　数　147 千字
版　　次　2023 年 3 月第 1 版第 2 次印刷
定　　价　75.00 元

序　言

旧事飘逸乡愁

谭　谈

　　与讷言相识好多年了，还是在 20 世纪 80 年代初，我的家乡涟源主办文学创作学习班，我被喊回去讲课，在听课的那群文学青年中，就有讷言。只是当时他"认识"了我，我尚不"认识"他。好多年后，我们在风光秀丽的涟源白马湖边兴建了湖南文艺家创作之家，为了创作之家的植树绿化事宜，我们向涟源园林局求援。很巧，已是市城建局副局长的讷言，正好分管园林局的工作，他给了我们很多的帮助。此后，我们的交往就多了。

　　某一天，他交给我一篇短文，写的是涟源老城的事，文笔流畅，也极有情趣。我推荐给省里的一个刊物，不久就发表了。从此，我时不时在报刊上读到他的作品，一晃，二十来年过去了，我已年逾古稀，他也快入花甲了。最近，他告诉我，想把往日写下的这些短文结集出版，希望我在前面写几句话，盛情难却，友情难忘，我爽快地应允了。

人生是一段旅程，一个人在这段旅程上走过五十年、六十年，总有不少难以忘怀的往事、趣事想对人说，且这些往事、趣事里，融进了你对人生深深浅浅的感悟。这些，如一个一个光团，浮现在你记忆的河流里，使你忍不住地拿起笔来，把它描绘出来，倾诉出来。今天看起来，这些都是"旧事"了，然而，在这些"旧事"里，有自己对童年的怀念，对故土的爱恋，对亲人的感恩，对人生的感悟……这些，这些，不就是乡愁吗？

不错，讷言的这些"旧事"，虽然落满尘埃，但却飘逸着浓浓的乡愁。

写下这么几句话，算作序言吧。

2015 年 9 月 5 日　长沙

目　录

怀旧篇

怀想老火车

当我们对某种东西产生怀想和思念时，往往是因其已经消失，或者远离。

现在我想说的，是那种旧式的蒸汽机火车，我们称它"老火车"。

其实，老火车的最后消逝距今还不到四年，我却开始怀想它了。

今天，在这个油菜花开得十分热烈的黄昏，我散步来到蓝田西郊的铁路桥上。

桥东两百米外是我读书发蒙的光明小学，桥西不远处就是我儿时的居住地柳家湾，家里与学校隔河相望，而上学却要绕道跨过那座很有名气的蓝溪桥。我费这么些口舌，就是想说，儿时，我就整天在这一方天地折腾，这里有足够的空间盛下我那时所有的快乐和忧伤，有足够的时间让我任意地挥霍。

当我百无聊赖地游走于铁路桥边，突然，传来一声尖厉的汽笛声，旋即，一辆电力机车从身边飞驰而过，对于这个红外壳的怪物，我有一种陌生的不顺眼的感觉。它过于精致，完美得毫无情趣。总觉得，火车就应该是那种外形粗糙，笨重庞大，伴随有浓浓烟雾和蒸汽喷射才合理。

今天，我所驻足的铁路桥，是一座五十年前修建，早已闲置废弃的老桥，它只属于蒸汽机火车，十余米外才是电力机车整天往返不停的新桥。

老铁路桥曾历经沧桑，它始建于 1936 年，两年后正式通车，是通往黔滇的军事要道。通车不到四个月，也就是 1939 年 6 月，为防止小日本沿线西侵，湖南省政府奉令"毁路抗日"，老桥连同本县境内的火车路基被毁坏殆尽。至 1958 年，本县发起一万多民工，历时三年再次修建通车。

说起来，我与老火车是很有机缘的。

记得上小学不久，就遭逢那场史无前例的运动，因老辈们的历史问题，我在学校自然就屡受歧视，为躲避那种轻蔑与鄙视的目光，为找寻一份简单的快乐和自在的天地，我选择了逃学。当然，逃学的肯定不单有我，柳家湾的谭子杰、厥再兵等比我更甚，臭味相投，我们自然就成了莫逆之交。

于是，我们几个拉帮结伙，在柳家湾的青石板巷子里横冲直撞，在蓝溪桥上惹是生非，在河岸边爬坑上树，在河里用"狗爬式"游水，双脚"扑通扑通"踢打得水花四溅。玩累了，就在铁路桥边一块长满青草的地坪上东倒西歪胡侃乱吹。

有时，我们会远远地望着火车站，只要哪个火车头喷出滚滚蒸汽白雾，发出粗犷洪亮的汽笛声，我们就知道它是要开动了。一次，头儿谭子杰略有所思地冒出一句话："总有一天我要坐上火车去很远的地方。"顿时，我心中好一阵躁动，只觉得眼前的天地开阔了许多，阴郁的神情豁然晴朗得万里无云。

在那个飞扬跋扈的少年时光里，我们一如既往地逃学，洒脱不羁地成长，懵懂、单纯、执着、无所顾忌。爱摊开地图用手指在上面画来画去，告诉自己以后要到这里，还要去那里。

总算熬到了初中毕业，当时因家庭出身不好，谭子杰他们小学没念完就辍学了。而我呢，父亲找到远在百里外的春元中学当校长的老战友，我才得以继续上学，那是一所名扬四方的老校。于是，我就真的开始坐上火车去了远方。

记得当时去学校的车票是八角钱，凭学生证可减半，那是个无愧于贫穷、落魄这些词语的年代，为能经常回家，为能省下极有限的银两，在火车上就有了许多花样辈出的逃票招数，比如：

几个同学合用一张车票巧妙地转手，以应付查票；

钻进厕所或座位底下躲过查票；

要不，干脆谎称车票丢失。

虽然也有侥幸过关的时候，但多数情况是被鹰犬般的列车员查出。那时是没有法制意识可言的，我们常常受到极端轻蔑的搜身，搜到钱就补票并被罚款，搜不到就在下一个车站被强行赶下车。

一个初冬的晚上，我被中途赶下车后，爬上了一辆开往学校方向的货车。不料，学校所在地是一个小得不能再小的车站，每天仅有一趟慢车停靠，火车一路滔滔把我载到了离校六十多里远的湘乡车站。

途中，我开始害怕起来，甚至连舍身跳车的念头都有了。下车后，望着眼前陌生的黑茫茫一片，我感觉到透彻肺腑的寒冷。在这举目无亲的异乡，在这孤苦无援的冬夜，我突然就领悟到什么叫寂寞、苦难和绝望。此时，我任由清泪长流，我把脚步迈得无比坚强。

当我终于在第二天下午回到学校后，因饥饿、因疲累，我死去活来地大病一场。躺在阴暗拥挤的宿舍破床上，茫然无助地盯着天花板发呆，大概就在那一刻起，我突然觉得自己开始长大了，我用滴血的心向自己发誓：今生今世我要混出个人模狗样来，再不去逃票，要堂堂正正、理直气壮地去坐车。

在这个既让我满心愉悦又饱受磨难的火车上，我曾有过美好回忆的艳遇，也有过面色尴尬的相逢。

艳遇总有千篇一律的雷同，我会在以后的文字中详细述说，而有些尴尬的相逢，我又很不应该讲出来，为满足诸位读者的好奇心，我还是极不情愿地简略说其中一次吧。

那是一个仲夏的深夜，车厢照例很拥挤，人就显得疲惫且睡意难耐，车过娄底站不久，朦朦胧胧中感觉有人在触动我的膝盖，便勉强睁开睡眼，不禁倒吸一口气，只见一个熟悉的身影，他正在翻扒对面座位乘客的口袋，"哎，潭子杰……"剩下的话语被我牙关一紧生生咬断在嘴里，他恼怒地扭头瞪我一眼，一怔后，他勉强挤出一种比哭还难看的笑相，向我点点头算是招呼过了，然后装作若无其事地走开。我清楚地记得，他的身后跟着厥再兵。

后来听说，他们俩常在这趟火车上以此谋生，干这一行总有失手的时候，总有遭受极难承受的痛打的时候，并因此而几次在高墙内度过漫长岁月。

十年前，他俩再次走出高墙时，我约其在茶楼小聚，并尽我所能给予一点资助，劝他俩改变谋生的方式。现在，他俩仍穿梭于火车上，只是，如今早已今非昔比，有软卧绝不屈身硬卧。

如果连座位也没有，就改乘飞机，挖空心思倒腾着诸如建材、煤炭与矿石等乱七八糟的玩意，终日里天南地北一顿乱跑。

我突然就想起，谭子杰曾说过："以后要坐火车去很远的地方。"

看来，只要胸中有志，再远的路也阻挡不了跋涉的脚步。

后来，当我真正地长大了，为生计为前程，我一次又一次登上火车远行。在不断的离开和不断的返回中，火车、铁轨、木质的枕木、青灰的垫石、浓烈的蒸汽、洪亮的汽笛，这些撩人心脾的景物常勾起我对生命的感怀，也注定与我生命里盲目的激情有关，与流逝的岁月有关。

每次远行归来，我在家乡熟悉的站台上，总感到既疲乏又温暖，心中的神往与期待、迷茫与思念，经过无数个白天黑夜的淤积，终于可以卸在了这个久违的车站。

而每次在站台上为亲人好友送行，当火车喷出浓浓白雾，拉响震耳汽笛，于是，生命的短促和人的命运，就都融浸在这片刻的招呼和道别声中了。

我想：只有蒸汽机火车的原始和朴素，才能把远行和离别渲染得那么隆重。

据说，世界上最后一条正式的蒸汽机干线——内蒙古集通铁路，于 2005 年停止运行，从此，这个被称为"钢铁巨人"的蒸汽机火车便成为一个时代的背影，与我们渐行渐远。

于是，留给我们的就只有怀想了。

不过，能拥有这些怀想，已经足够了。

蓝田往事

这个初夏的午后，阳光温润而又和煦，天气好得无可挑剔，在这样的天气里，是应该写点什么的。

多年里，我无论遭遇如何，都没有离开过对往事的回溯，而这些过往，都和我所居住的小城蓝田有关，我的文字，也总是以这些作为支撑。

今天，我想写的依旧是这座小城，可是，当我终于要动笔时，又不知该写些什么为好。思索良久，心底里冒出的一句话竟然是：这个时代尘土飞扬。

说起来，我应该算是这里的老土著，这里是我的摇篮，也将是我的坟墓，我把一辈子，这仅有的一辈子全部交给了它。年少时，曾在城东的水晶阁河对岸、城南的民主街星桥旁、城西的柳家湾松柏园、城北的县衙所在地李园和城中央的腰桥边等地居住过。

多少年过去了，今天，当我再端详这座小城时，满眼的嘈杂纷乱花里胡哨，总有一种陌生的不顺眼的感觉，许多的建筑叫不出名字，更别说居住在这里的人和事了。要知道，孩童时，我连这里窜过的猫狗和飞翔的鸟儿都认识。

在历史的长卷里，一座小城的变迁，很容易就会被那些泛黄的典籍所遗忘，一张纸翻过去，一千年就过去了。

屈指一数，这座小城已很有些年头了，远在春秋战国时就有人在此聚居。

至明万历初年，锤家坳（现火车站东侧）便有经商的小店铺。

清嘉庆县志记载：蓝田城"溪环绶带，曲列锦屏，两岸间阎阎扑地，楼阁凌霄，商客骚人，往来云集"。

清光绪八年，锡矿山正式开采，锑砂由这里船运至湘潭、长沙、汉口，而矿山所需生活物资则由这里转供。为方便经营运输，沿河两岸店铺作坊日渐增多，形成两条各三华里的长街，故有"先有锤家铺，后有蓝田城"之说。

而真正让人开始记住这个地方的时候，是一大帮人的到来。1938年抗战初期，从省城长沙同时迁来六所中学、三所大学，不足八千人的小城猛增至四万多人，大学问家钱钟书、茅以升等人也混杂其中。三年后，一个叫梁汉化的人，在常德大会战时，与倭寇一场异常激烈的厮杀中伤了一条腿后，拍打干净满身的火药硝烟气味，回故里接管了镇公所的钥匙。他挂着一根文明棍，戴着一顶瓜皮帽，领着几个扛汉阳造步枪的团丁，疏通河道，整治街巷，在他的任期内，城里干净整洁，秩序井然，夜不闭户，路不拾遗。

我记事伊始，蓝田城里的大街小巷全是长条青石板铺就，由于年代久远，凹凸不平的路面青幽发亮，最适宜草鞋、布鞋的踩踏，或光着脚丫奔跑。

涟水河穿城而过，沿岸是错落有致的吊脚楼，河面有两座爬满青藤的石拱桥。河水清澈见底，上游一架硕大无比的水车，终日里吱吱嘎嘎响得清脆。每逢端阳节总要赛龙船，从墨溪口码头一直划到水晶阁。

两岸各设一所中学、两所小学，全是由破庙改建而成。

南岸的民主街铁匠铺很多，沿街摆满了各种农具和家用铁器。北岸的永兴街聚集着开织染坊、开竹制品和冥纸香烛花圈铺的。

新建街多是制作斗笠和油纸伞的匠人，还有从事牲畜交易和屠宰买卖的。最繁华的要算中山街，南杂百货一应俱全，饭店、面馆、钟表铺、书铺，无所不有。

城南的洪水岭，是一片望不到边的原始森林，两处寺庙晨钟暮鼓，终日人头攒动香火不断。

城北的猴子山，是一处人工建成的青年公园，浓荫遮日，曲径通幽，水榭亭台，鸟语花香。

那时，行走在蓝田街上，就如同在古代的《清明上河图》里穿梭。

我总以为，这里从来就不适合韬晦养志，任你是个什么人物，要施展才华和拳脚，只能远天远地出去折腾，在灯红酒绿的蓝田街上一住，豪情壮志就算是到头了。

比如，在中国近代史上赫赫有名的李燮和，辛亥革命时期的同盟会首领之一，曾五任总司令，却在43岁正值壮年时，便毅然返乡闲居。著名抗日将领，国民党王牌军第73军15师师长梁祗六，也在50多岁便解甲归田。在那兵荒马乱的时光里，李园、松柏园、五车堂等深宅大院里，都曾演绎过倚红偎绿、妻妾成群的往事。

"开轩面场圃，把酒话桑麻"；

"茅檐长扫净无苔，花木成畦手自栽"；

"长安一片月，万户捣衣声"；

仅四十多年的光景，当我再读这些古典诗词时，竟有恍若隔世的感觉。

其实，何须祭典古诗，就连我这代人的少年记忆也被摧毁了。

方正笨拙的楼房，取代了粉墙青瓦疏密有致的韵律。

铝合金玻璃繁乱的光线，搅浑了天井里亘古以来的那份幽雅与宁静。

那些青山绿水，草长莺飞。

那些夏夜流萤，遍地蛙声。

那些飞檐翘角，粉墙黛瓦。

那些扁舟轻摇，鱼戏虾翻。

还有那古老的寺庙，及雨润烟浓的小巷……皆在一夜间消逝了。

这些年里，不知谁还见到过一只登堂入室的燕子，一只自然长大的鸡鸭？

谁还听到过深巷里挑担走贩者的吆喝，夜半更夫单调断续的梆子声？

谁还吃过不含添加剂的面食餐饮，不施农药化肥的时鲜蔬菜？

谁还见到过遍野闪动的萤火虫，谁还遇到过真正的黑夜？我是说那种伸手不见五指让人恐惧的夜晚。

谁还见到过蹦蹦跳跳自己上学的孩子？我们那代人可全是

自由快乐地在这小城里乱窜乱跑长大的呀。

还有那河中小舟，坝上水车呢？如今干枯的河床上甚至可以穿布鞋跨过，更别说赛龙舟了。

这个时代纷纷扬扬的尘土，日复一日地任性散落，早已把小城搅拌罩盖得不伦不类面目全非。

时世变化太快，让人眼花缭乱，来不及驻足，来不及回味，来不及告别，甚至来不及回头再看一眼，一眨眼工夫，无数物景就只剩下了背影，只留下了回忆。这对于一个内心喜欢稳定和秩序的人，一个与现代水土不服的人，我惘然失措，只觉得一股苍凉破空而来。

所有远去的岁月都要成为往事，没有例外。而我却每每于红尘疲累之际，总想回到旧时的小城，在一个露水微凉的晨晓，悠闲地漫步在只有石板路的街巷，游览只有那时才有的清明寂静和丹青水墨。

远逝的松柏园

记得我曾写过儿时的蓝溪桥和柳家湾，其实，我最该写的应是松柏园，在那里一住就是十年，我的少年时光就整个地丢弃在了这座院落。今天闲来无事，我去了趟松柏园，试图去寻觅故家旧宅那些风晨雨夕的往事。

松柏园位于柳家湾西侧，在旧时的蓝田城，它的规模仅次于李园，是一座气势恢宏、极尽奢华的庭院。

园主谭孝昂经营药材与布匹，自家两条货船常年奔忙在蓝田至湘潭、长沙、武汉的河流上，买卖做得很大，但为人处事就像他矮小的身材一样低调，终日里一身破旧绸布袄裤，手持白铜水烟壶，微睨着细长的眼睛，老像在沉思什么。看到他的这副模样，总让人觉得欠他一百吊铜钱似的。

院子坐南朝北呈田字形，占地三十余亩，门庭僻静俭朴，一条狭长幽暗的青石板小巷通往柳家湾街道，门前是有名的柳家大塘。一脚踏入门庭后，才让人感觉气度不凡，进门处的东北部是一处用精致青石板铺就的大地坪，东南部是一栋两层楼房，青砖砌筑，棕黑木柱门窗，粉色马头墙。走进楼内，里面迷宫般左弯右拐，有回廊环绕，有甬道勾连，有十几个青石板天井，还有精美的木刻砖雕和飞檐上清脆作响的铜铃。总之，该怎么阔绰就怎么铺设，该怎么排场就怎么挥霍银两。西部是水榭花菀，高墙内绿意盎然，西北角一株古樟格外显眼。

院内亭、台、榭、阁、廊、楼，步履及处，心随景移，互为映衬，竹影迷离于砖墙之侧，美人蕉的嫣红从窗下蹿出，让人陡然生发"清风明月不须一钱买"的怡然心境。

可以想见，当年的松柏园门庭一定是人客不断。财主谭孝昂就在这座院内做着天南地北的大生意，各种信息、契约、银票及口传信札在这里频繁进出，然而往来人丁又多是神色诡秘，来去匆匆。院内是断不会库存和转运货物的，贮存和交割的地址当是十分隐蔽，不难理解，他再富有也只是商人一个，没有兵马保驾，也无官吏庇护，岂敢张扬。

少年时，我先是在李园居住，五岁时搬至松柏园。

李园是清末护国军总司令李燮和的私宅，占地百余亩，新中国成立后用作县政府机关，直至如今。

家父是本市第一任财政科科长，母亲20世纪50年代就职于县委审干办公室，我便在景致宜人的李园一处楼房（现市政府大楼车库处）度过了人生最初的五个年头。

20世纪50年代后期，政府部门看中松柏园的幽静，在其西侧建成敬老院，后来，家父改任计委主任，便让爷爷奶奶带我迁出李园，入住敬老院内。于是，我在这里开始了长达十年的少年生活。

现在想来，那真是一段人生的无尘岁月，澄清明洁。

那里聚居着二十来户人家，有着十多个比我年龄稍大的伙伴，终日里跟随他们嬉戏玩耍，时而爬上古樟捕蝉取鸟窝，时而跳进柳家大塘把水扑打得山响，甚至参与他们一起跟雷家巷子的人干架，力小掷不远东西，就帮他们捡石块瓦片。若是打输了，便狼狈逃回松柏园，这里四周有房屋和高墙阻隔，只有一扇大门可出入，进了大门就是我们的天地。玩累了，我们就在草坪上打滚，或折枝树杈舞弄。

李园收归政府后，进出的全是有头有脸人士，而松柏园呢，则各色人等鱼龙混杂。我所能记起的有：

园主谭孝昂一家挤住在大门厢房（用现代时髦话叫门卫室）

民国时期任镇长的梁汉凡家属；

老红军范志刚（市政府为其在松柏园内专建一公寓）；

抗美援越战争中受惊吓而神经错乱的军人刘丙球（大伙习惯叫他"球颠子"）；

骨科名医谭顺延、大地主厥某、富农篾匠曹某等。

"文化大革命"开始后，人们开始搬进搬出，院内宁静的生活趋向紊乱，一个陌生的时代悄悄地潜入。看来，旧时代真的要走远了。

此时，满街红绿走旌旗，大字报铺天盖地，蓝田街上的青石板路上每天都有戴高帽挂黑牌的游走者。松柏园内，几乎每家每户都有被抓去游街的，我父母和爷爷奶奶四人中就有三个列入其间。

爷爷是1938年的地下党支部书记，由党组织派遣，费尽周折打入敌方内部任保长，这时却成了严重的历史问题。奶奶当然就是反动家属了。直至1984年才由娄底地区组织部下文落实政策，恢复爷爷的党籍。父亲是走资派，三个都在批斗之列。

大人们的事乱成了一锅粥，我们这些地富子弟自然就有故事发生了。

先是地富子弟谭子杰、厥再兵、曹柏青等相继辍学，三人拜雷家巷子老殷为师，干些掏包扒袋的轻快活。因初入道，技术不到家，常见他们失手后鼻青脸肿伤痕累累地回到松柏园，有一次曹柏青行窃时不慎失手，他父亲将其绑在木楼梯上，浸在柳家大塘里，直浸得面色惨白，肚子被水胀得圆鼓鼓的，多亏有人舍命劝说才抬上岸。

后来，松柏园墙壁上一连出现两处"打倒某某某"的标语，一旦被查出，那是连命都会搭上的事。这个院子的人邪着呢，随便逮一个都可列为嫌疑对象，年仅几岁的我也被叫去反复核对笔迹，一时闹得人心惶惶。待查到荣退军人球颠子时，他一会儿承认一会儿否认，此事才不了了之草草收场。

不久，曹柏青下放农村，先是召集谭子杰和厥再兵等干些偷鸡摸狗的行当。某一天，曹柏青在邻县的托山公社武装部翻箱倒柜后一无所获，便顺手背走了一杆老式汉阳造步枪。本想改装成猎枪玩玩，不料，破案后，他便丢下伙伴们赴了黄泉路，只是不知行刑时是否就用了那杆老枪。谭子杰、厥再兵们续操旧业，在高墙内进进出出，直到前几年才走上正道。

再后来，年过花甲的爷爷奶奶被下放回老家，我也就离开了松柏园，随母亲去了城南的单位宿舍。

松柏园内家庭出身不好的几乎全部下放农村，住户换成了贫雇农出身的人家。于是，劳动人民的本色就无微不至地体现出来，花园改成了菜地，荷花塘用作粪池，所有空坪隙地都见缝插针地搭捆筑巢，假山奇石被用来垫作猪圈，鬃金的屏风牌匾被劈作烧饭的柴火，柳家大塘被垃圾填满后又盖上了民房，就连那棵几包围粗，为居住者遮风挡雨的千年古樟树也嫌碍事，竟遭砍伐。

20世纪70年代末，随着西侧围墙的砰然倒地，漫天的尘灰散尽后，这座古老院落的印记便被涂抹得面目全非。

这座庭院，交织着生命和人生的太多话题，今天我重游故地，正是夕阳晚照时分，心情和光色都适合作这样的游走。只是，物换星移，全然不见了旧时痕迹，满目都是凌乱不堪花里胡哨的钢筋水泥建筑。看来，这座名宅算是永远地消逝了，且消逝得无影无踪。

站在曾经的不事张扬的简陋门庭旧址前，怀想着遥远庭院遥远往事时，心底不免涌动着一丝难言的落寞与酸楚。儿时的那古树，那花圃，那悠长的青石板小巷，那幽静奢华的庭院，以及庭院里曾经的小伙伴，让我感到的温馨已成了生命中最难忘怀的记忆。

寻访古茶亭

远古时，我的老家应属南蛮之地。

距老家不远处，便是与黄帝争天下而逐鹿中原的蚩尤故里。老家位于古城蓝田西八华里，这里近临闹市，地处要冲，是南去宝庆府西往新化城的必经之地。自古以来，商贾官家、骚人墨客、村野匹夫流连忘返，络绎不绝，却仅有一条驿道，而少有驿站。天高皇帝远，是王权莫及之地。

一条驿道，是一个王朝的触角，不仅与快马的疾蹄有染，也与国运的兴衰相关。遥想到，一乘蹄声如雨的驿马，不是传递着边塞告急的连天烽火，便是呈报着民怨难嗔的乱世危情。

途经我老家的这条驿道，因远离王城，便少有机缘领略战事烟火，几乎成了民间的便捷通途。路人频繁地往来奔走，使我老家在细碎的脚步声中不断地繁华着兴旺着，那条细若一弦的驿道走到如今，已踩踏成宽敞平坦的 207 国道。

老家的人历来有好善乐施的古道热肠。随着地方的繁荣，衣食有余的乡亲眼见得肩挑手提的路人、抬轿推车的力夫，劳欲求息，渴欲求饮，便怀博爱之心，广建茶亭。自清穆宗同治元年始，先后在三甲、毛坪、岛石、青烟、芙蓉等处建茶亭十五座。如三甲地域的八十亭、牯亭、重熙亭、绳武亭。毛坪的颐寿亭、继志亭、岛石的爱日亭、六十亭。青烟的荆紫亭、古稀亭、雨龄亭，芙蓉的同乐亭等。

修建茶亭者，一旦竣工，还得出资购买几丘亭田，租给农户耕种，以便用此租金修缮亭舍、购置器具、支付守亭人的工薪和供应茶水等开销。

我曾手捏搜寻到的资料，遍访由老家先人修建的十几处茶亭。这些茶亭无一例外，都是青砖砌筑青瓦盖成，构造全是呈方形，正厅占亭的一半，另一半隔为三间到四间厢房。正厅通常是两侧排放几条长木凳，一张方桌上摆有一个大茶壶，几只大瓷碗。最能体现三甲先人细微人情味的是：茶亭大都让道路从正厅穿堂而过，不必问路且无须绕道。

在一个雾霭轻拂的黄昏，我来到那座苍老的牯亭，抬脚跨进亭中，就如同走进了远逝的昨天。大门只剩下棕黑斑驳的门框，全然不见油漆的痕迹，三间厢房一无遮拦，破烂的门窗洞开着。一个多世纪的风霜雨雪，都堆砌在它的屋顶和墙壁上，早已不堪重负，显得摇摇欲坠。

其他茶亭照例破旧如斯，更有一些茶亭因历经沧桑，风雨剥蚀，仅留下几处断垣残壁，一地破砖烂瓦。

凝视这破败的古茶亭，我的思绪又回到已消逝的久远年月。

遥想着旧时的行者"细雨骑驴入剑门""竹杖芒鞋轻胜马"的那份悠闲与潇洒。

遥想着那些长途跋涉的商贾、终年奔波的力夫、落魄的书生与卸任的官员，把疲惫的身子连同悲苦的心思落座在寒碜的茶亭时，一定会被茶亭那白天一间避风的屋舍，深夜一抹如豆的灯火撩拨得温馨无比。

如果是多次的饮茶或歇息，彼此间便有了一份通达与信任，对在掐算中未如期而至的熟人或过客，总有一份自然的牵挂与念叨。倘若这些人中有老病逝去，则会招致一番扼腕的叹惜。

他们之间，或许还会滋生某种互相的拜托与交往。于是，便有了一份纯真的友情，世道人心就成了喝酒聊天的上好菜肴。在这简陋的茶亭里，甚至，会有识文断字者憋不住心中慨叹，信手在灰暗的墙壁题诗赋词。甚至，在荒郊茶亭的孤苦寂寞中，上演一出萍水相逢却被别泪浥湿的短暂艳情。

多年来，心灵与情感的漂泊，我说起茶亭时总有种格外的敏感。心想：如果时间能倒流，如果生命可选择，我更愿远离现代的灯红酒绿，回到那远古的纯朴年月。期盼在某个荒野茶亭遭逢一场奇遇或邂逅，不管是惊险或艳丽，我定会欣然赴约，我决不拒绝。

蓝溪桥记忆

在蓝田街上西头，有一座爬满青藤的石砌拱挢，始建于宋，原名"柳家桥"，由地方绅士柳绍玺主修，因屡遭洪水破坏，清道光五年在现址重建，更名"蓝溪桥"。我庆幸我所出生的年月，正好目睹了桥的一段兴衰变迁，早一点或晚一点，我笔下的蓝溪桥恐怕就毫无噱头。

我儿时的记忆是从蓝溪桥开始的，那是 20 世纪 60 年代初，我小学刚发蒙，住在蓝田街上尽西头的柳家湾松柏园，每天沿着打磨得幽幽发光的青石板路，经蓝溪桥去河对岸一座破庙改成的学堂念书。路过桥上时，总要放慢脚步东张西望一番，记得东桥西两岸各建有一口石砌古井，桥北是二级石阶，桥南有二十四级。

很长时间里，桥上几个老主顾就像嵌在镜框内的照片，长年占据着桥的一隅。

比如桥南石阶旁，写有"刘半仙"的杏黄布条下坐着一位矮小消瘦的老人，背上斜挎一把油纸伞，闲时便用二胡拉着音质嘶哑的民间小调，只要花上五分钱，你就能从他那里知晓前世今生及凶吉福祸，若想逢凶化吉就加几分钱，心里便踏实了。

桥北石阶下是"响麻古"的地盘，他瘦得不成人形，满口暴牙，双腮内凹，两眼外突，嗜酒如命，身旁摆放两只大脚盆，平时贩卖鱼虾，热天就剐麻古（即青蛙），生意清淡时便从桥上放置三两根钓竿，间或收线拉上一尾小鱼。不知是他的第几任老婆，个头不足三尺，帮他打料摊点，洗衣做饭，她腿很短，站着和坐着差不多高，在我的印象里她老是坐着。

响麻古每天天不亮便摆上了摊子，从早上开始，手里就捏着一只酒壶，口袋里总装有一把黄豆或蚕豆什么的。碰上生意好，甚至会弄点花生米兜着，不时喝上一小口酒，塞一粒豆子到嘴里，"嘎嘎"地响着清脆。有时多喝了几口，面就呈猪肝色，会无由头地踢上老婆一脚，女人便惊叫一声，像鸭子一般扭动屁股走开，嘴里细碎地哼个不歇气，如果碰上响麻古脾气来了，还会跑上去再踢一脚。

桥北的一侧，一个梁姓胖汉子摆弄着一台西洋镜，杂木制成，有方桌大小，高五尺余，外壳用花花绿绿的牛皮纸粘糊着，腰中间有三个小圆孔，台前放一长条木凳，这是我最喜欢待的地方。看一个故事一分钱，一共有十来个，我的零花钱多半就供奉给了梁胖子。

那时西洋镜对我来说很神秘，现在想起太简单了，其实就是用麻绳吊挂十来个镜框，框内张贴有古代神仙或武士打斗的彩色画面，用来观摩的小孔从框内用木板封住，交了钱后再打开。凳上放有一张泛黄的用毛笔写成的节目单，观看时，胖汉子用他女人般尖细的嗓音讲解故事，故事讲完就把小孔关上，如果交了两分钱，他就放上你选好的故事继续开讲。

我们几个小伙伴通常囊中羞涩，常在别人看完后，梁胖子尚未来得及关闭小孔的当儿，几个小脑袋就齐刷刷地挤到一起往里瞅，常有头撞头发出的"嘣嘣"声，等小孔关闭后才顾得上抚摸，头上早已隆起一个个小包。

在一个阳光正烈的炎热午后，梁胖子慵懒地打着瞌睡，胸前挂着一线细长发亮的口水。我惊喜地发现右侧的小孔未关，那个高兴劲儿好多年后想起还美滋滋的。我悄悄坐到滚烫的凳上，足足看了半个小时，直到梁胖子拧着我的耳朵离开坐凳，就那一个画面，看得实在过瘾。于是，这辈子我记住了有个叫《薛仁贵征西》的故事。

那时不知从哪弄来这么多长条石板，把蓝田街上所有大街小巷铺了个遍。从桥南拾级而下，是一条百余米长的石板街巷，南端是一座电影院，一般只有学校包场时才能看上一次，大概一个学期也就包一两回，看电影比看西洋镜有味多了。

一年看两三次肯定不过瘾，我们自有办法。起先，我们在散场前就找地方东藏西躲，厕所显然不行，那是必查之处，好不容易发现幕布下的木板台底下是空的，有一小洞可钻进去，我们屡试不鲜，一个晚上可连看三场，当然，要忍受得住回家挨揍的痛楚。

后来，这个秘密被发现，我们几个小伙伴在钻出小洞时，被当场抓住，押送到老师那里，写完检讨又被家长领回。这次可惨了，屁股被竹片打得几天后坐下还痛，手掌更是肿得馒头一样。

后来，我们又长大了些，能够翻越墙头了，就常在晚上翻墙而过，趁机溜进场内。那时查票特严，手电筒如探照灯般来回晃动，极具震慑力。我们不时被揪了出来，开始一口咬定是票丢了，初犯没被追究，下次就不灵了，非要讲出座号，再到售票房一查便知分晓。我想，"揭穿西洋镜"一词的来历怕就是由此生成。

三番几次后，这个承载着儿时既快乐又伤痛的电影院就与我渐行渐远了。

让我全是幸福记忆的是桥南石阶下的面馆，那是一栋低矮的木板楼，不大的店铺内摆设三张方桌，十来条木凳，进门右侧有一个柜台，柜台内放有两个酒罈，一个米缸。漆黑油亮的台面上有三个用来盛米的锥形漏斗，那时凡与粮食作物有关的食品都要凭粮票交易，如没有粮票，就用大米兑换，三个漏斗分一两、二两和半斤，将米倒进后用木尺刮平，再抽掉底板，米就进了米缸内，经换算交钱后得一块两指宽的小竹牌，牌上刻有标记，拿牌子自己到灶台去端面或馄饨吃。这个习俗一直沿袭至今。

如今，"蓝溪桥面馆"已成了蓝田街上仅有的一家老字号门店，有人借它的牌子打到娄底、长沙开店去了。

四十多年的岁月仅改变了两样东西，即青砖地面改成水泥的，店员由当年容光焕发的年轻媳妇成了老太婆。后来有人总结过这里面条的特色：一是新鲜骨头熬成汤，二是新鲜猪板油炼成的油，三是自制的面条。如果当天骨头汤用完了，就意味着要关店门了，任你好话说尽，绝不用清汤寡水敷衍。

在我的记忆中，那时面馆的面条远不如馄饨好吃，我常边吃边看女主人在灶边包馄饨，她麻利地左手捻着薄薄的面皮子，右手捏筷子粘上一星点儿猪肉末在面皮上一抹，左手再抓合，如此反复，至十几只时往锅里一扔。灶台上摆满了大碗，碗里放有盐、猪板油、青葱、姜丝和胡椒粉，用沸水冲开，馄饨起锅入碗，清清亮亮，单单看一眼就口水直淌。

每年到了端阳节前后，河里的水就猛涨，直涨到淹没河边的井台与码头，漫溢到街面上。

这时，我们就显得异常兴奋，用各种理由逃课，比如模仿家长字迹写病假条、托同学捎信请假谎称走亲戚或干脆课间溜出，去看一帮汉子在河里打捞上游冲下的猪羊鸡，还有木料和家具等。

端阳节看赛船更是一年中最开心最快活的日子，何况我们柳家湾也有一条赛船，船上打鼓的就是松柏园敬老院的"驼院长"。他背驼得厉害，身高不到四尺，开初看到他，总以为背上藏了个斗笠什么的。

赛船时，他便穿上只有在逢年过节走亲戚出远门才穿的仅有三五个补丁的青衫蓝裤，头上系红带，腰间扎澡巾，手握大鼓锤。他打起鼓来，那作古巴经的架势真是下不得地，因个子矮，得踩个特制木板才好发力，一锤打下去，连身子都快落到锣鼓上，听到那铿锵有力的鼓声，会使人感到肌肉骤然隆起，总觉得有一股股力要往外冒。有一年，他格外兴奋，打一下锣鼓就跳一桩，不慎连人带锤落到河里，我幸灾乐祸开心得差点喷出隔夜饭。

赛船这一天，我们几个小伙伴老早就在桥上石栏边占位子。开赛后，便打起飞脚跟着赛船跑，先是蓝溪桥，后是墨溪码头、星桥、牛栏巷子码头，一路跑到水晶阁，若是哪条船赢了，我比船上的人还高兴。

不久前，我慕名去了趟凤凰城，从虹桥观望沱江时，便想起儿时的蓝溪桥，觉得凤凰城也不过如此，只是河面宽敞些，桥上多了个雕梁画栋的长廊罢了。

儿时的印象里，从蓝溪桥上向河边望去，两岸吊脚楼沿河而筑，层层叠叠，错落有致，河水清澈见底，河里卵石、水草和鱼虾悠然游移。两岸吊脚楼全用松木搭建，过些年月便涂上一层桐油，经不住长年的风和雨、雪和霜，靠近河边的木柱布满青苔，上层的门板木柱深黑乌亮，斑驳出许多怪状，显得苍凉古远。

柳家码头边的一处吊脚楼，耸立着一方高出其他屋面丈余的楼台，屋顶龙蟠凤踞，屋檐云飞雾卷，透露出主人的威仪与显赫。河两岸栏杆上万国旗般挂满各色晾晒的衣物布片，尽显生命的延绵繁衍。河边成天有用木棒槌打衣服的女人，"啪啪啪、啪啪啪……"的拍打声极具韵律，不绝于耳，沿河面迴响久远。

河中常有汉子撑着木料或橡胶胎小舟撒网捕鱼，船头立着的鹭鸶不停地扇动着翅膀，间或一头扎进水里，叼上一条活蹦乱跳的鱼来。

这时，你在暖暖的阳光下，倚靠桥边石栏不经意向下看去，可以什么都想，也可以什么都不想，很舒坦，很忘忧。

后来，一股叫"文化大革命"的风暴刮到桥上，满街红绿走旌旗，桥边屋檐下及桥上石栏杆到处贴满各色纸张，净是"打倒""狠批""斗垮斗臭"的字眼，涉及的对象上至国家领导人，下至我们学校的校长、老师，其中也有写我那当走资派的父亲，当伪保长（实为地下党支部书记，组织上安排所为）的祖父的大字报。

桥上几位老主顾中，梁胖子戴着纸质高帽子，胸前挂着黑牌子，游遍蓝田街上所有青石板路。

刘半仙早已闻讯远天远地走了。

只有响麻古神气活现地戴着红袖章，白天手握红宝书，高呼革命口号，晚间便将城里的大字报撕下，成堆成捆堆放在桥北石阶下，倒卖废纸的收益颇丰，口袋里装的全是花生米了。

不久，我年过花甲的祖父母被下放农村了，年少的我便随母亲从城西搬到城东的星桥旁。

这一走便很少来桥上。先是外出求学，后为生计奔波。直到近几年，当所有澎湃的激情已消失，所有对人生的热望已黯淡，日子变得清闲起来，每过一些时日，我总要有事无事绕道去桥上走动。

此时的蓝溪桥早已风光不再，两岸吊脚楼已由砖木水泥取代，仅存的几栋也不伦不类的半是木板半是砖墙，像不合时宜的另类寂寞凄凉。河边支撑吊脚楼栏杆的木柱已荡然无存。

河中到处拦河筑坝，河面漂浮着各色塑料袋、玻璃瓶，垃圾遍布两岸，散发着怪异气味。有人别出心裁，在桥上建起钢筋支架塑料顶的棚子，乱七八糟的摊点充斥桥面，让人窒息压抑，从桥上路过如过一趟鬼门关。

只有桥南的面馆还顽强地支撑着，以其纯正的传统味道引诱食客。

当我落座店中"吱吱"作响摇晃不定的长条木凳上，看那满头银丝的老妪蠕动忙碌，边吃边遥想往昔无忧的时光，正入神时，猛听老妪一声吆喝"三两肉丝面，快来端哟"。

　　陡然一惊后，才知道有些东西永远不老，有些记忆一生鲜活。

桥边的老井

儿时，蓝溪桥边的柳家湾井，像一个旧梦，常在我泛黄的记忆里轻轻荡漾，缠绵而迷离。

柳家湾井在蓝溪桥的北岸，与墨溪井隔河对应，相距不过二十米，成为蓝田城的两只龙眼。腰桥与星桥边的井称为龙身，十二总的井为龙尾。

即便同是龙眼，柳家湾井却是墨溪井无法比拟的。

这里的水，热天总保持离井台一米高，任几百条扁担天光挑到半夜，从不下降，水质清澈甘洌。井台及四壁用青石砌筑，石间罅隙里，蔓生着苔藓青草。夏天冰凉，寒冬时井台被氤氲水雾弥漫。

当年护国军总司令李燮和的李园大院，就常年雇几个挑夫在此井担水，民国时期的镇长梁汉凡也只吃这里的水。

我十岁那年，正好跟随爷爷奶奶搬到柳家湾松柏园，正好能摇摇晃晃挑起一小担水。记得汲水时是很需要技巧的，通常扁担木桶都由绳索连成一体，特熟练的也可以用铁钩单独勾住水桶。汲水时把扁担用力往里一甩，水桶开始侧倒，水就灌入桶内，再将扁担顺势往下抖几下，水满后，先是握住扁担后是握住绳索，一把一把往上拔。

井底离井台足有五米深，井水清亮。站在井沿，可清晰地看到井底的数枚银白硬币，几支钢笔。

那时我年幼，有几次用扁担往里甩时，用力过猛，脚底一滑，便一头栽到井里。急中生智，双手死死抱住木桶，让大人用钩索扁担勾住木桶提上井台。每次掉下井去，奶奶都要牵着我到井边喊魂，她一边抚摸我的额头一边喊："讷言回来哟"，我便应"回来哩哟"，一路喊到家。

有时挑水的人多，便需等待，若不是锅里等着用，便会有感人的谦和推让，当然，如我等愚顽孩童就不在此列。在等待中，大人们便会随意拉几句家常，开些或荤或素的玩笑，甚至会生发些男女爱慕的事来。

挑水时，总是一手扶住扁担，一手随脚步摆动，于是，那扁担就会在肩上颤悠着，跳跃着，吱嘎出一串串极具韵律的声响。把水挑回家，倒进缸里掏进锅里盛进碗里，便把一个个或咸或淡的日子悠然打发。祖祖辈辈围着这口井活下去，喝着那井水谋生糊口，娶妻成家，生儿育女，然后慢慢老去。

当我再长大一些后，便外出求学谋生。那时候，天涯夜凉，家国路远，而所有发生在井边的那些朴素平淡的情景，那些零零散散的故事，就成了我最温馨最心动的怀念。

如今，在一阵铺天盖地的所谓现代文明鼓捣下，柳家湾井似乎断了龙脉，浑浊的水弄出些怪味来。城里断电停水的时候，在喧闹熙攘的街道，也可看到有人用塑料或铁皮制成的桶挑水。只是，没有木制水桶的晃悠，没有极具节奏的扁担吱嘎声，便缺少了许多诗意的和谐，而没有那甘甜爽口的井水原味，灵魂里便多了些永远的渴意。

儿时的柳家湾

时光倒转四十年，蓝田街上尽西头的柳家湾有一条仄仄麻石小巷。这里住着我们十几个小伙伴。

一到晚上，巷子便是我们的天下了，捉迷藏、打群架、骂野话、跳坑上树、偷鸡摸狗，什么都干，就是不读书。一则城里还没电灯，煤油又珍贵，二则读书不好玩。谭子杰是我们的王，他自称"总司令"，任命我们是侦察旅长、特务营长、武工队长什么的，我好歹混上了个工兵班正班长。

那时，我们玩得最多的是捉迷藏，这巷子里好藏人，就像堆满了东西的旧屋好藏老鼠一样。

柳家湾呵，养育着我们这么些顽皮捣蛋、惹是生非，几乎弄得地方上鸡犬不宁的细伢子。

"叮、叮、叮……"不知几时起，我们这些躲在暗角里的伢子，常常要被那铁棍敲在麻石上的声音惊动，待这声音响到近处，便可看到一个长长的影子移过来。

这是一个戴墨镜的老头，他的背有些佝偻，手里拄着根用小铁棍弯成的手杖，背上斜挎一把套在网袋里的纸伞，青士林布衣裤破旧却很整洁。他不住在我们柳家湾，却间或从这小巷路过，并往往是在夜间。他住在哪里？不晓得，他要去哪里？也不晓得。怪得很，他总傍着那洒满月色的青石路行走，莫非他能感触到足下湿漉漉的月光？

呵，这个孤独的、神秘的夜行人。

孩童的好奇心是很大的。每次等他路过，我们总要缠住他问这问那，谁叫他从我们的地盘上过身。日子一久，他对我们这些童音很重的细伢子也随和起来。终于，我们晓得一点点他的身世：原来，他也曾有过一双光亮的眼睛，还教过比我们大得多的学生的书。后来，由于一些我们弄不懂的事，政府不要他教书了，要他回乡下劳动，后来眼睛瞎了。再后来，他就拄着根手杖，挎着把雨伞间或路过我们柳家湾。

嘿，教过书就一定会讲故事，谭子杰一拍后脑勺，想起这个道理来。此后，待老人再来时，便要拉他讲故事，讲那些武侠们杀杀打打的故事。然而，他不大愿意讲这些，记得他只讲过一回岳飞杀敌，可惜没有多少刺激情节，倒是对什么"满江红"的诗句又是说又是哼，得意处还摇头晃脑起来。他大都讲的是什么书生、小姐、员外、相公等乌七八糟的东西，比在教室里听课还烦人，"你们年纪小，好好读书哇，不要贪玩，回家多看点书吧，这是一辈子都用得着的。"这几句话起码讲过十几遍，人都听腻了，很讨厌。看来，叫他讲点过瘾的故事是不可能了，我们也就懒得搭理他。有一天，"总司令"心血来潮，说是要害一下这个瞎老倌子，我们都拍手叫好，谁叫他不讲刺激的故事。

"喂，老倌子，我牵着你走，好吗？"

他相信了我们，微笑着把手杖调过头，连同信任一同递了过来。

"哎，走这边些。"谭子杰抓着手杖柄，边叫嚷边拉着往那没有月亮、坑坑洼洼的地方走。

"伢崽，走错了吧。"瞎子老倌说着，他并不疑心细伢子会有什么不端，只是感到脚下的路有点不对头。

"扑"的一个跟跄，又"扑"的一个跟跄。

"不对，不对，这边走不得，伢崽，还是我自己来，自己走惯了。"他一边说一边抽回手杖，大概他认为我们自己尚不稳妥，如何能引得路呢。

我们感到刚才的恶作剧不过瘾，还要来点更厉害的。于是"总司令"寻了根木棍，悄悄地绕到前边，朝瞎子老倌脚下一插，呵，到今天我都不能忘却老人被绊倒，跪着满地摸手杖与墨镜的情形。那时候，天上有一轮墨镜片一样的月亮，麻石上有两个月亮一样的墨镜片。

爬起来，他在衣襟上擦手杖，擦镜片，然后，抚摸着摔坏了的纸伞，没有一丝哀怨，没有一丝忧伤，饱经艰辛的人是不在乎这一跤的，谁叫自己不留神呢，在这世上走路，明眼人也会跌跤的呀！

忽然，身后传来一阵嬉笑，接着是一阵碎步匆匆的足音。这时，他弄明白了自己的跌倒，是那些所信任的细伢子干的。"你们……要不得呀！"远远地，从我们背后传来这颤抖悲伤的声音。

此后，我们这条小巷里再没见到这孤独的夜行人。或许，他不再出远门了，这世上连孩童都靠不住，何况还有许多城府很深、心机很重的人。或许，他走另一条巷子去了。

世事沧桑，我把许多往事都淡忘了，但却久久地忘不了这位瞎子老倌，常想起他踉跄行步的情景，想起那令人心寒的跌跤，也想起他谈起"满江红"时的激奋神采，以及摔倒后爬起来时的坦然心境。那是位好老人呀，自己没了光明，却不住地告诫有着光亮眼睛的人去珍惜光明，他虽然没了光明，心里却是一片明净的天地。正因为如此，才执着地相信心外的世界也是明净的。

每当想起这位老人，我总要为孩提时的无知而深深内疚，经历了这许许多多的日子后，我总算懂得了关心人和需要人关心、尊重人和需要人尊重的道理。

遥远的纺车

怀旧，不是因为那个年代真的有多好，而是那时曾真实地发生过。

今年清明回乡下扫墓，绕道去看了看曾经是祖辈留下的老屋。这是栋一正厅六厢房的两层木板楼房，二十多年前，爷爷将它连带屋前四棵浓荫遮日的柚子树，作价八百元卖给了本家亲戚，实际收了五百元，那是个物资贫乏的年代。

站在破旧的老屋前，只见曾经的雕梁画栋已破烂不堪，木板已斑驳成奇形怪状，只有木柱下的几个鼓形大石墩还保存完好。据说，有人对单个石墩都出价不菲。抬头上望，是空空荡荡的楼廊，说是楼廊，其实只有稀疏几块木板摆放着。突然间，我看到了右端搁置的一台快散架的纺车。

看到那纺车，不由得想起我的奶奶来。

当年，爷爷双亲早亡，孤苦伶仃，家徒四壁，却生得俊朗清秀，玉树临风，惹得家境殷实的太外婆托媒人提亲，让其在三个女儿中任选一个，爷爷毫不犹豫地牵了大自己七岁的奶奶之手，让她的两个妹妹顿感失落。娶亲那天，嫁妆里就有这架纺车。

有了纺车，这个家就有了生存的依托。

爷爷生来就不屑农桑，摆开他几十年的谱：自小习武，进私塾，成家后贩卖烟叶，店铺学徒，自开染房。几番折腾，靠山山倒，搭墙墙塌，就去做唯一不亏本的行当——教书匠，这才把人生的路走上正道。不到两年工夫，先是被中共安化地下组织头目陈养吾看中，做些外围事务，后是加入地下党，不久成为支部书记，并把唯一的儿子也拉进党内。

爷爷长年在外折腾，生计就指望那架纺车，奶奶夜以继日地摇转，纺出的线织成纱编成布缝成衣。

我遥想到：在那个白色恐怖的年头，在那些红尘疲惫的日子里，于某个有霜或飘雨的夜晚，爷爷暂且收敛了不羁的豪情，静坐于西厢一隅，专心致志地听那嗡嗡的纺车声。在那细密均匀的节奏里，油然而生发出一些对奶奶无怨劳累的感激，对家庭无所担当的愧疚。或许，爷爷是吸着旱烟坐在纺车旁，深情地望着奶奶日渐老去的容颜，感觉到此时的一切都在世俗之外，天上人间剩下的只是屋中的两情相悦生死相依。

原来，一颗再强硬的心，在纺车的转动中也会柔软，而一颗再羸弱的心，在那细线的抽送间也会有了片刻的坚强。

儿时，我常坐在奶奶身边，看她一手转动纺车，一手捻着棉团，于是，一根细线从棉团中缓缓抽出，我便在这极有韵律的嗡嗡声中，去想那些有趣的逸事，去做那些关于长大后的梦。趁奶奶不在的当儿，我也曾反复试过，一样的转动一样的捻棉，就是抽不出那根不显眼的细线。其实，这看似简单的活计，很需要协调，需要心静。

成年后，我曾在边寨的民居和陕北的窑洞里，看到过相似的纺车，但总勾不起我的怀想。只有在老屋，面对那台快散架的纺车，我才会想起我的爷爷奶奶，才会想起童年无忧的时光。忽然就觉得，纺车的怀想要有一种背景：它必须有吱吱作响的木板床，有棕黑剥落的方桌，有稻草编成的矮凳，有瓦制的油灯，最好是抽一根麻绳或棉絮搓成的捻子，就那么荧荧的一点亮光，摇曳在古旧的老屋。

只是，这种诗意的男耕女织的田园景致已不复存在，而被平庸日子打磨得愚钝的心里，却很渴望纺车嗡嗡复唧唧的彻底折腾。我总觉得，随着三十年前奶奶的撒手西去，纺车的嗡嗡声便成了人世间的绝响。

总在想：对于那种维系过生存的前人的手艺，也许我们不应只是简单的怀旧，还应有感恩，甚至是救赎。

老家的石拱桥

子在川上曰：逝者如斯夫，不舍昼夜。

我老家的屋后，是一脉城墙般排列的玉屏峰，屋前是舒缓清亮的墨溪河。

这条千古如斯不舍昼夜流淌的河里，流走了以往如梭的日月，却流不走凝固在河上的关于桥的记忆。

老家的先人们在这条河上，曾先后修筑过二十一座石拱桥和甚多的小木桥。

我知道，所有的事都是要成为往事的，没有例外，只是不知道以后记起这些事的将会是谁。

今天，在老家这一座座苍老简陋的石桥面前，我怎么可以随便忘记，那些心旌摇荡感人肺腑的修桥故事。每座桥都会有一个动人的传说，而这些都得过细的描述，一时我哪能写得许多。在此，就让我从中摘取一两个流传甚广的事件，从而记住我的老家，记住老家的桥，记住老家修桥的人。

清圣祖康熙四十二年，老家本村先人修筑连通玉屏峰与三甲老宅区的"接龙桥"。于清道光七年又在上游几百米处建"六甲桥"。

"接龙桥"因桥墩浅桥身矮，汛期涨水常淹没桥面，本村先人六南公居住桥北。那是个常年口叼旱烟，身着绸布袄裤，踱步自家广袤田地的土财主，微睨的眼角，透着霸气和精明。而玉屏村富户旭轩公居住桥南。

两人都很好强，都想独资改建此桥，因修桥要占地，双方多次筹商购置对方田土未果，僵持多年。直待倔强的两公仙逝后，族中父老再次商议由两家共同修建，改名"接福桥"，意为将两户有福人家连接。桥两端各建一亭，两户各自撰对联刻于亭门石柱。

桥北由本村宅院敏慎堂撰写：千秋得意留今日，一片赤心迹古人。

桥南由玉屏宅院存诚里撰写：胜迹重光分半月，宗功远跃映长虹。

正如桥名所寓意的，桥落成后，或许真的就托福祖先，屋场贯气，来者造化，桥两端从此呈现着一个昌盛炫耀的长久历史。民国时期，三甲乡有名的"七十二根斜皮带"，多半就斜挎在这桥边人身上。乃至如今，这里的子民也是悠闲富足地生活着，那些明朗的面孔上清晰写着的，分明就是很流行的词句：小康。

就在六甲桥与接福桥间，老家本村有一处由墨水与沿田江水汇合之地犁头嘴，长年由几根圆木搭接连通两岸。明嘉靖四十三年河里涨水，一过河女人溺水身亡。友华公之女四贞，久待闺中，见此情景，慷慨献金数百，就地修建石桥，借以杜绝水患之灾，便利两岸过往。于是，四贞就把短短的一座桥走成了一生。

安化县嘉庆志第十五卷列女篇记载："梁氏友华女，守贞不出，勤女工，好施予，独修石桥，费金数百，名妹子桥。"

面对老家所有的桥，在时间另一端远眺的卑微如我者，笨拙的笔不能畅述其功，也难以尽颂其德，只想把心向着那一个个碑碣式的先人靠拢。

正是这些朴素零星的传说，这些一鳞半爪的往事，构成了我对老家石桥的所有怀念中最真切的感动。

那些曾经筹划的乡绅，曾经修筑的匠人，早已化入尘埃，而经先人筑建的桥，由桥生发的昌盛却传了下来。他们心中美好的向往，他们手上精湛的技艺，虽被杂沓的光阴一一抹去，只留下动人的故事口口相传，而在后人编纂的宗室族谱典籍里，早已被反复引用并加以华饰和传诵。

江湖郎中

时间倒转二十年，我在参与城郊造纸厂救火行动中，铁钉穿透胶鞋底刺进脚板心。很怪的是，几天后伤口愈合，却长成一个硬茧，脚一着地就钻心地疼，去市人民医院打了些消炎针，吃了些乱七八糟的药，毫无效果。

厂化验室主任申克平是老同学，见我走路时一瘸一拐的狼狈相，提出用盐酸把硬茧腐蚀掉，我也觉得这主意不错。于是，她把我的脚绑在化验室那张摇摇晃晃的破桌上，我哭丧着脸，紧咬着牙，如同中美合作所渣滓洞的受审者。

当她用浸满盐酸的棉签，惨无人道地插进硬茧时，一股白雾猛地升腾，疼得我一阵鬼哭狼嚎，如果有个什么组织机密，说不定我会如竹筒倒豆子般统统招供。她却没有一点工人阶级感情，反倒幸灾乐祸地笑出声来，一直把棉签插到自认为合适的深度才住手。此时，我早已疼得面色发青虚汗直流。

然而，这个空洞洞的肉窟窿比雨后的春笋还长得快，几天后又长成比以前更大的硬茧，疼得变本加厉。

有人告诉我，本市驻军部队的 365 医院技术十分了得，我便赶忙前往，托朋友引荐，一位校官级的中年军人坐堂出诊，这次的治疗方式与申同学大相径庭，只有三点区别：

一是让我躺在手术台上把脚绑上，比起那摇摆不定的破桌感觉略好一些；

二是事先打了局部麻醉针，比申的方式显得有人道一点；

三是用的是冷冻疗法，改盐酸腐蚀为用冻成零下几十度的棉签插进硬茧，将其消除。

当然啦，共同点还是有的，比如：

都很痛，只是用盐酸时立即就痛，冷冻疗法是过后再痛，并且是加倍的痛。

都冒白雾，只是冷冻时多了种"嗤嗤嗤……"的响声。

都捅了个很深的窟窿，冷冻后的窟窿容积会增大很多。

而最明显的共同点是：过后不久都毫无悬念地结成硬茧。

走投无路，只得去省城的湘雅医院，又是通过关系找了个名教授主刀，将硬茧（教授称之为"鸡眼丁"）整体切除，这次造成的肉窟窿更大。不幸的是，硬茧又顽强地长出，当初还只有绿豆大，几经高手折腾，此时已比蚕豆还大。很悲哀地想，这只左脚怕是要废了，从此，只能单脚支撑起粗笨的身躯苟活余生了。

三个多月的日子里，我拄着拐杖艰难地行走在厂部到生活区的这段路上，甚至不敢向往在风和日丽或皓月当空的时刻闲庭信步悠游走动，那简直是一种奢侈。

三个月后的一天早上，一轮簇新的太阳冉冉升起，这样的太阳，能让悲观者对正在开始的一天重新燃起希望。我吃力地向市图书馆走去，想借几本书打发这难熬绝望的时光。多少年过去了，我总要对这个阳光灿烂的早晨心存感激，若错过了这个早晨，真不敢想象我能不能顽强地活到今天，不敢想象单脚行走的漫长日子该是怎样的痛苦。

那天早上，我在图书馆的石阶下，看到一个戴旧斗笠、穿破草鞋、满脸皱纹的瘦小汉子在张罗着一个地摊，正把一包令人作呕干枯变形的鸡眼丁摆放在地摊上，随后又用麻绳张挂着几面褪色的锦旗。然后，往地摊上铺开几张皱巴巴的奖状，锦旗和奖状上写的无非是老一套的所谓"妙手回春""华佗再世""手到病除"等字样。上面标明他姓吴，名字已记不起来。

其实，我对这类走街串巷的江湖郎中并不很在意，我总迷信正规的名气很响的医院，或者说是相信科学。此时，恰好图书馆还没开门，我便在地摊旁的石阶上坐下，等郎中铺排完后，我抱着病笃乱投医的念头，伸出左脚让他看。他说得漫不经心，我也听得无精打采。

"这个鸡眼丁还算好诊，它长在脚板心，比起长在前脚板或后脚跟要简单得多"，他边卷着纸烟边说。

我好生奇怪，大多江湖郎中都是凭三寸不烂之舌，尽量把小病说大，大病说成绝症。这样，若瞎猫撞只死老鼠偶尔治好了，就可凭此吹嘘自己医术如何如何高明，若没治好，则是因为病情太重，无力回天。

看来，吴郎中是个实在人，但对其医术还是半信半疑，我便问："治好这病要多少钱？"

"这要看拔出的鸡眼丁有多少根筋须，每根收两角钱。

我并不太在乎钱多钱少，因每进一次医院总少不了几十百把块钱，去一次长沙要好几百块呢。我只是担心他玩花招骗钱，更心怵的是怕痛。

"你现在来找我，正是好时机，若再过些时日，待那些筋须伸到骨头缝里，再拔出来就为难了"，说完，他也不等我做出回应，就托起我的左脚抹起药水来。

整个治疗过程仅十来分钟，给我消除的却是永无宁日的磨难与痛苦。

记得他先是将硬茧及周边涂上消炎与止痛用的药水，然后用刀片围绕硬茧四周划入，待划进十几毫米深时，改用镊子夹住硬茧，慢慢地一张一弛往外拔，不一会就连根拔出，那些密密麻麻的筋须比硬茧主体还长，经他细细一数，共76根，付费15.2元。

"需要休息几天？它还会长出来吗？"我很不放心地问。

"你现在开始就可放心走路，回家再敷五天药。"他语气很自信，说得斩钉截铁，让我心里踏实了许多。果然，从我试探性丢掉拐杖的那一刻起，鸡眼丁就再没有复发过。

我被这该死的小硬茧折磨得一塌糊涂，却不想，诊治它竟是这样的轻而易举，简单得岂有此理。

曾几何时，江湖郎中被看成旁门左道，他们大都身世卑微贫穷潦倒，在阡陌红尘中长年艰难跋涉疲惫游走，千年的风沙湮灭了太多的传统手艺和秘传良方，许多江湖郎中身怀绝技，他们的名字却不会出现在泛黄的史籍上，就像我所遇到的吴郎中，能让人记住的，仅是那些影影绰绰的往事传闻，和地摊前摆满一堆的皱皱巴巴的锦旗奖状。

许多年以后，我总觉得他就是中国的最后一个江湖郎中。

张炉匠

对许多人来说，那个年代似乎是一个值得怀念的年代，尽管遥远得已经使所有的人和事都变得模糊不清。

转回去三十多年，那是个物资匮乏的年代，也是个票证泛滥的年代，大多数物质都得凭票证供应，大到汽车钢材木材，小到牙膏肥皂白糖，最紧俏的要数单车手表缝纫机，那足可显示一个人或家庭的地位和富有。

当然啦，若是某个人家有一口好铁锅，那也是件值得炫耀的事了。要知道，那时的菜是鲜见油腥味的，没有油的滋润，铁锅很容易生锈，尤其是经历了大闹钢铁生产的年月，所有与铁搭边的东西都强制入炉熔炼，比如多余的铁锅、锄头、犁铧、耙头，铁锁、门环、链条、火钳，甚至是壁上的铁钉、钢笔的笔尖都取了下来，仅仅是因为共和国要赶英超美，炼足五千万吨钢，这样，铁器就显得弥足珍贵。

百姓家里的一口锅自然经不起折腾，于是，补锅师傅（我家乡习惯称炉匠）的生意就出奇的好，十天半月的，松柏园那遮天蔽日的古樟树下，总会看到张炉匠忙碌的身影。

张炉匠五十开外年纪，中等身段，头颅特大，毛发稀疏，头与身材比例很不协调，头上四季搭一块说不清颜色且气味怪异的毛巾，用以遮阳御寒擦汗，我们背地里称他"大脑壳炉匠"。他家住离城二十里远的珠梅公社，因常年挑着补锅的沉重担子走街串巷，腰背就弯得厉害，手掌手指满是烫伤的疤痕，全身乌黑，加之烟熏火烤，显得十分猥琐窝囊，看上去比我六十多岁的爷爷年纪还要大。

那时，我们松柏园的小伙伴很喜欢张炉匠和爆米花的王师傅（下一个人物我会写到他），张炉匠脾气特好，技艺也很棒，要是松柏园哪户人家的锅破了，都不给其他师傅补，等也要等他到场。挑担行走时，他边甩动个用十余块铁皮串起的响器，发出很有节奏的"锵锵"声，边用方言大声吆喝"补炉餐（煮饭用的锅）呃子（炒菜用的锅）哟"，嗓音洪亮，尾音拖得很长，韵味十足。只要听到他的吆喝声，我们十几个小伙伴就会一窝蜂围上去。

他那副担子足有六十斤重，一端是铁炉，另一端是风箱与工具箱。每当他来到松柏园，整个柳家湾都会晓得，于是，便有三三两两的人提着破锅赶往大樟树下。

他放下担子后，就忙着把炉子烧旺，似乎胸有成竹，并不担心没有生意做。

看他补锅，那真是一种享受，炉子烧红后，他便用火钳夹住一只小坩埚，放进些碎铁锅片，再把小坩埚放到炉火中，然后拉动风箱，这时，便有"噗噗"的声响发出，火苗随着极有节奏的"噗噗"声蹿动，待到炭火由深红变成浅白时，补锅就正式开始了。

他补锅极具观赏性，那作古巴经的架势，就像信徒在祈祷，赌徒上了赌桌，如此全神贯注真让人感动。只见他用破布捏成团，擦干净铁锅破洞处的里外两面，然后仔细扒去浮在铁水上的炉渣，从坩埚内掏出小勺铁水，飞快地倒进窝在左手心的撒有细沙的破布上，晃动几下后，铁水就成了橘黄色的小圆球，迅即，右手放下小勺，拿起另一块破布团沾上细沙，这时，应该是补锅程序最关键的时候了。他屏住呼吸，左手把小铁球对准铁锅破洞处，从下往上、由外向里轻轻挤压，右手的破布迅速对压，破布冒出小股白烟，手松开后，破洞已成了很好看的铁疙瘩，至此，仪式般的补锅程序就算完成，对张炉匠来说，一角二分钱就到手了。

张炉匠不光手艺好，心肠也好，不像其他匠人一口价，碰上家里实在困难的，少收几分钱是常有的事，有时甚至两三分钱他也补，要知道，这是个收利甚微的活计呢。记得有一次，厥再兵提着一口锅，锅中零零散散有十几个补丁，这次要补的破洞足有鸡蛋大，张炉匠一看到那口锅，本来就不耐看的脸顿时显得更对不住观众，只听见他从喉咙缝里挤出声轻微的话来："再宝再呀（我们松柏园的小伙伴他都叫得出名字），这锅还补什么，快拿回去吧。"

不一会儿，这口锅又由厥再兵的奶奶拿来，经不住老太太的苦苦哀求，张炉匠无奈地答应了，于是，我也有幸观赏了一次修补大洞的精湛技艺表演。

这次，他是先选一块与破洞大小相近的铁锅片，用钢錾子敲打掉一些尖角破边，让铁片正好可放置在破洞里，用小竹片将其固定，采用三点式的方法使铁片与铁锅连接，再一个疤一个疤地紧挨着补下去，补完后一数，足有 17 个补丁，按理得两块零四分钱，差不多是一口新锅的价钱，可怜的厥老太太翻遍所有口袋，也只有三角七分，张炉匠苦笑一声，收下了三角钱。

后来，当张炉匠终于挑不动那副沉重的行当时，好长一段时间，他都是跟在挑担的儿子身后，或许是放心不下儿子的技艺，或许是留恋那份补锅带来的愉悦，只是，来松柏园的日子越来越少，据说，他儿子极不情愿承接这行手艺。

再后来，人们的生活状况开始好起来，别说是每家每户都拥有一口好铁锅，还花样百出地用起了电饭煲、钢精锅、不锈钢器具，即便是铁锅坏了，也是送了废品回收站，或干脆扔进了垃圾箱，于是，松柏园再也听不到张炉匠悠扬洪亮的吆喝声，再也看不到他在炉火前拉响风箱的身影。

由于习惯，由于热爱，他应该是这个行当的最后坚守者，随着他的消失，这门手艺算是失传了。

许多年过去了，我却还能想起，他拿过我生吃的红薯放进炉灰为我烘烤时，那和善的笑容及那双常被烫伤的手，心中总有久违的温暖涌动。

其实，在这个熙来攘往的人世间，每一副走街串巷沿途吆喝的挑担，都是一种虽然低贱却又不可或缺的行当，都浓缩着手艺人生命的艰辛与苟且、生命的脆弱与坚强。

我总在想，蓝田古城的历史上抹去了这些卑微的手艺人，那简直是把一部古城的发展史删削得瘦骨嶙峋，让人不忍卒读。

爆米花师傅

有位朋友曾用过一段文字评论，说我是个很喜欢怀旧的人。诚然，从步入社会独自打拼后，浑浑噩噩混了这么些年，居然想不起自己有过什么值得向人显露的事，因而，思维老是从往事中不能逃出，我不怀旧还能做些什么？

在有闲的日子里，我只想把揉成纸团的往事铺展开来，仔细辨认被岁月的风雨打磨得模模糊糊的印迹。

说到这里，大伙一定会明白了，今天我要说的，又该是一段枯燥乏味的陈年旧事。

儿时，在松柏园的大樟树下，隔三岔五地，就有一中年汉子来崩爆米花。他一来，我们松柏园的小伙伴总会知道，因为，那第一锅爆米花"嘣"的一声巨响，就如学校的上课铃声，听到后都会奔跑过去，只要到了那里，就多少有点想头。

就像张炉匠能牢牢控制松柏园的补锅行当一样，这个叫王书耕的爆米花师傅，也以他烂熟的技艺占据着包括松柏园在内的大片地盘。间或，虽然也有其他师傅来过，却都因不是炸得过头烧焦了，就是炸得过嫩没炸开，抑或是糖精放得过多而苦涩，放少了又寡淡无味。所以，我们松柏园的人都不愿给别人炸，只有这个王师傅，总能把爆米花炸得恰到好处。

王师傅年纪四十出头，单瘦身材，眉目俊朗，腰板挺直，大反背头每天梳理得纹丝不乱，总要抹上厚厚一层凡士林，油光发亮的头上，苍蝇即便撑上拐扙也站立不稳。肩上搭的毛巾很干净，隔老远就能闻到花露水香味，衣袖和裤子的落座处打有得体的大补丁，一年到头总是穿着那件青色的旧中山装，左前胸小衣袋上别着支老式钢笔，衣着破旧却很整洁，如果他不挑上那些行当，如果不蹲坐炉前转动葫芦锅，谁都会以为他是县里的脱产干部。

相处久了，我们就多少知道了他的一些身世，他家在离城三十里外的龙塘公社，出身于钟鸣鼎食之家，年少时读过几年私塾，后在安化县念初中，只是临近毕业就解放了。自此，家境迅即破落，每况愈下，到了该成家的年纪，一般人家都看不上这个黑四类分子的子弟，偏偏他又自视清高，不甘敷衍了事，因此，四十多了还是孑然一身，苦寒无助的生存处境使他的性格孤僻寡言。他不熟农活，又不愿在邻里眉高眼低面前过日子，便选了这个虽然艰辛却也自在的手艺活，为免除路途辛劳，就租住在永兴街亲戚家。

到松柏园来，他多半是选在星期天，那副挑担与张炉匠的很相像，也有火炉和风箱，只是多了个黑葫芦般的爆米机，多了个用竹篾编的圆筒上系着麻袋的容器。只要他人一到，整个柳家湾都会知道，所以，这一天他总要忙到天黑才能散场。

他一来，我们园内二十几个小伙伴就想着法子向家长要零钱，那时炸一斤需一角五分钱，每次总是只有少数几个能从家长那里拿到大米或玉米以及钱。有时，我们几个要好的伙伴也搞合作，早几天就在家里偷一把米藏着，然后大伙凑够八分钱或更多点，这样，每次总能分吃到香喷喷、酥脆脆的爆米花。

来爆米花的人是不用排队的，通常都把盛米的碗放在大布袋或木桶里一路摆放下去。

把器具铺排好，就开始操作了，他接过大米或玉米后从不用称，只需睨一眼，就能估量出是几斤几两，很少有误差，一般最少要半斤才炸，一次不能多于三斤。他先用一根布头上沾了油的铁棍，在爆米机内擦拭一通，把米倒入炉膛内，再把盖拧紧，收下钱后，就坐下来，左手摇转爆米机，右手推动风箱拉杆，不时停下左手，用铁棍撬动炉内炭火，间或添加些许煤块。

十来分钟后，他会看一眼爆米机手摇转轮上的压力表，到了六公斤他就会停止送风，这时，我们都知道，好戏要开张了。只见他把爆米机搬离火炉，放进竹篾圆筒内，拿起一根空心铁管套进爆米机犄角，用力一撬，只听"嘣"的一声，香雾就四处喷散，总有一些爆米花从麻袋破漏处喷出，我们众多小伙伴便蜂拥捡拾而乱成一团。那雪白晶莹的爆米花，香喷喷，甜蜜蜜，蓬松酥脆，入口即化，根本来不及咀嚼早已下肚。

我总在想，如王师傅这般讲究的人，是不会弄个破麻袋应付的，他一定是用心良苦，有意留存可泄露爆米花的破洞让小伙伴开心，留点盼头，留点欢愉。

在那个艰难的岁月，王师傅技术再好，也有无人问津的时候，待我们这些小屁孩百无聊赖，正要撒腿跑开的当儿，他便会叫住我们，忙从兜里拿出一捧米放进爆米机里，特意炸给我们解馋。

后来，他租住的亲戚全家下放农村，他在城里就没有了栖息之地。在一个风雨交加的傍晚，他忙完活后，挑着沉重的担子疲累地往三十里外的家赶去，在临近家门时，一失足跌倒在几米高的土坡下，半边脸被炭火烧伤，右脚摔断。自此，他深居简出，松柏园就再也没出现过他的身影。

现在想起来，他表面看似清朗孤傲，内心其实十分脆弱，在那个时代，他的人生注定孤独而无助，在极度的失望背后，是一种深深的寂寞。原来，要击败他是那么容易，仅仅是一次跌倒毁坏了半边脸容，仅仅是摔断过的腿使脚步不再矫健，就成了充当压垮骆驼的最后一根稻草。

随着王师傅的离去，我对爆米花忽然就兴趣索然了。

事隔多年后，如今的爆米花，用的是精致便捷的加工设备，根据各人所好，加入奶油、巧克力、各种水果香料及食用色素，花色多样，香甜可口，可我总觉得它只是一种美味的食品。而爆米花，一定是要在粗黑笨重的爆花机里，让通红的炉火反复炙烤后，再经过"嘭"的一声巨响喷射出来，这样，吃到嘴里才欢欣愉悦回味无穷。

或许，经历了这么些年后，"欢乐"的门槛被岁月一再偷偷筑高，再不像儿时，散落在地的几颗沾有尘屑的爆米花，就可以轻易抹去满心的不快不爽。

今夜，透过窗户，一部分月光投进我的陋室，我不由得想起那位清清爽爽却命运多舛的王师傅，想起松柏园曾经的快乐时光，夜风吹过，我又仿佛闻到了爆米花诱人的醇香。

老电影院

蓝田街上尽西头，有一座爬满青藤的老桥，从桥南拾级而下，有一条不足百米的老街，北端是名扬四方的蓝溪桥面馆，南端呢，横亘着一栋老建筑，像旧时的城堡，挡住老街南去的路程，这便是老电影院。

这些年来，当城区其他地方被不断地花样翻新，粉墨登场，这条老街却似一卷发黄的旧书，在稍有漫漶的字迹里，缓缓讲述着那些往昔的岁月，保存尚好的青石板路，是老城居民撩人心脾的旧情怀。

五十年前，老电影院曾是小城最奢华的地标性建筑。

影院建在十二级石阶上，前方有一块大地坪，每当天近黄昏，地坪里便人头攒动，有等候入场的，有卖瓜子零食的，也有像我们这帮无钱买票，只图凑个热闹的细伢子。

主楼屋顶呈人字形，石灰纸筋拌和的灰白墙面上，雕塑着一个醒目的红色五角星，显得排场而又庄严。左侧是售票室，狭窄逼仄的四壁贴满电影海报和影片预告。

能容纳五百人的放映厅，在我儿时的记忆中宽广得无边无际，地面呈斜坡状，后高前低。电影开映前，便要把门窗关闭严实，这时，只见大厅内到处是手电筒舞动的光束，有些是迟到者在找座位，有些是工作人员在搜寻逃票偷看者。如果是白天放映，就不需要借助手电筒了，因为厚重的黑色窗帘布从来就没完好过，到处有光漏进，何况屋顶还有星罗棋布的屋瓦缝隙。

那时的电影，大多是国产革命题材，首先放映的必定是新闻纪录片，不外乎是些什么周总理接见外宾、中央召开重要会议、各地抓革命促生产的信息等，然后才是正片开场。仅有的几部磨损了目光棱角的旧片不断重复放映，内容多半是英雄和叛徒的周旋，敌人与革命战士的较量，一眼就可以看穿的蹩脚的阴谋，从一开始就能猜到结局的简单悬念，一些简化了血肉的脸谱，政治色彩浓烈的台词。上映最多的是"三战"——《地雷战》《地道战》《南征北战》及八个样板戏，到了1972年，开始引进朝鲜、阿尔巴尼亚等国外电影，如《看不见的战线》《卖花姑娘》《宁死不屈》《广阔的地平线》等。当时有人编了个顺口溜：中国电影新闻简报，越南电影飞机大炮，朝鲜电影哭哭闹闹，阿尔巴尼亚莫名其妙，罗马尼亚搂搂抱抱。

在我的记忆中，有个姓谭的验票者，老是穿一身再也没有颜色可褪的蓝卡其布衣服，好像从来就没戴过一副好眼镜。他的眼镜总有一条腿是用白线绕着的，缠绕的手艺拙劣无比，很难看，但他的眼神很厉害，进场的人群再混乱拥挤，他总能轻易就揪出没票而企图混入的人。电影开映后，他便拿着手电筒满场子搜寻，连厕所也不放过，我们这些翻墙或趁拥挤混进的细伢子，常被他拧着耳朵揪出场外。

儿童可买半票，也就是三五分钱，而要凑足那三五分钱，差不多要积攒大半个学期，所以，不遇上十分过瘾的战斗故事片，就决不会轻易去买票消费。电影的诱惑实在太大，却没钱买票堂堂正正入场，连翻墙或混入也很难得逞，但我还有绝妙的一招，那便是看电影尾巴，也称片尾子。无数个晚上，每当自鸣钟发出八点半的那一声响，我便会找个借口溜出家门，因为这个时候电影多半快要散场了，影院的三个大门会同时洞开，我家住桥北不远处的柳家湾，从我家到电影院，打飞脚奔跑用不了三分钟，还可看十来分钟的电影，特别开心。这就好比去赴宴，路上耽误了，最后才入席，虽然错过了前面的七荤八素，但压轴的都是好菜。

读初中后，就经常可以看一部完整的电影了，这并不是我已经富足到能随意买上一张电影票，而是县城附近的工厂和乡村有免费露天电影，很多个月朗星稀或天昏地暗的深夜，电影散场后，我与小伙伴打着用松明绑成的火把，踉踉跄跄走在崎岖的乡间小路上。

那时放电影的设备很简陋，发电机要用绳子使劲拉动才能发起，放映机需要不停地倒换，一个胶卷看完再换上另一卷，一场电影往往需换四五次，如果碰上个技术不高的放映员，不时出现断片，观众中间就会响起一片唏嘘声。有时邻近的几个村子同放一部影片，烦心的事就多了起来，因为一个胶卷刚放完，邻村早就有人在等候交接影片，若是路途耽搁或换胶带出现故障，影片迟迟不能送达，就会引来怨声载道。

有时，一些好事者搞恶作剧，散播某地要放一部新电影的假消息，常会招引众多的人兴致勃勃前往，我便是这群上当者中的常客，并不知悔改乐此不疲，反正歇着也是歇着，不去，又能干些什么？万一错过良机，那才真叫悔之不及呢。

每个生命中，都有一段风华岁月被允许与爱情有关，那时的人很封建也很害羞，男女之间在大街上行走，绝不可以搂搂抱抱，也不可以手牵手，甚至不能挨得太近。电影院是唯一的娱乐场所，也就成了青年男女约会的好去处，黑灯瞎火的，正好说个悄悄话，或暗地里弄出牵个手摸个腿的勾当。男女一般不会同时入场，以免被人发现，蓝田街上就那么大的地盘，谁不认识谁呢。

有那么一个晚上，电影在放映解放军晚上偷袭敌军的镜头，本来就昏暗的影院更是漆黑一团，我不知哪来的勇气，狗胆包天地对着女友的脸就"啪"地亲了一下，幸好她没有惊呼甚至也没有躲闪，只是，事隔数日，我都不好意思见她的面。其实，现在想起来，不就是一个吻吗，在国外，相当于握个手而已。

在那个娱乐匮乏的时代，我们靠老电影的温情涉过了早年的河流。

木心写过一首《从前慢》的诗：

从前的日色变得慢

车、马、邮件都慢

一生只够爱一个人

好多年前，仅那数得清的几部电影，就能把日复一日的枯燥时光，过得怡然自得、意味悠长。现在的电影数以万计，坐在家中或身处野外，也能从电视、电脑或手机上随意点播，日子却稍纵即逝，快得让我们无所适从。

如今的老电影院，早已成了一座荒废的危房，四壁长满暗绿色的苔藓，主楼墙面那褪了颜色的五角星少了棱角，院内地面到处是碎瓦朽木，影院门前的大地坪空寂冷清，全然没有了往日的喧嚣热闹。

站在破旧的老电影院前，我很怀念那个忠于职守的验票员，怀念去郊外看露天电影时，那些被松明照亮的乡间小路，也很怀念那样的夜晚，一个男孩为看片尾，刮风下雨天寒地冻也挡不住的匆匆脚步。

父辈们的陈年旧事

　　近段时间，老父亲总爱跟我讲些他们那一辈的事，如果没有烦心的事务缠身，我便会很用心地倾听。闲来无事，我会陆续地把所听到的往事，用蹩脚的文字记载下来，以供诸位饭后茶余消遣。

　　1958 年，是个很有意思的年头。那时，一位东方伟人为了向世界证明，中国是一只梦醒的睡狮，便提出要搞人民公社，要深耕细作，让五万万人吃饱吃好，要搞"大跃进"，炼出六千万吨钢赶英超美。于是，在最基层的县、乡一级政府，就注定了要发生一些近乎荒诞的故事。比如：

　　当时，我父亲在一个叫龙塘乡的地方任乡党委书记，在实际操作中，既不想虚报产量，又无法达到上级指定的任务，因此常挨批评。事实是，好些乡所报产量甚至已深耕一丈，亩产近万斤。我那老父亲就犯糊涂了，在一次闲谈中发起牢骚来："一个人才高不过七尺，深耕一丈，人如何动作。亩产万斤，那每穗稻谷岂不是要长成土豆大？"此话传到县政府，便遭遇到狂轰滥炸的批判，差点就丢了乌纱帽。

　　几乎同时，相邻的增加乡书记李某也祸从口出："鬼才信亩产可上万斤，这些数字是人字加个古，是估出来的，估字加个反文，是人为做出来的。"此言一出，便成了右倾分子。

大闹钢铁生产，更是荒诞到滑稽的程度。

一夜间，全县冒出百余座土高炉，这种炉子是不可能把矿石中的铁元素提炼出来的，怎么办？炼钢任务还得完成，只得把上好的铁锅锄头砸烂，放炉中熔化，实在找不出铁器，便把铁门环铁锁扣甚至钢笔帽钢笔尖也拿来回炉，然后，到处是敲锣打鼓鞭炮齐鸣，抬着熔炼出的奇形怪状的铁砣去县里报喜，好不热闹。

当然，炼钢是要燃料的，没有煤怎么办？人，是会思维的动物，这破事哪能难倒人。那时，漫山遍野郁郁葱葱，全是参天大树，燃烧起来才叫烈火熊熊。一时间，人就像疯了似的砍树，很短时间内，全县的山头像被理发匠剃刀剪过的脑袋一样，再找不出一棵成材的树。如今，若哪里还有成片的树，我们就要尊称它为"风景区"了。

值得一提的是，那一年为炼钢，树木最盛的四川省，忽地成立了十三个砍伐设备精良、人数众多的森工局（森林砍伐工作局），从成都一路砍到九寨沟。幸好呀，幸好，面对山清水秀景色迷人的村寨，年轻有文化的砍伐队长不忍下手，打报告要求刀斧留情，当时谁也不敢批示，待到一个月后，炼钢热潮降温，才有了今天的世界文化遗产——九寨沟。

而在我们这个小县城，当所有山头都光秃秃一片时，县政府所在地李园，这个当年清末年间护国军总司令李燮和的院落，几百株古树就格外显眼，各路炼钢高手云集大院，只待刀斧一落便夷成平地。这时，值得我们肃然起敬的是那个叫郑海鹏的县长挺身而出，力排众议，死死地护住了这片古树林。一个月后，虽然大炼钢已近尾声，但上级却没忘记此事，给郑县长留下了一顶右倾分子帽子，被安排在枫坪乡铁厂当炉前工，仕途就这样走到了尽头。

在老父亲娓娓道来的述说中，我感觉心情压抑沉重，常以盈眶之泪去追怀那些曾经的素心丹魂，时间已淡远了许多可钦可佩的身影，却留下一地干涩的回忆。

这方山水好养人

出城八华里，有一东西走向长千余米，城墙一样排列的山脉，峰顶平坦，南北两端陡峭，酷似天然屏障，是三甲乡的北端，叫玉屏峰。山脚下流淌着一条九曲十八弯的小河，我老家就在河边一座爬满青藤的石拱桥旁。

老祖宗定是从很远的地方一路走来，他离开故地总会有鲜为人知的原因，当脚步实在迈不动而席地歇息时，抬头看到玉屏峰壮观，涟水河清亮，疲惫的心在灵秀山水前顿时激活，凭直觉，认定这就是寻觅已久的风水宝地。

于是，就决定留了下来。

我想，夜幕降临时，荒地里搭起的第一个茅棚，屋外燃起的第一堆篝火，便是老家的最初标识。

多少年过去了，今天我所面对的故乡，早已被祖先和来者耕耘成适宜居住的栖息地，也被这块土地的子民用简约的汉字吟唱得十分热爱。

与玉屏峰遥相对应的，是南面逶迤起伏的大山岭。

为护佑子孙，清朝中期，老家的先人们在两山脉顶端各建一座七层砖石宝塔，远远望去甚为壮观，是三甲八景之一。其他分别是：灵龟献瑞、玉屏苍翠、双虹映彩、狮山锦绣、滩水清波、回澜远眺、塔寺晨钟。

我长年在外为生计奔波，每次疲倦地回到故乡，我总能在这里积聚起与命运抗争的力量，汲取山川赋予的灵气，然后，又精神抖擞地上路。

如果让我简练地描述我的故乡，我只想说八个字：山川毓秀，人文蔚起。

民国时，蓝田古城曾盛传三甲"七十二根斜皮带"的说法，即在这不足八平方公里的地盘，出过 72 个团级以上的军官，其中有任国民党军政秘书长的梁镜魂，73 军中将军长梁化中（后任台湾国防部部长），师级军官 14 个，团级 56 个，另还有 24 个营级军官不在此说法中。

新中国成立前夕，一部分旧军人移居台湾，台北至今有条"三甲街"。

当时我五爷爷 1926 年便是地下党安化农运特派员，后误入歧途，考入黄埔军校，任国民党 46 军 706 团中校团长，在桂林起义投诚，转入解放军 26 团。而我爷爷 1938 年就在这里任地下党支部书记，后由地下党运作，在三甲任保长，一时间，这里的地下党活动也风生水起，闹得如火如荼，后来，我父亲也成了地下党的一员。

新中国成立后，故乡又迎来了一个新的人文鼎盛期。

数字有时很能说明问题，据统计：故乡又出过省军级干部 4 个，地师级 21 个，处团级 87 个，科营级 92 个。讲师以上教育界精英 23 个，中学高级教师 21 个，小学高级教师 12 个。科技界高级以上职称的 154 个，中级 71 个。

故乡这方山水好养人。

他们中不少人胸怀高远志向，肩负父老乡亲的期望，携带故乡的山水灵气走出家门，在外面的世界打拼，吃尽千般苦，历经万道难。他们认定身为三甲人，因而直面人生，绝不言败，因而挥洒血汗，勇往直前。

有成功做证，他们是无愧于国家民族的一群，也让故乡的门楣姓氏大放异彩，把故乡的名气传播到了远天远地。

游记篇

向往远方

到远方去

到远方去

熟悉的地方没有风景

很久以前，当灵性与心智的门开启，我知晓了天外有天并非神话。

外面的世界呀，天高地广，景色斑斓，人文民俗，风情万种……

心中便有了无数个心仪的去处，有了做一个旅行者浪迹天涯的梦想，我一次又一次听到远方神秘的召唤。

我着魔般地想，终有一天，我会去流浪。

很长时间里，那些怀才不遇的消沉，自命清高的孤傲，怨天尤人的悲愤，无聊攀比的虚荣，似乎成了生活的全部，日复一日的无为岁月，磨平了我的感官，苍白了我的心灵，沉重得扇不动飞翔的翅膀。

突然就想，庸常的生活需要苍凉，需要静寂，需要辽阔，需要一点什么来领引我的目光。

我知道，其实我是极需要一次远行，需要一次次远行。

我知道，我的梦想在远方，我的思念在远方，我流转无常的人生在远方。

到那空气清新，视野宽广，到那每一种声音都使人心胸宁静，到那不论天性如何高傲的人都会感到自身渺小的地方，去放松心情，去洗涤灵魂，去追寻远逝的梦想。

只是，许多时候，我有时间却囊中羞涩。

只是，许多时候，我有钱了却脱不开身。

于是，每当我攒足了盘缠，又摆脱了红尘纷扰，我便会兴致勃勃背起行囊上路。

一路颠簸，我终于走过了许多名山大川，也走过了许多荒岭村落，走过了江河湖海，也走过了大漠戈壁。

一路奔跑，便成了我清贫生命中的一个又一个奢华时刻。

于是，那些人生的困惑与苦难，便从生命深处衔枚疾走，悄悄引退。

空旷的天空下，看得见的是白云，是不尽的山水，看不见的是清风，是飘飞的灵魂。

这个季节里，总有大雁破空而来，几声哀鸣偶尔划过云天，跌落心头。

我一定是听到了隐隐回音：人在旅途。

尽管有人说，心远地自偏。

而我，依然向往远方。

九寨沟，靠近天堂的地方

"谁与我远远的漫步云端，在靠近天堂的地方住下"。

很喜欢这句由王菲演唱的歌词，我之所以一次又一次游走九寨，是因为红尘过于疲惫，总祈求心灵能够在一个唯美的地方，得到一次又一次彻底的休整和放松。

早就想用文字去描述这个被称为人间仙境的地方，只是担心我的笔力，太轻，会显得飘浮，太重，又流于矫情。

今天，我终于决定要动笔，并不是我突然间有了灵感，而是近年来的频繁出游，对于那些神奇大自然的理解，让我无法回避而急不可耐地想一吐为快。

九寨沟距成都400多公里，是一条纵深40余公里的山沟谷地，因地域内有9个藏族村寨而得名。目前向游人开放的只有3个村寨，其余6个村寨的500多藏民仍隐居在茫茫林海中。据说，政府当局为森林安全起见，也为景区整体规划布局考虑，曾多次动员其搬迁山外，并以每人100万元的安置费诱惑，却没有一人领情。

当然啦，换成是我，肯定也不愿迁出，因为钱很快会被花光，而这里是传说中神仙居住的地方，离天堂很近，离尘世很远，搬离了，就永远回不去了。

九寨沟是这个地球上的奇迹，这里独有的翠海、叠瀑、彩林、雪峰、藏情等人文景观，招引着世人的目光，虽隐匿深闺，却终日熙熙攘攘，人头攒动。

艺术家的神来之笔，让无数名山大川留有标志性的传世之作，而九寨沟从来就不会给人以那样的机会，它总在东掩西藏，山峦阻挡着，云雾遮蔽着，雨雪笼罩着，树木覆盖着……所有这些，似乎已经成了九寨沟的局部景色。同时，它们又一起把九寨沟变成一方神秘诡异的高原胜境。

我有一位小有名气的画家朋友，曾三番几次去九寨沟写生作画，折腾出的却净是些平庸之作，我很叹服他的勇气和胆量，竟敢去画九寨沟。

至今为止，在这个地球上，我仍未看到过一幅能体现九寨沟神韵的经典画作。

水是九寨沟的灵魂，从雪山流淌下来的水，被山峦、森林和草甸无数次地梳理，汇聚成清澈纯净的溪流，经千年冲积，形成了一百多个大小不等的高原湖泊，湖（海子）、泉、溪、瀑、河、滩连缀一体，演绎着五彩斑斓的水上奇观。在众多湖泊中，有浩瀚的长海子、玲珑的芦苇海、清亮的翠海、俊美的镜海、秀丽的盆景滩、神奇的五彩池，还有壮阔的诺日朗瀑布，其中风光的旖旎和色彩的丰繁，任你怎么夸张地描绘也不为过。

这里常年掩映在茫茫的浓绿之中，那一片绿，是漫山遍野的绿，是伸手可及的绿，是四季不衰的绿，是亘古久远的绿，置身这绿色的世界，让人觉得身心清爽，纤尘不染。正是有了这绿，才有了九寨沟的海子和瀑布，才有了"九寨归来不看水"

的说法。

　　秋天，是这里最美的季节，因为漫山的叶片黄了红了，深深浅浅的五颜六色倒映在蔚蓝的海子表面，熠熠生辉，色彩艳丽，惹得人流如织，嘈杂喧嚣。

　　为避开这种热闹，我总爱选择在最清淡的冬季赶来，为的是，在那一些寂寥孤清的日子里，在那一片无边斓静的世界中，去体味一段无为的人生，去追寻一种入定的感觉。因为陌生因为偏远，人可以轻松得忘乎所以了无牵挂，甚至可以简单得连与人打个招呼的烦琐都免了。

　　我曾遇到过一位游客，因商场失利而悲痛欲绝，想找一块净土了却红尘，便来到了九寨沟。不料，却被那神山圣水感动得号啕大哭，人世间还有如此美丽的地方，怎么可以轻言离弃，他终于决定还是要好好活下去。

　　当年，联合国教科文组织负责旅游事务的官员伍卡斯博士，在九寨沟的神奇、美丽面前，这位走遍天下名胜，饱览世间美景的专家顿时膝头一软，跪倒在地，慨叹道："上帝呀，你为什么这样偏心，把世界上最好的东西给了中国。"眺望着这方山水，我很想感谢那些当地藏民，他们那种宗教气息浓烈的风俗民情，护佑了这片人世间绝无仅有的美丽，那些原始的和谐与虔诚的信仰，或许就是他们的精神家园。

　　其实，灵魂需要的地盘并不大，可这世上，又有多少人会去在意灵魂的归宿。

　　同时，我还想感谢的是当年拯救这片山水的人们。

　　20世纪50年代后期，那是个苦难荒唐的年代，共和国为了赶英超美而大炼钢铁，燃料不够，就把眼光盯在了那片一望无际的森林上，四川省一年内组建了十三个森工局（全称是森林砍伐工作局），仅阿坝地区就有十多万砍伐工人。随着无数钢锯铁斧的疯狂舞动，所有树木如剃刀刮过一样荡然无存，从成都到九寨沟这一片千年积攒的原始森林，遭砍伐后，再经过五十多年水土流失，现在所有山头都光秃秃一片，怪石袒露，寸草不生。

或许，培育一片森林是为了生存，而摧毁一片森林也是为了生存，只是，前者是为了生生不息的世代繁衍，后者则是为了掠取眼前的蝇头小利。

听说，当年 124 伐木队已挥舞刀斧砍伐到九寨沟山脚下，队长是位有点文化的年轻人，他被这方山水的美丽所震撼，冲动地做出一个决定，向上级呈送了一份请求停止在这里砍伐的书面报告。刚好，当局正陷于虚报数字、争创奇迹的浮夸风潮，把伐木队长的报告搁置一旁，不久，"大跃进"的闹剧终于草草收场，因而，这个世界自然遗产侥幸得以存留了下来。

听说，早些年要在川西的稻城与亚丁地区修高速公路、建雪山索道的计划，被藏民顽强阻止而夭折，从而为驴友们争得了一方绝妙的去处。

还听说，1991 年日本登山队试图登上梅里雪山，遭到藏民执意阻拦，但藏民这一行为被政府当局强行制止，无奈之下，便召集各地喇嘛高僧数千人，在登山队攀爬过程中一齐念动咒语，神山发威了，一场惊天动地的大雪崩顷刻间埋掉了全体不听劝阻的登山者。

前不久，我又一次来到九寨沟，当我悠闲地走在碎石铺就的通幽小径上，目光不经意地停留在浓绿之中的山寨，停留在清澈平静的海子，看那飘摇的经幡，古老的磨坊，悠闲的牛羊，流淌的山溪，呼吸着天然氧吧清新纯净的空气，于是，一颗心便轻灵得可以翩翩飘飞，灵魂离天空是这样的接近。

此时，曾经风尘起落的岁月正在远去，从此，我将看淡肥马轻裘、纸醉金迷，看轻尊卑荣辱、恩怨情仇。

哦，九寨沟，靠近天堂的地方。

在这里，再浮躁的人，再自命不凡的人，也会变得宁静变得卑微。

在这里，也只有在这里，才会让人感觉到，其实，大自然依旧在我们心中一片葱茏；才会让人意识到，其实，大自然从不曾遗弃过我们。

鄂尔多斯——这片盛产英雄和史诗的草原

因为厌倦简单重复且毫无新意的生活，去年，当我攒足盘缠后，便背起行囊从北向西在草原上一路行走。

如果说，呼伦贝尔草原是一个弥漫云水柔情的去处，那么，鄂尔多斯呢，则是一个充满雄性霸气的地方。

汽车驶过毛乌素沙漠后，进入了鄂尔多斯，当车子不经意间爬上一个沙丘时，只见一块狭长形的草原深处，有一个算不上巍峨的山冈，顶端耸立着三座穹庐式的敖包。待走近前去，山腰广场上一个骑手的巨型铜质雕像气势非凡，只见他披甲胄骑烈马昂首对苍天，仿佛朝着遥远的旷野吟啸狂歌，声声撼动着这里的晨昏，场景的仪式感如锋如刃，穿透时光直抵人的身心。

我知道，成吉思汗陵到了。

鄂尔多斯汉义为众多的宫殿。

其实，这里根本用不着拥有过多的宫殿，仅一座穹庐似的建筑，仅一个长眠在此建筑里的剽悍骑手，就足以让全世界睁大双眼。当然啦，前提是，这个建筑必须是座陵墓，而那位骑手只能是成吉思汗。

1995 年，成吉思汗被《华盛顿邮报》评选为"千年风云第一人"。他在四十年间连续发动了一系列西征战争，从而将东方与西方连为一体，缩小了地球，拉近了世界。

可是，要安放一颗如此伟大灵魂的地方，应该得是一片漫无边际的草原，那里有觅食的牛羊和嘶鸣的马，有盛开的花朵和疯长的草，有无遮无拦的日月星辰轮回地照耀。

然而，仅有草原是不够的，还应有一片雄浑斑驳的大漠，数不清的沙丘砾石都排列成出击的阵势，寂静得只允许有风儿吹过的声音，以便能随时清晰地听到这位骑手的号令，并把这里呈现得凝重深邃，苍茫壮阔。

而仅有草原和大漠仍是不够的，还应有一座山岗，让这位骑手有一个站立的制高点，在雅趣忽来时可即兴铺排演练，以重温当年布兵点将征战天下的大梦。在豪情一往时可摒弃战刀盔甲，只待月挂树梢的夜半，哼一串长调弹一曲琴声，再把篝火燃烧得遍地通明。

正好，内蒙古鄂尔多斯的伊金霍洛旗就有这么一处地方，那就是鄂尔多斯。

当年，这个横扫四海并吞八荒的帝王，这个疲惫不堪伤痕累累的骑手，偶尔发现了这一处风水宝地，便顺手抛下马鞭作为印记，以图日后在此安身。因为，他心里清楚，世界是无边的，再大的野心也会像泡沫一样破灭。

后来，他的子孙一丝不苟地遵循他的意愿，不留痕迹地安顿了他，并守口如瓶，让这个张扬奔放的生命从此寂静地在这里歇息。

据说，20 世纪 50 年代初，乌兰夫曾拜谒过成陵，向守陵人提出想打开棺木看一看，守陵人迟疑片刻后说："你当然可以看，因为你是今天蒙古人的汗。"于是，乌兰夫成了这个世界上唯一有理由打开和曾经打开过这棺木的人，至于这个棺木到底装殓的是大汗本人的遗骸呢，还是只是一个衣冠冢？随着他的作古，这个秘密就仍是一个秘密。

来到鄂尔多斯，我正在向一个碑碣式的人物靠拢。

翻开 13 世纪初的世界地图，可以看到，成吉思汗率领他的骑手们，用马蹄占据了当时地球上三分之二的开化地区。那时，说不定哪个晴朗或灰涩的早上，居住在欧亚地域的居民一觉醒来，睡眼惺忪登上城堡，顿时会被墙外的情景惊呆，黑压压望不到边的蒙古兵如潮涌来，马在嘶鸣，剑在飞舞，铁蹄踏得沙尘漫天。然后，无数个城堡，就重蹈覆辙地归属于这个草原帝国。

成吉思汗的时代，是个热血蒸腾的时代，是个声震九垓威加四海的时代，也是生命意志得以无限拓展的时代，

有人曾夸张地认为，这个世界是可以以成吉思汗来划分的，即没有他的时代和他来过后的时代。

他如一只腾空高飞的鹰，在欧亚大陆的上空翱翔四十多年，一个人，就足以使这片草原成为传奇。

只是，再精彩的演出也有谢幕的时候。当这只雄鹰的翅膀终于耷拉下来，这个显赫王国的铁骑终于踏到了尽头，荣耀的光环褪色了，剩下的，就全是那些关于英雄的传说，那些关于不断出击与不断征服的史诗般记载。

成吉思汗走了，却把草原留了下来，留下来的还有没骑过的马，没射完的箭，以及没唱出口的长调。

我自小就崇拜英雄，尽管我知道自己很平庸很懦弱，注定毫无出息，但这一点也不影响我想成为英雄的鸿鹄大志。比如，我常在梦中一挥手就把无比强壮的蚊子打成骨折，一抬腿就把机灵的野兔赶得四处逃窜。

那一天，为圆自己的英雄梦，我极力模仿英雄们的举止，在草原上拍照、骑马、射箭、哼长调并佩刀执鞭。

事实上呢？

当我神气地穿上成吉思汗式的服饰去拍照，然而，无论怎么精心装扮，都只能看成个垂头丧气的战俘。

当我有意挑选一匹温顺矮小的马骑上，心想可悠然地在草原上游荡，却还是老被摔得鼻青脸肿头破血流。

当我拉满弓弦，朝不远处的一个小沙丘射击，箭头却远天远地地偏离得去向不明。

当我扯开喉管吼一声长调，不但调子跑了个万里无云，声韵也尖细嘶哑得比太监的骂街还难听。

当我在陵园大门前由蒙古姑娘乌日娜经营的小商店里，买下一把弯月牛角刀和一根马鞭，自豪地设想当年那些勇猛的骑士，也该是这样的接过女人们递给的战刀与鞭子，踏上征服世界的征途。结果呢，在呼和浩特登机时，马刀被一位比乌日娜更柔弱的女安检员缴械，剩下那根马鞭，我沮丧地扔在了机场卫生间。

我总算明白了，关于英雄，一定是个严肃的话题，许多时候，我们真的没法浪漫。

成吉思汗四次西征，三次途经鄂尔多斯，那时，这里虽然"车帐如云，将士如雨，兵甲挥天，连营万里"，但他从不把这里当成战场，因他早就在心里谋算，要在这个风水宝地选块草地长久地歇息，我有理由相信，那时，这里一定是绿茵遍野，牛羊成群。

几百年的时光一晃而过，鄂尔多斯大草原是真的老了，满面皱褶，裸露出成片成片砂石的老年斑，成吉思汗时代生机无限的草原景致已属于遥远的故事。然而，那些传颂英雄与史诗的歌声，在马头琴的伴奏下将永久回响。

李庄，一座让人想感恩的小镇

　　一个小镇的存在，并不需要太多的注释，它完全可以在我的生命中一晃而过，如同阳光里飞舞的尘粒，瞬间后便消失得无影无踪。然而，那里曾有过的一次震撼整个民族的义举，往我的文字里冲撞而来，让我肃然起敬。从此，我深深记住了那一个叫李庄的偏远小镇。

　　1940 年，抗日战争进入白热化阶段，"华北之大，已放不下一张平静的书桌"，诸多名校纷纷南迁昆明。这年秋天，日寇逼近长沙、宜昌，同时也对昆明进行了旷日持久的空袭。已一路搬迁五次的中央研究院和同济大学等机构动议迁川，欲寻一处僻静隐匿而又交通较便利的地方，于是看准了南溪县城，不料被地方当局拒绝，认为这大批下江人一来，会造成物价上涨，货币贬值，民风颓败。

　　其时，教育部责令宜宾各县协助同济大学和中央研究院寻找新址的公函，虽收到很多复函，但回答都是没有合适的地点。

　　在此危难时刻，一位关键人物出现了，他就是时任国民党李庄区党部书记的罗南陔，属于国民党中的左派，他凭着经验和直觉，认定接纳迁川的机构，对于李庄来说是一个千载难逢的好机会，就马上约请区长张官周、镇长杨君惠以及李庄的社会名流来共同商议。

对于这件事争议很大，多数人认为这是为国家出力，是支持抗战，而对一下到来这么多的外乡人，还是心存顾虑。罗南陔却认为，虽然这些文化教育单位迁来，物价肯定会上涨，但同时也会提供一些就业机会，最主要的是能够给李庄的青少年创造一个很好的学习环境。凭着自己在地方上的威望和权力，终于说服了大家。李庄的士绅们公推罗南陔草拟了一份电文："同大迁川，李庄欢迎，一切需要，地方供应。"

电文虽然简短，却透露出浓浓的人情味，这十六字的电文，让战火中颠沛流离的学子和专家有了栖身之处，终于让许多张漂泊不定的书桌安顿下来。

1940 年 12 月 13 日，这是个值得让整个民族铭记的日子，也是个让人想感恩的日子。这一天，国民政府最高学术机构中央研究院和中央博物院、国立同济大学、中国营造学社等十余家高等学府、科研机构正式迁驻李庄。

在他们到来之前，镇上所有庙宇祠堂大院全部腾空，还有许多人自己搬到乡下，把房子让出来免费给学生们居住。一阵忙乱后，总算勉强铺排开：

中央博物院连同数千箱珍贵文物搬进了雕梁画栋的张家祠；

祖师殿成了同济大学医学院的课堂；

东岳庙安置了同济大学工学院；

理学院进了南华宫；

面积最大的禹王宫成了同济大学校本部;

实在无处安置,只得把中国营造学社搬至月亮田边的农舍。

当这些远道而来的先生和学生们疲惫的脚步一踏上这个古镇的石板路,便有一种宾至如归的感觉。

于是,小镇变成了一所大学院。

昔日寂静的宫观寺庙里响起了上课的钟声,石板小巷里摆满了学者们安谧治学的书桌。

这里一时才俊云集,冠盖相属。傅斯年、李济、吴定良、董作宾、劳干、夏乃鼎、梁思成、林徽因、郭沫若、童第周、美国学者费正清、英国学者李约瑟等,这些名字一个个如雷贯耳,都是当年的时代精英。

李庄因有了这些学府和学者,遂成为中国"四大抗战文化中心"之一,被后人誉为"中国文化的折射点,民族精神的涵养地"。据说在当时寄一封国内外邮件到这儿,只需写上"中国李庄"四字即可准确无误地送达。

事隔半个多世纪,当年的旧址已所剩无几,大多成了混杂的民居,房屋被分隔开来用以居家,一切都已物是人非,满街全是仿古的茶楼、酒肆、商号、客栈,终日人头攒动,热闹喧嚣。

唯有羊街和水井街一带还能感觉到旧时的气息,小巷幽静狭长,石板路凹凸不平青黑发亮,游人稀少,走在这样的巷道,就仿佛置身于那个兵荒马乱的年代。

这里,曾行走过那些穿长袍马褂埋头学问的旧式文人。这里,曾生发过那时青年男女们林林总总的故事。

这里，也曾迴响过引车卖浆者流的悠长吆喝。

那一刻，昔日的落魄师生们在我心中突然具体成一个个触手可摸的形象，我和他们隔了斑驳的老墙和遥远的苍穹面对面地站着，站得彼此泪眼婆娑。

总在想，这不足三千人的江边小镇，要接纳一万多外省籍的文化人，该是何等开阔博大的胸怀和气概，那是小镇的人们用自我的牺牲，在为中华文化挪出一块生存繁衍的天地。

抗战胜利后，傅斯年等几十名学者镌刻的《告别栗峰碑刻》中曾深情赞道："尔来五年……幸而有托，不在研求。虽国家厚恩，然而使客至如归，从容乐居，以从事于游心广义，斯仁里主人暨军政当道、地方明达，其为借助，有不可忘者。"

好一个"使客至如归"，把李庄人的纯朴民风及古道热肠表述殆尽。

而同济大学为了纪念和李庄人同生死、共存亡的特殊友谊，2006年在李庄建立了"李庄同济广场"，并立下一条特殊校规：凡同济大学在李庄招收的学生，录取分数线降低30分。

在初夏的一个晴朗日子里，由画家朋友陪同，循着当年学者们走过的石板路悠闲而行，时而探头探脑拐进某个破旧的院落，时而漫步乡间的田埂堤坝，累了，就在江边选一处视野宽阔的茶座，喝一杯当地的新茶，吃几块远近闻名的李庄白肉。此时，我似乎开始明白，对古镇的浓厚兴趣，于我，并不是一种模糊的寻访，而是一种深情的缅怀，一种对往事对朋友的感恩。

李庄，是长江上游的一个普通古镇，千百年来它一直默默无闻，它的驰名，不是因其"九宫十八庙"的风貌，也不是"万里长江第一镇"的名头，而是因了那封十分简短的电报，因了那场让人直想感恩的义举。

今天，带着这一份感动，我走进古镇有些冷寂的街巷，来叩访那一段惊神泣鬼的非凡岁月，那一处处早已人去楼空的肃穆旧址，它们见证了一个历史事实：正是这里，曾在国家危亡的动荡年代，完成了一场文化救赎。

华山，我用生命走过

这是一座真正的山。

这是一个把大地直接连到天上的地方。

据说，"山"字就是因这里的形状造出来的。

当初造字先生仓颉，家住此山脚下的白水县，在一个晴朗的日子，他打开家门，远处耸入云天的三个峰峦让他感慨万千："何谓山，此为山也"，于是，便有了"山"字。

这座山就叫华山。

延绵耸立十二公里长的华山，是由一块完整的花岗岩构成，千百年来，大自然把这块巨大的岩石一阵刀削斧劈后，雕琢出最为险峻壮观的几座主峰，每座山峰都挺拔峥嵘，如倚天之剑直刺苍穹。

在明代前，这里无路可循，人迹罕至，后来有人在石壁上沿线凿出一些手掌大小的凹陷处，用以攀爬，而能爬上山的主要是一些功夫了得的道士和樵夫等，所以，自古就有"华山天下险"的说法。

我有十分严重的恐高症，却生就了一双闲不住的脚，曾登临过包括五岳在内的诸多名山，如天山、黄山、庐山、昆仑山、峨眉山、五台山等，每座山我都要耐着性子游个尽兴，唯有华山，我断断续续来了六次才走完全程。实际上，前五次最远也只到过山口的北峰上，但那都不能称攀爬，而是乘索道上去的。

第一次游华山，是在二十多年前。

那时，来华山的游客不多，让我印象极深的是那些沿途稀稀散散求仙拜佛的善男信女，其中有好些小脚老太太。华山沿途庙宇、道观颇多，她们每经一处必得要跪拜烧香，山路太陡，她们就反身手握住铁链子，屁股坐在台阶上，拽一把铁链子，屁股向上挪一个台阶，再拽一把铁链子，屁股再向上挪一个台阶，就如此这般赶到十公里远的南峰。而我呢，只是在北峰的山脚下咬牙爬了几十米，便败下阵来。

我原以为，当时我所看到的就是传说中的华山天险了。后来才知道，所有好的景色都要登上北峰才可看到，称得上天险的地方都在山的那一面，而那一切全被这满目银白色的岩壁挡住了。

六年前，我又一次来到华山，在一处叫回心石的地方向南望去，远远看到有370多级石阶的天险千尺幢游客如蚁，黑压压连成一线，这样的场景，让我突然就萌生了随波逐流去攀爬的冲动。

于是，我拿出了库存的全部勇气，伸脚跨上了通往西峰的狭窄木板栈道。刚走出几步，目光不经意朝下一瞅，只见脚下空荡荡得深不见底，阴森可怖，顿时头晕目眩，腿脚发软，人就瘫坐在栈道上。惊慌中，我紧紧抓住岩壁的铁链，身后纷沓而至的游客被我挡住去路，面对我这两百斤重的庞大身躯，谁也不敢伸出救援之手，慌忙掉头回走。

冥冥中，我心里清楚，除了我自己，谁也救不了我。能够返回去，我的生命就可以延续下去，再往前走，这个世界或许从此就与我无关了。可是，我还没有做好要离开这个世界的准备呀。而这时的每一次抬腿和落脚，说不定就是整个人生了。于是，我屏住呼吸，双手紧握铁链缓缓蠕动。这短短的几米，我仿佛走了一生。

总算走出了栈道，总算捡回了一条命，良久，我仍惊魂未定，虚汗直冒。

在法力无边的大自然面前，人是多么的渺小而无奈，许多时候，我们真的不应该妄自尊大，轻言征服。

我突然觉得，这块回心石好像完全是专为我而竖立的。

当晃过神来后，我选了个视野极佳的地方坐下，宁静地观赏着远处景致。忽然，一串音质粗糙韵律单调的笛声由远而近，那是一位头发花白衣着破旧的老人，正挑着一副百来斤重的担子，神色疲惫，步履艰难，却把欢乐的笛声溅得满路都是。无论如何，我必须敬他一支烟。待他走近时，我忙起身招呼，他接过我的烟后，并没马上点燃，而是来了个金鸡独立的造型，任挑担在肩上左右轻松摆动，两只手呢，正把笛声吹得无比欢快。

"自古华山一条路"，所有登山者都必须途经此地，我便有了边欣赏风景边端详游人的机会。在这些过往者中，有不同年龄不同肤色的人，有身轻似燕在栈道上快步如飞的，有和我一样因恐高而驻足不前的，甚至有挽起裤腿调理假肢后又毅然前行的，而让我感受最深的，还是那些为生计而艰难跋涉的挑夫。

他们一手扶着扁担，一手攥住铁索，风雨无阻地行走在陡峭的山路。出发前，总要细心地用绳索把箩筐里的物品扎了又扎，生怕稍有闪失就会丢落和破损，因为对他们来说，每一分钱的获取都是以生命为代价。一路上，全身汗如雨下，嘴里却哼着小曲。那天，我还听到过这样一首苍凉而不失诙谐的歌谣："不是哥哥不爱你，哥哥是个挑担的……等到哥哥到城里，开着奔驰来接你……"歌者是位年近六十岁的挑夫，曾是部队退伍的文艺兵。

挑夫中有一位叫何天武的中年消瘦汉子，他的世界好像飘满了连狂风也吹不散的乌云，总是眉头深锁，整个人苦涩得如一碗黄连熬成的汤。二十年前妻子病逝，给他留下巨额的债务和两个年幼的孩子，为了挣钱养家，他与弟弟去一家私人煤窑做活，一场矿难使他永远失去了一只手臂。黑心的矿主仅打发了 4200 元钱，兄弟俩分别怀揣这笔钱准备回家，却被偷走其中的 2000 元。后来弟弟独自外出打工，不久便客死他乡。

他曾无数次奔走在各城市的工地，都因身体残疾而被拒之门外。这时，好心的乡亲劝他去乞讨，他毅然回绝。后来，华山接纳了他。2000 年，他凑了十元钱办了个挑山工的进山证。从此，华山多了一位独臂挑夫，一个背篓一根拐杖，一条毛巾一罐凉水，加上简单的干粮，就成了他的全部装备，每天背负百来斤货物往返于北峰与五云峰之间，赚取几十元工钱。

一晃十一年过去了，我无法想象，一个独臂人，最初是如何背负重荷失重地走在天险之路的，只是那个瘦弱残缺的身影，常让我心底的伤感挥之不去。

据说，当初华山曾有200多个挑夫，而现在仅剩50多个坚守着这份苦难，成为华山撼动人心的一道风景。那天，我还见到过一位76岁高龄的挑夫，也见到过唯一的女挑夫。他们每天用生命走过这座山，这些卑微的生命沉默如尘，一旦靠近，悲苦的瀑布总让我浑身湿透。

相传当年大文豪韩愈来到苍龙岭，那里的山路细若一弦，两边绝壑千尺，他在此吓得丢魂失魄，竟趴在岭上号啕大哭，给家里写信诀别并向山下投书求救，华阴县令闻讯后即派人将其抬下山去。

相比那些一文不名的挑夫，这位大人物如此斯文扫地，终成千古笑谈。

回头想来，我只是凡尘一俗人，所幸当时既没痛哭也没写绝命书，甚至没向谁寻求救助，仅仅是脸色难看风度欠佳罢了。何况，我已一次比一次走得更远，总在想，终有一天，我要登临五峰，把华山踩在座下。

事隔六年，我终于跨过了那该诅咒的回心石，把偌大个华山细细游遍，走过百尺峡和苍龙岭，走过老君犁沟和擦耳崖，甚至走过长空栈道和鹞子翻身。这并不是我忽然间不恐高，也并不是我有如神助般有了勇气，仅仅是因为人们挖空心思，把华山所有路径都修筑得既坚实又宽敞，鼓捣得安全许多也便捷许多，已无险可言，若是再别有用心地摆弄些现代化运输工具，恐怕连挑夫也将退出江湖。

我常无端担心，没有了天险，没有了挑夫的华山，从此会变得轻薄而庸常。

尽管前五次登华山，留给我的是无尽的遗憾与难以启齿的羞惭，但我怀念的仍是那座用生命去走的山，仍是那些曾经的天险和曾经的苦难挑夫。

一个不老话题，在平遥反复述说

那天，当我抬起腿来，要登上平遥的古城墙时，忽然，我迟疑了，觉得不该这么随便上去，似乎需要一个仪式。

平遥建于北魏，整个县城由一道长达 6.4 公里的城墙包围，有敌楼 72 座，垛口 3000 个，重门瓮城 6 座，城墙外有条护城河，因地处高原，常年干旱，我怀疑此河自建成后就没蓄过水。

当年，这里曾拥挤着腰缠万贯的商贾大亨，交割过频繁往来的大把银票，不靠厮杀掠夺，不玩尔虞我诈，凭着智慧和诚信，曾经执全国金融之牛耳，开民族银行之先河，支撑起 19 世纪清王朝经济生活的半壁江山，把一代晋商熔炼得光芒四射，名扬八方。

因而，来到这样的古城，走在这样的千年砖墙上，场景的仪式感，总会让步履不由自主地庄重起来，任谁也不敢有半点轻狂。

这座古城和它所发生的故事，直往我的文字里冲撞而来，使我不得不对它进行语无伦次的述说。我不知道，它会告诉我什么，也不知道，它会让我记住什么，但我能清晰地感受到，这里的一切都和钱有关，无论是富有时还是匮乏时，都深深影响着这里的兴衰存亡。

当富甲天下时，这里曾被誉为东方的"华尔街"，票号达22家，各票号下属600多家分号遍布全国各大城市和商埠码头，仅日升昌票号所汇兑的银两就有12亿两。如此兴旺的金融运作，需要多少客栈、餐饮、车马和娱乐等与之匹配，便可想而知了，其繁华喧闹——定是到了无以复加的程度。别处的知县多为七品，这里曾"高配"至四品，按时下的话来说，相当于省部级官员，足见其当时在全国的特殊地位。

而当银两匮乏时，却又鬼使神差地拯救了这座古城。20世纪80年代初，各地大肆拆旧建新，邻近很有名气的祁县和太谷县所有古建筑被毁于一旦，幸好平遥缺钱，无法操办浩大的拆迁工程，只是慢悠悠地拆掉了百十处明清建筑和古城墙的一个大口子，便不了了之。

其实，平遥只是座很平常的小城，这里的古建筑并无了不起的特色，也没出过著名的历史人物，甚至没发生过重大历史事件。然而，它却在众多的古城中脱颖而出，成为我国唯一以整座城市命名为世界文化遗产的古城。

我总觉得，它能获此殊荣，应该还是与钱有关。因为钱，它一度显赫成为当时的国家金融中心，成就了小城的鼎盛和辉煌。还是因为钱，在繁华过后，由于贫困，避免了现代工业的挤兑，也使地方政府无力改造旧城，从而让这里最原始的古城墙、最实用的古民居、最完整的古县衙得以全面保留，成了中华民族一块封建文化的活化石。

其实，平遥又是一座很不平常的小城。在这个荒凉贫瘠的弹丸之地，竟然操纵着大清王朝的钱袋子。清道光年间，晋商已经在北京等地开设了店铺，每逢年终，都要雇用镖局往山西老家押运银两，不仅运费昂贵，还很不安全。于是便有了李大全、雷履泰创办的日升昌票号的诞生，这几个土生土长的商号小伙计，就成了中国最早的银行家，而平遥那些票号、钱庄便是中国最早的银行，并形成了一整套让西方优秀管理学家叹服的经营机制。这一商界奇观，让世界金融业为之震动，也使中华大地卸下了实银运送的沉重负担，商业流通变得轻快便捷起来。

漫步在密密匝匝雨润烟浓的街巷，那些青砖灰瓦的旧时店铺，古老牌匾下的雕花窗棂，青瓷盖碗里的袅袅茶香，狭窄弄堂里的悠长吆喝，把我牵引，让我一时迷失在千年前就设下的局，恍惚自己便是散落在红尘里的一截往事。那些当年盛极一时的票号、钱庄、当铺、镖局依然保留着旧时的模样，而满街满城的漆匣子、银镯子、陈醋与老酒、大馍与山药，仿佛在这里买卖了千年。

在繁华的明清老街，我买下一把有檀香的油纸扇，租了长袍马褂瓜皮帽，踱着方步游走片刻，俨然自己就是当年精明阔气的掌柜，手中扇子稔熟地一甩，便生动了一条老街的古旧。

想就这样隐居在某扇雕花的木窗后面，种一院子寂寂的花草藤蔓，沏一壶老茶悠闲细品，捧一本线装旧书慵懒翻阅，便以为，并非只有杏花佳酿可以醉人。任凭屋外铜钱堆垒纸醉金迷，我也视若无睹从容淡定，从此，清风明月只是一个人的事情，缥缈烟尘慢慢覆盖所有往事，我只活在身边清新鲜亮的时光里。

　　时过境迁，平遥的富足早已成为零落成泥碾作尘的旧梦，然而，即便是贫穷年代，这里也能魔幻般成就另一种辉煌。钱，这个长满皱纹的老话题，在时光的兵荒马乱里，被平遥反复地述说，从不曾歇停过。

红尘疲惫，就朝乌镇走去吧

七年前，当我看过一部叫《似水年华》的电视剧后，就径直去了乌镇。为的是，去感受剧中所讲述的关于一生思念与守候的爱情故事，去观赏那些飞檐翘角粉墙黛瓦的古朴民居，去领略水乡橹声桨影扁舟轻摇的闲情逸致。

前不久，从嘈杂喧嚣的世博会抽身后，我又专程绕道去了趟乌镇，想重拾那些久违的感觉。

车溪河是京杭大运河的一小段，贯穿整个小镇，这里的民居后院都无一例外地向河面延伸，三面有窗，凭窗可观两岸风光，在屋内打开木盖板，便可汲水或洗涤，被人称为"中国最后的枕水人家"。

相对于其他江南小镇，乌镇的规模应是最小的，两条仅千余米的狭窄小街沿河而筑，景点虽多，却全都拥挤在东栅一侧。

很难想象，在这么一小块弹丸之地，曾出过 64 名进士、161 名举人。

手捏一张景点联票，我在这条局促小巷穿堂入室东张西望。

昏暗残破的老宅中，有摆放各种旧式雕花大床的，有陈列木刻与古钱币的。

老染坊场院内竖立的木柱上，高高悬挂的蓝花布下，常有女性游客争先恐后拍照留影。

修真观对面的旧戏台上，几位老迈演员终日唱着同样老迈的、听不清楚的曲调。

驻足在茅盾少年读书的立志书院，我总会生发出光阴易逝年华虚度的慨叹。

走进林家铺子，到处堆满了仿古手工艺品，已见不到身穿长衫愁眉苦脸的林老板，全是清一色身着蓝印花布褂裤的靓妹，虽经营的都是些不适用的大路货，我每次来这里都要一本正经地讨价还价一番，总要买下点什么，理由很充足：因这里是名扬天下的店铺，那价钱不还白不还。

"唉乃一声山水绿"，乘坐在乌篷船上飘移观景，那种恍如置身仙境的感觉实在是妙不可言。

其实，来乌镇最好是在梅雨季节，最好是撑一把破旧的油纸伞，然后呢，卷起裤脚沿小巷一路游走，听细雨淅淅沥沥滴落在伞上。走累了，就在街边小店选一个靠窗的位子慵懒地坐下，叫上几两三白酒，一碟茴香豆或几块姑嫂饼，边吃边望着窗外发呆，尘封的往事便会如烟雨般弥漫开来。这时，人与景就都如同映入在发黄宣纸上的水墨丹青中，心，便有了一丝丝惆怅与湿润。

《似水年华》剧中有一句很煽情的台词：乌镇是一个让人来了就想谈恋爱的地方。

然而，当我漫步在狭长幽深的青石板小巷，途经一间间低矮斑驳的门庭，或不经意辗转至一处石拱小桥上，看乌篷船缥缈划过，瓦屋顶炊烟飘绕，一股氤氲厚重的陈旧气息扑面而来，只会让我有置身远古时光的幻觉，只会勾起我对往事的无尽怀想，脚步会突然间变得滞缓凝重。

便以为，乌镇应是一个很容易让人怀旧的地方。

在物欲横流商风渐劲的今天，我们总向往另一种感觉，另一种情愫，而乌镇就具备这一切。

红尘疲惫，身心无处可去的迷惘总会卷土重来的。

那么，只要攒足了盘缠，就朝乌镇走去吧。

莫高窟，曾经的恢宏与卑微

去年的这个时节，我迈开成天奔跑于滚滚红尘的脚步，赶往西部大漠腹地的佛教艺术圣地——敦煌莫高窟。

去莫高窟，我是顺着河西走廊的起点走至终点，途经古时武威、张掖、酒泉、敦煌四郡。

这一行程，其实不足丝绸之路的十分之一。

古丝绸之路东起西安，西至古罗马都城君士坦丁堡，横跨15个国家12000公里，连接欧亚大陆。那时，行走只能靠骆驼、马匹和人的双腿，所经之处，全是戈壁沙滩和崇山峻岭，一路上的荒凉与孤寂、疾病与干渴、寒冷与饥饿，常常会有路人和骆驼倒下，而这些倒在路边的枯骨，则往往成为在沙尘暴中迷路的商人驼队的路标。"今夜不知何处宿，平沙莽莽绝人烟。"唐朝岑参的寥寥两行诗句，道尽了古人的艰辛与磨难。

敦煌四周，除有祁连山和天山两大山脉，举目所至皆是一马平川的荒漠与渺无人迹的沙海，这里，骄阳似火，寸草不生，寂寥万里，了无生息，然而强烈的阳光长年累月融化着山上的积雪，渗入山脚的荒滩与沙碛，便有了敦煌这么一个充满生气的绿洲。

那时的远行者，东来的客人经长途跋涉，过了阳关或玉门关后，都要在这里休养歇息。而西去的故人出了河西走廊，也要在这里稍事休整，以便踏上更为艰险的路程。

于是，敦煌便在这些路人络绎不绝的来往中繁荣热闹起来。

于是，便有了"华戎所的一大都会"之称谓，甚至有长安第一、敦煌第二、扬州第三之说。

于是，也引来了无数的文人墨客与僧侣工匠、达官贵人与富商大贾，便有了名扬四海的莫高窟。

出敦煌 25 公里，穿过一片高耸的白杨林，远远地，便可望见莫高窟密密匝匝形如蜂窝鸽舍般的洞窟。

从鸣沙山延伸过来的沙漠，一直覆盖到莫高窟顶上，大地苍凉而贫瘠，宕泉河早已干涸，只剩下时间和风在河床上流淌，然而，这荒芜表皮下却曾涌动过一段最鲜活的历史。

公元 366 年，有个名叫乐僔的和尚，在河堤沿岸开凿出第一个洞窟，此后，无数的工匠在这里夜以继日地劳作，叮叮当当的敲击声不绝于耳，昏暗的洞窟内，不分昼夜地晃动着艺人单薄的身影，从他们手底流溢出来的图画，让千年后的整个世界惊讶得睁大了眼睛。

他们是些关注灵魂的人，穷其一生，只为把灵魂安置在洞窟里。相比之下，现代人似乎没有什么来生可期待，现世的声光充满太多的诱惑，生命便分散到了许多琐碎的事物上。

历经千余年的繁复建造，那些神秘的洞窟就鳞次栉比地镶嵌在宕泉河边的山体断崖上，构成了一个充满神圣氛围的庞大佛国世界，南北长达 1600 多米，开凿洞窟 735 个，描绘壁画

45000 平方米，雕刻泥质彩塑 2415 尊，是我国现存规模最大，保存最完好，内容最丰富的古典文化艺术宝库，也是举世闻名的佛教艺术中心，有"东方卢浮宫"美称。

来到莫高窟，最先看到的是道士王圆箓的圆寂塔，细细察看塔前墓碑上的文字，这位被余秋雨描写得目光呆滞、猥琐愚昧的王道士，竟被称颂成不仅修行上功德圆满，而且对莫高窟的看护更是呕心沥血。

这个叫王圆箓的道士，是一个不合时宜的人，在最不该出现的时候，他出现了。在最不该尽责的时候，他尽责了。

他是湖北麻城人，年少时由于家境贫寒，目不识丁，长得矮小干瘦。后来，因天灾人祸逃出家乡，清光绪初年到肃州巡防营当兵勇。退役之后，在当地出家受戒为道士，后向西云游，公元 1897 年来到敦煌莫高窟，那是个烽火连天战乱绵延的年代。

如果王道士当初不来莫高窟也就罢了，他不是当兵的料，却是个十分称职的信徒，若去的是其他任何寺庙，凭他的虔诚和勤劳，一定会功德无量而名扬后世。

如果王道士只是得过且过做一天和尚撞一天钟也就罢了，他偏要"苦口劝募，极力经营"，使藏经洞适时地呈现于世，引来斯坦因、伯希、吉川小一郎、华尔纳等一伙文化暴徒的肆意掠夺践踏。

在这个错误的年代和错误的时机，让一个错误的道教修炼者，成了一座举世罕见的人类艺术宝库的掌门人，莫高窟的劫难也就在所难免了。

王道士到莫高窟后，因能说会道、吃苦耐劳和办事干练，很快成为当家道士。此后，他四处化缘，苦口劝募，省吃俭用，把全部精力与积蓄用在了修补洞窟和发展信徒上，使多年人迹罕至的莫高窟上空再度升起袅袅香烟，重新响起了悠扬的诵经声。

当收到的善男信女香火钱日渐增多，手头稍宽裕后，他雇人清理了第 16 窟的淤沙，然后又雇敦煌贫士杨某为文案，在这个洞窟抄写道经和接待香客。1900 年 6 月 22 日，王道士偶尔在北侧甬道壁上发现了一处裂缝，便沿裂缝挖掘，藏经洞由此面世。如果不是冥冥之中鬼使神差，把第 16 窟用作寺院办公场地，藏经洞的出现就会错过那个气息奄奄的没落时代，也就不会有后来的大量珍贵文物流失散佚，王道士也就不会成为遭后人诟骂的千古罪人，而应该不失为一名有功德的修行者。

可怜的王道士生不逢时，他来到莫高窟的时候，大清帝国已形同走尸，各国列强正大摇大摆地出入紫禁城，明火执仗要求割地赔款。在遥远的西北大漠深处，一个手无缚鸡之力的清贫道士，有什么能力去承担保护一座人类艺术圣殿的责任呢？更不可思议的是，当法国人希伯从莫高窟搬出的三十多箱国宝级文物后，不是直接运回去，而是招摇过市运到北京，在京城的六国饭店举办盛况空前的展览后，才潇洒出境。如此这般，五万多件藏经洞文献，最终只剩下了 8757 件残次品归入京师图书馆。试问，当时的海关哪里去了？长辫子军队哪里去了？那些所谓的国家栋梁和文化精英们哪里去了？

其实，从 1900 年发现藏经洞，到 1907 年斯坦因运走第一批经卷文物的七年间，王道士就一直在为保护这些文物绞尽脑汁。先是徒步数十里，亲携两卷经文至敦煌市令严泽，唯愿光大佛学，可悲的是严泽县令不过是不学无术之徒，视经文为破旧黄纸两扎，弃置一边，不予理睬。

两年后，几经打探，得知新任知县汪宗翰粗通金石字画，便赶往县衙，许是汪宗翰好奇心驱使，终于率领数骑随从，亲往藏经洞察看，然不过是顺手牵走数卷经文而去，便没了下文。

在县衙碰壁后，他又亲拣两箱经卷，行程数百里，交酒泉道台廷栋亲验。而廷栋阅后却道："什么佛学经典，不过是蝌蚪文一堆，怪异不堪，何如道台之书法，行云流水之间极尽章法。"说罢，端茶送客。

当年王道士所能叩见的最高长官，也只能是知县和道台了，他或徒步或骑在瘦弱毛驴上，顶着大漠凌厉的风沙往返于敦煌与酒泉间，提请当权者护佑文物的乞求一次次落空后，内心一定是充满了无尽的悲哀和绝望。

当我从佛光肃穆壁画精美的洞窟走出，又来到王道士的墓碑前，墓基边萌出青草的嫩芽，石阶上几片蜷曲的枯叶，千年的时光在这里细碎地轮回，在那状如倒立葫芦的圆寂塔内，安放着一个既高尚又卑微、既坚毅又猥琐的灵魂。他用平生没摸过笔杆的双手，将莫高窟几近熄灭的文明灯火点燃，又用这双长满老茧的劳作之手迅即扑灭，他管辖着弥足珍贵的文化瑰宝，却沦落成被一大堆黄金绊倒在贫穷中的可怜人。

金碧辉煌的莫高窟，与丧魂失魄的王道士不期相遇，这样，就把个人命运与文化宝库的荣辱兴衰紧紧连在了一起，从而也就曾演绎过如此的恢宏与卑微，作为后世的朝拜者，我既赞同余秋雨的责难与鄙弃，也很认可碑文中弟子信徒的由衷赞誉。

我站在道士塔前，心里默默祈祷，但愿历史在不饶恕王道士给莫高窟留下的深重创伤的同时，也能记住他曾经为保护这些文物的竭尽全力。

看一眼梅里雪山，此生无憾

培根说，看一眼庞旦城堡，然后去死。

我想说，看一眼梅里雪山，此生无憾。

梅里雪山，是藏民心中的八大神山之首，英国小说家詹姆斯·希尔顿曾在《消失的地平线》一书中有过这样的描述："这真是世界上最可爱的山峰，几乎就是一座美妙绝伦的金字塔"。

我曾三次踏上这方土地，此前两次，我背上行囊兴致勃勃地来到香格里拉，继而赶往明永恰冰川，为的就是要一睹梅里雪山的尊容。不想，这里朝有白岚，暮有紫烟，雪山总隐身在一片神秘的氤氲之气中，让我抱憾而归。

今年 11 月，我又一次来到雪山脚下。

这个季节，虔诚的藏民收割了庄稼，圈养了牛羊，于是，一个个穿上压在箱底的服饰，带上干粮，手持经筒，赶着牦牛，叩着长头，在通往神山的路上艰难跋涉，每条小路都挤满了络绎不绝的信徒。没有车辆帐篷，甚至没有食物被褥，一步一个等身头，地在哪里黑下来，人就在哪里躺下去，千里万里，就这样走来。

　　我随着缓缓移动的人流向雪山走去，小路两旁，间或有灰色石片堆垒的小房子。起初，还以为是某些如我这般游客歇息时堆着好玩，一打听，才知道是远道来此转经朝拜的藏胞特意盖造，只为日后一旦听从神的召唤离开这个世界时，能让灵魂回到这里，以便守护这座神圣的雪山。

　　此时，我突然对这些衣着简朴面色疲惫的朝拜者肃然起敬，相比之下，在我生活的那块地方，一个人的生命中充塞了太多的东西，上帝死了，神消失了，我们不再信仰什么，我们的生命，我们那点短暂而可怜的时光，都被支离破碎地分散在低俗的物质琐事上，哪还有一个完整的自己。

　　我在山脚下待了两天，在飞来寺附近我不住地眺望，雪峰始终没有露面，身上的银两不允许我再无休止地待下去，只得悻悻离去。

　　回到香格里拉县城的次日凌晨，我乘大巴车来到一个叫"蓝月峡谷"的景点，号称"亚洲第一"的缆车把我们急速拉升2000多米，抵达石卡雪山顶峰。

　　这里是西部地区有名的风垭口，山腰建了座云南最大的风力发电厂。我向观景台走去，风吹得人站立不稳，且在早晨的风垭口之中，又是在初冬的雪峰之巅，格外寒冷。幸好，我在上山之前，就穿上了所带的全部衣物，并租了棉衣棉裤氧气袋，身子包裹得像只大熊猫。

　　都说山高难播种，在这海拔近5000米的雪山上，肯定长不出一棵像样的树，但这里的景色呀，却是我有生以来见过的最美丽的去处。难怪那个叫詹姆斯·希尔顿的洋人曾这样慨叹："蓝月峡谷只有一个，指望找到另一个显然是对大自然的苛求。"

一个人，如果没有领略过真正的壮丽与辉煌，那么，你只需在这里，在这个叫石卡雪山的顶峰稍停片刻，再卑微的人生也会觉得清清朗朗大大气气，再悲苦的生命也将于顷刻间获得最丰盛的给养。放眼四野，只见晴空如洗，碧蓝幽深，白云轻飘，绿浪翻滚，不远处，松赞林寺、香格里拉、独克宗古城尽收眼底。

在澄明洁净的天空下，连绵数百公里的怒山山脉，起伏跌宕，晶莹闪烁，那一座又一座雪峰恰如一道硕大无比的银色屏风，横亘于天际。那些雪峰的名字一个个如雷贯耳，亲切而响亮，从南往北依次是：玉龙雪山、哈巴雪山、白芒雪山、轿子雪山、奶日顶卡与朝归腊卡等著名雪山。

最让我兴奋的是，在这里我竟意外地看到了梅里雪山，

远远望去，它是那样的巍峨大气，又沉寂威严，恍若至尊帝王，终日静候着天下臣民的朝拜觐见，让人仰头一看就想五体投地施行大礼。那由上而下的冰川，似一个向雪峰斜斜翘起的巨大滑雪板，只需奋力一跃，就会冲上滇西北湛蓝的上空，再从那里直奔天堂。

曾经，一些外来者总想征服这座神秘壮美的雪山，结果都以失败告终。早在1902年，就有一些英国人在这里狼狈地退下阵来，后来，日本、美国及中日联合登山队都重蹈覆辙。

最惨的一次是1991年1月3日，一支17人的日本登山队又一次试图攀登，当地藏民曾多次交涉，极力劝阻他们不要贸然行事，不要亵渎他们心中的神山，这帮家伙却充耳不闻，一意孤行。无奈之余，在登山那天，四方八面汇集的藏胞和喇嘛

手敲经筒默念咒语，这一招异乎寻常的灵验，当他们爬到雪峰中途，只听见一声震天撼地的巨响，数百万吨的冰雪从山顶倾泻而下，这些不听劝阻者便在升天堂之先提前归于大地了。

此后，再没人敢去登攀，从而梅里雪山也就成了这个地球上唯一未被征服的神山。

这让我想起了一位东方伟人所言：蚍蜉撼树，螳臂挡车，谈何易。

我想，对于崇高与圣洁，人类应保有一种永恒的崇拜与敬畏，而不是一味地异想天开去征服。

很久以来的夙愿，终于在那一刻得以实现。

那时，只觉得一种近乎柔情与生命的东西，正在高原和人的心灵之间弥漫开来，给我以熨帖与温馨、空灵与洒脱，也给我以淋漓尽致的洗礼。

那时，只觉得，看一眼梅里雪山，我已此生无憾。

东江雾

前几天，几个爱好摄影的朋友相约，说是去东江拍雾，我二话没说就立马响应。

出城不远，车内有人给娄底一位摄影好友打电话，不想，那边的回答比我还畅快。半个小时后，我们在娄底会合，那个驾车的是位很豪爽的女士，她又邀了两位，至此，我们这支队伍就有三辆车十一人了。

这十一个人中，除了两位司机和我以外，其余八人都是些下不得地的人物，每个名字都如雷贯耳，如莫美先生，在十分繁重的事务之余，随便抽点空就把书法操练得炉火纯青，摄影作品频频获奖，已出版的小说与杂文集差点弄得洛阳纸贵。如远山、秋枫叶、春子、东篱等，都是些名震四方的摄影高手，大都在各类专业俱乐部或协会任要职。有这么些人物到场，应是摄影业内的一大盛事，与他们同行，耳濡目染，哪有不进步的。

由于堵车，四个小时的路程跑了九个多钟头，直至晚上十一点多才到资兴城，莫先生等人在城区找了个地方歇息，我们另两台车则继续前行。到了小东江后已是深夜十二点多，一连喊开几家旅舍，都是客满，正当我们准备在车上过夜时，有好心老板娘为我们一番联系，终于在附近找到了客房。

每到一个陌生地方，我都很难适应，一时睡不着，加之客房的条件实在不敢恭维，一间陋室住五个人，自然再设不下卫生间，被褥潮湿肮脏尚可忍受，但那铺天盖地的蚊虫轰鸣叮咬，则让我难以招架。于是，便索性来到大路上走动走动。这时，只听见有窃窃私语声，谁深更半夜还在唠嗑，用手电筒一照，原来是由江边几处帐篷内传出，我立刻明白，那是些铁杆驴友，一群疯狂摄影的男女。

第二天一大早，我就被吵醒，听到他们在叫嚷什么好天气好雾的，反正睡不着了，我只得起床，草草洗漱后跟着大伙走。

我曾去过雾都重庆，也看过黄山的雾、匡庐的雾，但那些都是山间雾，而小东江则是雾罩水面，据说是水从大坝底部一百米深处流出，水温保持在 8—10 摄氏度，而江面温度却是 20 摄氏度左右，湿润的江面因温差效应而有了常年的云雾弥漫。

东江拍雾的最佳场地在二号桥，离我们住的地方有 3 公里远，公路沿江而建，这三公里正好是东江看雾的最佳风光带。两岸植被茂密，郁郁葱葱一片，这时四处大雾弥漫，人就在雾气挟裹中行走，一阵凉风袭来，尽管是盛夏，也不免感觉些许寒意。不知不觉中，灰蒙蒙的浓雾被风不断吹散，然后飘升到山腰，再遮盖山顶。这时，湖面、花草树木和屋舍就在眼前时隐时现，随着雾气的飘移，一切又重新淹没在一片乳白的云雾中，让人感觉是在观赏一幅跃动的精美绝伦的山水画卷。

一路上，到处可看到熙熙攘攘挎相机扛三脚架的人，有人说，东江湖是粤、港、澳的后花园，这话一点不假，两地相隔仅四百多公里，交通又很便利，怪不得遇到的净是些操粤语者。

走到小东江二号桥，碰上了莫先生等人，不想，他们从城区赶来这里已好一阵了。

这时的二号桥上，靠江边的栏杆旁，里三层外三层地挤满了摆弄相机的人，场面十分壮观，一些来得早的就占据了有利位置，有的甚至架起了三脚架。我是外行，只是当成了热闹来看。

突然，有人在大声吆喝："再往前面点啦。""把船横一点啦……"只见一个戴小圆帽留长发的中年汉子在指手画脚一打听，原来是这个家伙带领大帮人从广州赶来玩摄影，正雇人在江中划船搞撒网表演。

不用说，他雇请的一定是当地有名的"东江第一网"老黄，还有老黄驯养的黄狗——旺财。平时，旺财就如思考中的哲学家一般静静伫立船头，宛如一尊雕像，倘若谁付了钱，待老黄一声吆喝，它就会纵身一跃，像郭晶晶一样姿势优雅地跳入水中，引来嘘声四起。

我想：一定要找个机会，跟老黄私下里打个商量，哪天我下了岗，就来坐到船头上，若有人肯花钱，我也来个狗趴式跳水动作，抢了旺财的饭碗。

老黄撒网很专业，自创出许多招式，出网时高时低，线条舒缓优美，网状张扬饱满，让人看得很享受。

尽管老黄撒网的技巧高超，但也有烦恼，众口难调嘛。

有人要求老黄着红衣服，说是显眼；有人提出穿蓝渔夫衣服，说是朴实；也有要老黄穿蓑衣的，说是回归自然；还有人要老黄脱光上衣，那才显得原始；甚至有人提出，如果全部脱掉，像前段时间从股市里走出的老板一样精光一身，就另外再加钱。

"好啦，开始撒网啦，夭（一）、偶（二）、湘（三）""左边一碗（网）啦"

"右边一碗（网）啦"

"前边一碗（网）啦"

"前边再来一碗（网）啦"

随着那个戴小圆帽的广东佬一番咋呼，大伙屏住呼吸，几百台早已调好的相机都对准老黄，只待他把网往上一扬，便可听到"嚓、嚓、嚓……"的快门一阵乱响。

真没想到，相机凑在一起，发出的声响竟然会如此好听。

其实：

在这样的场合，只要你手中拥有一台相机，不管是大画幅、傻瓜机还是数码机。

在这样的场合，只要你把镜头对准小东江，对准撒网的老黄，不论逆光还是侧光、仰角、俯角、大光圈高速度还是小光圈慢快门，以及超广角大场景还是长焦距大特写。

然后，你就按下快门，仅此而已，就会有精彩纷呈，就会有佳作迭出，就会有奇迹产生。

一条不显眼的小东江，因了这清凌凌的水，这水中的小舟，这小舟上的撒网渔夫，更因了这满天满地的雾，而成了国内闻名的水上摄影胜地，经无数双灵性的手轻轻按动，早已把中外摄影的鸿篇巨册翻得哗哗作响。

这次东江之行，他们为拍雾而来，我却是为看雾，十分幸运，我们都与久已向往的云雾抱了个满怀。

只是有两点小小遗憾：一是当我兴致正浓，大呼小叫地强烈要求给同伴们充当模特，以我丑陋恐怖的形象来衬托山水之美色，却无人理睬，因而这次没有关于丑与美相比较的图片贴出。

二是在大伙为选景点选角度折腾得手忙脚乱，大有不弄出几张惊动摄影界的作品誓不罢休的当儿，我阴险地想起了永兴一位十分聊得来的网友，便拿起手机一个劲儿地拨打，让其赶来共观美景，关键时刻偏偏就差错不断，我所拨打的则是网友工作岗位的号码，正逢周末，关机。

或许，网友此时尚在凉风熏醉绮罗芗泽的温柔乡。

落寞的古城堡

一座城堡，在湘黔川边界的大山深处孤兀耸立，当它在历史里醒来，时光已过去了一千多年。

这是一座石头堆垒的小城，城墙和道路全是长条青石板，城内所有房屋甚至瓦片都是由石料砌筑。

十四年前发现南长城遗址后，山脚下这座叫黄丝桥的古城堡也开始被人记起。于是，在还没来得及大兴土木胡乱开发之时，我便成了这里最初的游客。

那是一个初夏的上午，久雨后突然放晴，阳光十分灿烂，水汽蒸腾，氤氲不散，保存完好的城墙就像一幅深灰色的画框，把古城悬挂于山野间，捕捉着每一丝不慎闯入的目光，整个城池既被刷洗得干干净净，水渍斑斑，又被阳光照晒得灼热滚烫，纯净明亮。

说它是城堡，却更像是一个村落。

它一直延续着旧时的神韵，县衙、马厩、粮仓、小校场、屯兵营房等，散落在横平竖直的街道两旁，混杂在钢筋混凝土的新式楼房之间，恰似一副古旧的棋盘。

在这不足四个足球场的地域，居住着百余户人家，主要有

111

苗族、汉族和土家族，他们的祖先有的是从江西调遣过来的绿营兵，也有为避兵荒从城外躲进来的外乡人，几百年的时光，足够让那些外来者把这里当成故乡。

城内建筑低矮紧凑，没有超过两层的，居民似乎因空间狭小而彼此认识。

沿街的石阶上坐着一些挑担卖山货菜蔬的小贩，有人坐着坐着就打起了瞌睡，门店主人并不介意。再说，就这么小一块地盘，又能把他们赶往哪里呢。

逼仄的街巷里，年轻女人衣着光鲜，赶着时尚，中老年妇女大都穿自制的苗服或土家族服装，头巾和衣服上挂满了银质首饰，手上提着竹篮，肩上系着背篓，在漫不经心地逛着集市。

一位老妪背靠老宅的门柱，细心地梳着最后几根长发。

几个像是逃学的孩童，背着书包啃着玉米薯干，蹦蹦跳跳满街一顿乱跑。

临街都是乌黑斑驳的老屋，阴暗的院落和屋内，聚集着玩牌、喝茶、聊天的男人。他们讲话时地方口音很重，语速很快，细细一听，依稀能听懂一点，大概是在讲些从前张司令、李旅长、王副官的故事。

我便觉得，时间这个大导演百年前就拍好的老电影，正在湘西北一个偏远的角落播放。

城楼的屋顶为歇山式，下层构有腰檐，上盖小青瓦。城墙斑斑驳驳，杂草丛生，雨后的阳光，在飞檐下投下湿漉漉的阴影，几个世纪的风霜雨雪，都堆砌在它的屋顶和城墙上，让它有些不堪重负。

我抬起脚，跨上并不雄伟的城楼，也就一脚跨进了小城的昨天。

当年，一个叫武曌的女人，从贵州松桃县的外婆家途经此地的渭河村，应召前往京城长安，曾入住一胡姓家，并认了胡某的妻子武氏为姑妈。旅程匆匆，她却牢牢记住了这方土地，只是，这一去山高路远，此生不知还能否再来。

在一番没有硝烟的拼杀后，她成了女皇，改名为武则天。当她把内院收拾得山清水秀，海晏河清后，轻轻舒了一口气，接着把目光转向西南。为感恩曾经的盛情款待，为日后重返故地有个憩息之处，当然啦，也为巩固边城，于唐垂拱二年（686 年）派其内弟，在此修建了一座规模宏伟的城堡，屯兵镇守，称为渭阳县，元代时县衙迁往凤凰城。因此，我以为，真正意义上的边城并不是凤凰，而是此地。

时隔千年后，清康熙四十四年（1765 年），渭阳村的满荐朝高中进士，皇上派其回乡按原规模重建此城，但满的孙子私自动用修城的银两，去云南贩卖鸦片亏空甚多，导致经费不足而缩小规模，便成了如今的袖珍小城。

满的孙媳王氏见丈夫如此不争气，便拿出所有私房钱，把村里小渭河上的木板桥改建成三拱石桥。村人为纪念其义举，将此桥称为王氏桥。新中国成立初期，随四野南下的陈姓连长驻扎村里，北方口音将"王氏桥"读成"黄丝桥"，久而久之，村名就叫成了黄丝桥。

迫于繁重的苛捐杂税和民族歧视，苗民曾无数次奋起反抗，当初朝廷兴建城堡的初衷便在于"苗不出境，汉不入峒"，于是，自修建后这里就战事不断。

早在东汉（47 年），这里的苗民造反，朝廷先是派武威将军刘尚率万人前往征讨，竟遭全军覆没；次年，再派谒者李嵩和中山太守马成率军前往，又连吃败仗；伏波将军马援主动请缨，率兵四万平蛮，亦战死疆场。

后来，康熙帝的爱将，威震西藏的福康安也命丧此地。

乾嘉年间，朝廷又调遣了两湖两广云贵川七省十八万官兵在此围剿。

苗民聚居的寨子叫"镇竿"，当年曾国藩攻打太平天国，"镇竿兵"便是湘军主力，号称"天下第一兵"。

1937 年 11 月，由镇竿兵组成的国民革命军第 128 师，在浙江嘉善阻击装备精良的日军第六、第八军团，此役重创日军，128 师也伤亡大半。那些日子，小城内家家息炊，户户招魂。

从这些简短的史料记载中，我们不难看出，这是怎样一个骁勇强悍的民族，怎样一段悲壮惨烈的历史，怎样一座硝烟弥漫的城堡。在一千多年的时光中，这里兵匪成患，动荡不安，民不聊生，苦难深重。

沈从文在自传里写到，小时候经常可以在沱江边看到被捉来的苗民的尸体，城门上经常有苗民的头颅。并这样描述过："古城历史的至少五分之一都是战争状态，动则血流成河，妇孺皆兵。"

如今，狼烟四起的情境早已消匿，戍边的重任也已成为往事。历史重新翻开的时候，谁也不知道这里有过多少次骨横朔野的厮杀，当我们的手指拂过那些泛黄的纸张，以及纸张上简短的文字时，我们无法弄清，在那些连天战火中，谁曾经痛哭失声，谁曾经流离失所，谁曾经血满襟衫。

也许，只有时间才能愈合心灵的创伤，当泪水被湘西北的阳光晒干，在春播秋收的清平时世，古城里的屋檐，正把梦悬挂在青色的瓦楞下面，窗口注视的眼睛，更多看到的是那些金色的收成，渐渐忘记的是一座城池攻守交替的腥风血雨。

前不久，我重访古城，只见满目疮痍，稀稀落落住着几户人家。城楼多处坍塌，瓦片东零西落，彩绘的吊顶有木板脱落，木柱上的红漆早已褪去原色，城墙上布满青苔，杂草已盖过人头。

据说，2001 年地方政府决定将古城景区委托给某旅游公司承包经营，让城内居民全部迁出。不料，先后启动五次，终因补偿标准不合理、搬迁资金不足等原因而搁浅。

一个国家级的重点文物遗址，竟如此落寞，这是个意外。

当其他地方的景区，争相用一幢幢没有个性的仿古建筑装点，让无数旧城充斥一堆堆建筑垃圾时，这座原汁原味的城堡，就这么孤清荒凉地耸峙在湘西北的偏远山地，侥幸避开了汹涌而来的世俗污染，珍藏着可供整个世界慢慢品尝的旧日时光，这实在是件该值得庆幸的事。

苍凉雁门关

最早知道雁门关，还是在儿时的连环画中，那个骑烈马执长枪的杨六郎，就在这里演绎着关于英雄的故事。

而近来再次接触这个地名，则是看了金庸小说《天龙八部》改编的电视剧，剑客乔峰带阿竹到雁门关外牧马，在这里吟唱着缱绻缠绵的悲壮恋歌。

我曾无数次在脑海里勾勒过这座古塞名关的模样，于是，心中便有了去那里一看究竟的冲动。

半个月前，正是秋风萧萧、胡雁横空的时节，我千里迢迢来到了雁门关。车子停靠在宽敞的省道旁，我沿着一条崎岖小道磕磕绊绊行进。

走过两公里后，眼前有了一条干枯的河床，对岸是一个贫瘠的小山村，零零落落地散布着几处低矮破旧的民房。据说这里的村民，都是古时守关军卒的后代。

房子大都依山而筑，石垒土砌，竟有山羊趴在屋顶，悠闲地嚼着丛生的杂草。村子的小路上撒满了灰黑的驴粪与羊粪，一两个衣着褴褛的村民蹲在摆放木耳、杏仁等山货的地摊前吆喝着。

偶一抬头，远远地看到一座残破荒凉的城楼。

我怎么也没有想到，这就是曾经气吞山河的千古雄关。

雁门关建在钩住山，位于恒山南端，这里群峰挺拔，地势险要。有"一夫当关，万夫莫开"之势，它"外壮大同之藩卫，内固太原之锁钥，根抵三关，咽喉全晋"。从战国时期起，历代都把此地看作战略要地。

关城周长二里，墙高二丈，石座转身，雉堞如齿，洞口三重，曰东门、西门、小北门。

箭楼洞门两侧镶嵌砖镌楷书门联："三关冲要无双地，九塞尊崇第一关。"

关城正北置有驻军营房，东南设有练兵教场，这不大的场所常驻有万余边关军卒。

秦始皇统一六国后，派遣大将蒙恬率兵三十万，从雁门出塞，把匈奴赶到阴山以北，然后修筑了万里长城。

雁门关是一座男人的关隘，这里述说的净是古今英雄的传说。

远古年代，生存环境异常恶劣的北方游牧民族，在戈壁大漠与凄清草原上，觊觎中原大地"四月南风大麦黄，枣花未落桐叶长"的丰足年景，便时常做起挥师南下雄霸天下的大梦。

为阻挡强悍的北方入侵者，这里成了赵国门户、汉室要塞、唐宋边防、朱明重镇。

于是，千百年来，雁门关外烽火连天，战事不断，鼓角鸣响，杀声震天，

唐代诗人李贺曾在此留有名句：黑云压城城欲摧，甲光向日金鳞开。

这里既驰骋过李牧、蒙恬的萧萧战马，飞扬过卫青、杨家将的猎猎旌旗。

也流连过走西口乡亲一去难返的悲壮身影，飘舞过王昭君出塞和亲的彩幡锦织。

战火硝烟一直延续到七十多年前，八路军 129 师在这里打响抗击小日本的平型关战役。

从赵武灵王到汉武帝，从驱胡掳到抗倭寇，几千年的金戈铁马就在这雄关内鱼贯而出，消失在时光的风晨雨夕中。

我沿着关内那条被岁月打磨得光滑幽深的古道，穿过东关城楼，来到一处残垣垛堞上向南眺望，远处尽收眼底，视野开阔成无边无际。

一道古城墙，分隔着一场场生离死别，交织着一段段爱恨情仇，也见证着一个民族与另一个民族的尊严。那时，一边是青山绿水、田园牧歌，一边是黄沙飞扬、大漠孤烟。

我用手触摸着这一块块破损斑驳的砖墙，就像在翻阅一页页发黄的历史。

冥冥中，我眼前幻化出一幅远古的边塞画卷：烽火狼烟的苍凉、落日大旗的雄浑、戍楼刁斗的凄冷、浊酒万里的乡愁，以及醉卧沙场的悲壮。

然而，纵目四野，却看不到孤城守更的灯火，听不到月夜幽怨的羌笛。

如今的雁门关，早已不见烽火狼烟突起、牛角号声呜咽，不见"欲饮琵琶马上催"的仓皇急迫，不见鸣锣击鼓旌旄蔽空的豪迈壮烈，也不见背井离乡出走西口的凄凉悲怆，感受到的只是一派浩大壮阔的宁静，一片雄浑苍茫的沉寂。

生命远去了，无生命的残垣断壁却留了下来。

此刻，我心中的雁门关是漫无边际的荒凉与寂寞，相对于其他古迹的人流如织喧嚣热闹，这座千古雄关却人迹罕见游客稀少，显得格外冷清萧条。

总在想，这座荒废的边塞雄关，就该这样的颓废下去，没有烽火硝烟金戈铁马，没有刀光剑影腥风血雨，没有边界的纷争，甚至连城门也洞开的雁门关才最美丽。

丽江访古

20 世纪末的秋天，我第一次到丽江。

当我在东巴人破旧的楼房里看他们的壁画和象形文字；

当我在阴暗的院落欣赏被称为音乐活化石的纳西古乐；

当我在玉河桥上看图腾般的木雕群；

当我在玉龙雪山的冰川俯瞰莽莽高原时；

我被那份美丽与宁静、苍凉与古远、厚重与殷实所震撼。

丽江原名大研镇，四方街是大研镇的心脏，不大的场地却让人感到一种虚怀与空阔，处处透露出高原古城的万般威仪。这里是茶马古道的起点、各种商品的集散地，周边是保存完好的旧时店铺，每条或窄或宽的小巷旁都有潺潺有声的小溪。这里四通八达且地势较高，是古城清洗街道的起始处。清洗时，先在夜间把玉河下游的坝口堵住，让水溢出街面，清晨起来沿街巷冲洗。间或地这么一番冲洗，街道洁净得即便满地打滚也不会弄脏衣服。

早上，暖暖的阳光投在安静空寂的街巷，已是上午八点多钟，我端着相机转悠了大半个城，才见几家店铺缓缓开门，"吱吱呀呀"的开门声在静寂的街巷里显得格外悦耳。起床的大都是上了年纪的女人，她们把柴火炉子烧得浓烟滚滚。阳光在狭窄街道的屋檐缝隙间穿过来，层层叠叠地洒在窄窄的石板路上，就像霜黄的宣纸裱衬着一幅悠远的史籍字画：骑楼、花窗、门廊、隔扇、砖雕、短墙。屋脊瓦楞上，那些不知长了多少年的草枝，大多蔫蔫的打不起精神。斑驳脱落的土墙、被风吹雨淋得棕黑的木楼，都还沉浸在一层迷蒙而又温暖的睡意之中。

快到中午时，整个古城顿时热闹起来，有挑担的，有练摊的，有谋生计的，也有旅游的。这里刚被联合国列为世界文化遗产，慕名而来者，各自以他们鲜艳的服饰在这里招摇过市，各种肤色、各类语音在这里混杂一堂。

夜深时，古城静寂无声。这里民风憨厚，人心淳朴，那些开化都市的明火执仗者和梁上君子们尚未光顾。在这样的异域远方、这样的良宵美景，根本就没有不出去走动的理由。

于是，在那古老幽深的小巷里，我深一脚浅一脚地走着。夜风中屋檐下的风铃清脆摇响，忽明忽暗的客栈牌匾和酒店幡旗倒映在流淌的河面上，被人们终年打磨得如铜镜一般发亮的石板路泛着幽幽的光，凹凸不平的路面把脚板踩得生疼。

其实，这里最适宜旧时的赤脚、布鞋和嗒嗒作响的马帮，适宜身佩长剑慨然远行的侠客。在这样的夜晚，走在这样的小巷，那种恍若隔世的感觉真是妙不可言。

作为远古时期游牧民族的后裔，纳西人习惯了烈日、长风和大漠，他们的血液中流淌着刚毅、勇敢和不畏艰险的特性。不知几时起，他们的祖先经历无数次喋血厮杀和生死追逐后感到疲倦了，在几番颠沛流离后选择了玉龙雪山下这片土地繁衍子孙，休养生息。

这里丰沛的水源给纳西人浸润了水一般缱绻缠绵的柔情，他们收敛了放荡不羁骄横暴戾的本性，在汉、藏、白等几个强大民族的夹击和包围下，因体现不出强悍而渐渐消沉。久而久之，他们过惯了宁静淡泊的生活，软软地没了脾气。只有在"木王府"里那规模宏大、殿宇壮丽，极尽奢华和铺张的建筑与装潢，才让人联想到纳西人昔日的辉煌、显耀和大国气度。

在这远离都城的高原，在这王权不达的穷乡僻壤，他们与世无争，自给自足，写着外人看不懂的文字，弹奏着世代流传的古乐，生活中没有过多的精神压力，没有强烈的时间观念，柔美和畅无处不在，生命就这样轮回着。

这种心态和气氛也感染了所有来这里游玩的异乡过客。在我涉足过的酒店茶楼，大多数人都显得悠闲无事。时间只是偶尔从那些被进出的客人掀起的门帘中泄露进来，昨天，今天，明天没有太多差别。这里容得下人生里所有的无聊和烦琐，所有游手好闲的男人和喋喋不休的女人。

据说，有个外国游客在很长一段时间，总看到一位纳西老人整日在自家低矮的屋檐下晒太阳，早上朝东而坐，下午移动矮凳扭身向西。他好奇地问老人："你每天这样单调的生活，感觉幸福吗？"

老人淡淡地应道："这样很舒服呀。"他又问："每天除了吃饭睡觉就是晒太阳，你能体会到人生的乐趣和目的吗？"

老人一脸茫然："这些我不懂，你能告诉我什么是人生的目的。"

于是，他讲了许多精辟的或粗浅的人生目的，老人听后每每摇头。最后他说这些都不是，那就只有坟墓了。老人说："这就对了，人一生下来就是向坟墓走去，何苦要这般紧赶慢赶呢。"

这便是高原古城人生活习俗的缩影。在这里，心可以如此平静，幸福和快乐的感觉也可以如此简单，在这么简单的人生观面前，我还能回到我自己纷繁复杂的生活中去吗？难怪有人说，来到丽江让人最苦的莫过于还要回家。

四方城外有一片神秘的草甸和亘古雪山。那片叫云杉坪的草甸是纳西人的情死圣地、理想中的天国。玉龙雪山是纳西人心目中的银色图腾。那里天空深蓝显青，蓝得让人恐怖，偶尔飘过几朵白云，则如棉絮般耀眼。据当地人讲，大研镇的居民有些活了一辈子也没看到过雪峰的模样，这里朝有白岚，暮有紫烟，弥漫于雪山的氤氲之气使它具有浓烈的神秘感。

那次上玉龙雪山前，我还穿衬衫单裤，而登上缆车时我已全副武装，租了棉衣棉裤棉鞋氧气袋。在海拔 4600 米处，我被雪峰的神奇与绮丽所感动，我狂奔疾跑，我尖声大叫，我激动兴奋大汗淋漓。我脱光了所有衣服，并将衬衣高高举起拼命摇晃，这模样招惹了所有衣着臃肿的年老年少男人女人的目光。一位记者模样的人向我伸出话筒，问我为什么在冰天雪地打着赤膊，我脱口而出：在这座神圣的雪山面前，任何华丽的或俭朴的衣着，都是对雪山的亵渎，任何赞美在这里都是庸俗而浅薄的，面对雪山，唯有赤诚，唯有肃然起敬。

与其他风景区相比，丽江除了拥有同样勾魂摄魄的自然景观，更让人神往的是那厚重的历史沉淀和不染的古朴民风，它净化人的心灵，震撼人的魂魄，让你来了一次就时时想再来。

自那个秋天后，我就拒绝所有去往丽江的旅行，生怕那个梦境被打乱，那份美好感觉被改变，我小心地保护着最初的丽江印象。我得承认，那种拒绝是痛苦的，那种保护更是软弱无力的。终于，我经不住对美好的诱惑，事隔五年，我又一次踏上去丽江的旅途。

第二次去丽江，离开大理老城区，远隔两公里多就清楚地看到了那座印象中神秘的雪山。据说，如今每天上山的游人达两万以上，浩大的冰川早已荡然无存，只剩下山顶一小块白色的峰峦在抱残守缺地挣扎着、坚守着。

这座纬度最低海拔最低终年不化的雪山，这座地球上唯一未被征服的雪山，这座让我魂牵梦绕的雪山，不久将揭去最后一抹白幕而赤裸裸地呈现在世人庸俗的目光中。

走进四方街，扑面而来的是浓烈的商业气息，到处是酒吧、商店、灯红酒绿、歌舞不休，喧闹嘈杂不亚于任何开放都市。玉河沿街所流过的那份悠远和宁静早已被世俗所吞噬、所淹没，那悠闲晒太阳的老人不见了，在玉龙雪山上打赤膊再也不算新鲜事了。

我在丽江城再一次被震撼，因为那份美丽被玷污，那份感动被摧毁，风景不再，人心不古，当我历尽千辛万苦，跋涉万水千山，寻到的只是一个残破的梦，我沉浸在深深的伤感中。

联想到近几年去过的几个有名气的地方，如罗布泊这个我国最大的内陆湖，早已是沙漠的汪洋，滔天黄沙寸草不生。

如阿坝州的红原县（由周恩来总理命名，意为红色的草原），曾被誉为亚洲地区的——叶肾脏，改良着整个亚洲的气候和湿度，红军长征时有一万六千将士沉陷在这片草地的沼泽中，如今也已干枯荒凉，沙石遍野。

还有著名宝塔山下的延河水，莫高窟前的宕泉河早已停止了亘古如斯的流动，敦煌已成为被沙漠包围的孤城。

甚至是天山，甚至是珠穆朗玛峰，那积攒千年的冰川，也消融得显露出黑石的狰狞而不再神秘、不再美丽。

我陡然醒悟到，对于一方心仪的去处，理当尽早去挥霍你的时间和铜钱，稍一迟疑，便会被现代文明无休止的扩张淹没，被钢筋水泥带来的喧闹覆盖。

于是，我准备好行囊，时刻向往远方而整装待发。

丽江逗留

我这是第五次去丽江了。

前四次都是跟旅游团走，除了在主要景点随团队打飞脚急匆匆路过，便是被带进坑蒙拐骗的商场慢悠悠购物，事后想起来，仅仅是到此一游罢了。

这一回可神气了，我这个只会摆弄傻瓜相机的人，竟混在本市几位声名远扬、携带入选作品的摄影家队伍中，去大理参加第八届中国摄影艺术节。只是，在众多才华横溢仪表堂皇的摄影大师面前，獐头鼠目如我者自惭形秽无地自容，一时如泄气的皮球神气不起来，便自告奋勇打前站，提前三天独自去丽江发呆去了。

傍晚七点多钟，热情好客的大理银鑫客栈老板，驾车送我去几里远的地方搭车。车子开动后，我发现二十个座位的中巴车只有三个乘客，一打听，原来是有个十七人的团队因故改了行程，司机为不耽误我们三人的时间，不待多等几个乘客就赶路了。在这个旅游旺季，坐车得预订车票，为了那个十七人的团队，已告退了不少乘客。我问司机怎么不去找那个团队赔偿损失，他说："出门在外，谁不遇上个难处，大家相互理解嘛。"

顿时，这个瘦小的身影在我面前变得高大起来。

　　一路上，我拜托成都的博友苏焰警官，让她打听丽江博友不凡人的手机号码，到底是人民警察，抓坏人手到擒来，寻好人也出神入化。深夜十二点，我刚落座客栈，不凡人的电话就来了，约定十分钟后在四方街边的桥上会面。不到八分钟，就见一位戴绅士帽、留山羊胡的精干小伙子向我走来，凭直觉，我断定他就是那位博客上人气很足，尤其是女粉丝成堆的不凡人了。随他而来的，一个是满脸络腮胡的胖汉，另一个是单瘦的帅哥，无论是言谈举止还是体型外貌，三位哥们都应是这座古城里横着走路旳人物。

　　与不凡人在网上神交已久，见面后得知，他早几年甩出几百万在市中心的红太阳广场旁买下一栋楼，开了个规模不小的客栈，雇人帮忙料理琐碎事务，自己则成天与一帮朋友或房客东游西荡花天酒地纸醉金迷。按理说，在丽江开客栈就等于开印钞机，而我们的不凡人同志，却连平时消费也常要在银行卡上刷出点老本。此后的两天，豪爽仗义的他几次要请我的客，我虽身不离相机，却不敢提出与他合影，理由是：他太强大，我渺小得当陪衬也不够格。

　　在这座高原古城，随便撞上谁，说不定就是个很有来头很有故事的人，那两天我就碰到过几个。

　　比如，不凡人的那两个哥们，肥胖的是台湾来的老总，帅哥是内地高官的公子，都是不凡人的房客，在他的客栈住下后乐不思蜀，忘了回家的路，在这里游手好闲已有几年光景。

比如，我所下榻的客栈老板，夫妇俩是北京人，在深圳工作，今年三月来丽江旅游，听说客栈要转手，就立马买了下来，其实，丽江好些客栈都是有闲有钱者一时兴起弄来消遣的。

比如，刀郎带俩保镖去一酒吧，老半天无人捧场，若在内地，早已里三层外三层围着，要求合个影签个名呀什么的。其中一保镖不解为何如此受冷落，便起身走向邻座的食客，指着自己席上那个留平头的人，问是否知道他是谁。食客抬头睨了一眼，漫不经心地说："告诉你吧，他是刀郎，一个扯开喉咙吼歌的家伙。"

我不由得想，在这个天高皇帝远的地方，别说是个卖唱的，即便是一伙本国的、外国的元首或部长，也招不来眼球。

再比如，后来带我们去中虎跳探险的李姓小伙子，是个专搞户外的向导，早先在云南红河足球队踢主力中锋，退役后在丽江一中当误人子弟勾当的体育老师，开口闭口总爱说要有刺激才有成就感，喜欢带人去无人知晓的偏远角落。去年汶川地震后，政府当局封锁了川西大部分景区，他常带一帮游客绕道偷越封锁线。

自 1998 年第一次去丽江，后来每去一次，感觉就变味几分。现在的丽江老城区，繁华都市里拥有的喧嚣嘈杂乌烟瘴气，这里应有尽有一样不缺，终日里人头攒拥铜臭熏天，尤其是到了晚上，相隔不足五米的店铺间，高分贝的音响混杂着庸俗不堪的尖叫声，让人唯恐避之不及。

几年前，我曾写过一篇游丽江的狗屁文字，被朋友肖先生在熟人间一顿胡乱渲染，我便想，下次再去，定要写个拿得出手的游记，才对得住肖先生的抬举和厚爱。结果是，后来我一连去了四趟，却一次比一次找不到感觉，看来，我只能借这篇破烂文字向肖先生鞠一躬：这一回是真的对不起了。

丽江这座高原古城，吸引世人的神秘感正在日渐消失。若任其肆意折腾下去，我敢断言：不久，这里将只不过是通往藏南川西的一个中转站，人们来到这里，不再是为了访古、发呆、艳遇，而仅仅是逗留。

生死天梯路

宽敞平缓的金沙江流至雄古地段，突然就被两座著名的大山——玉龙雪山与哈巴雪山，挤压在一条狭长幽深的过道里，入口处便是虎跳峡，其气势的壮观程度会让人想起壶口瀑布。

每天来虎跳峡的游客络绎不绝，他们大多在这里逗留一会就返回丽江，或赶往香格里拉。

以往去往丽江，都是随旅游团走。这次我们认识了一位专搞户外向导的小李，他人很精干，也很健谈，喜欢带游客去人迹罕至的地方，用他自己的话说，越刺激就越有成就感。他带我们围着玉龙雪山转了一圈，沿金沙江顺流而下，途经中虎跳、下虎跳、云杉坪（也称十二岩子坡，纳西人的情死圣地）、白沙镇（现改名大具乡，纳西人最早的发祥地），百多公里路开车走了三天。

通往中虎跳的路如一条挂在悬崖绝壁上的飘带，那几天一直下雨，崖壁上不时会掉下石块，好几处路段被泥石流堵塞。一路颠簸后，我们来到"张老师客栈"，每人留下十元的买路钱后，顺着一条陡峭狭窄的小路往下走。这条通道是当地一个叫张老师的人修筑的，是一条毫无安全保障的险恶之路。

我有严重的恐高症，平时站在五层以上的楼层就不敢往下看，轻则头晕眼花，重则感觉天旋地转。经不住李向导成就感的鼓噪和过分热情的搀扶，手足并用战战兢兢，好不容易来到垂直高度四百余米的江边。

和上虎跳一样，江中也有一块巨石，被汹涌的江水猛烈撞击，引得峡谷浊浪滔天，涛声震耳。

江边有一间茅房，暗黄的泥坯墙面上里三层外三层贴满小纸条，或畅述豪言壮语，或倾诉思乡之情，有失恋者的哀怨，有受挫者的消沉，也有预告某月某日来此跳江的，甚至有留下遗言即赴向江中的。房主人说，这里很邪门，他曾亲眼见过好几个舍身跳江的。也难怪，在如此波澜壮阔的自然景观面前，在征服与被征服的较量中，生命就显得异常的微不足道。我想，当时我一定是中了邪，要不，我明明知道自己严重恐高，明明知道从天梯攀爬比原路返回险恶百倍，明明知道李向导信誓旦旦的保驾承诺不值一钱，却义无反顾地选择了走天梯的路。

人说华山是天下第一险，我曾先后去过六次，其实，长年以来，经无数次修筑加固的人工栈道，已足可让人放心行走。而这条由江边房主人开挖的，攀爬者需交十元过路费的险道，今天说起它来我还腿脚发软冷汗直冒。这是条开在峭壁上的小路，每走一小步，都得把脚弯成九十度以上，而这每一步都仅有唯一的一个落脚点。至于用以防护的栏杆，华山全是手指粗的铁链条，这里则是一根比筷子还细许多的小铁丝，仅能起点心理作用，根本防护不了什么。当年李白写"蜀道难，难于上青天"的诗句时，一定是没到过中虎跳，一定是没爬过天梯路。

勉强走过五分之一的路程，接下来的路一步险过一步，这时，我开始后悔了，但已经完全没有退路。对于一个恐高者，最怕的是从高处往下看，何况这是在悬崖间，何况脚底是浊浪翻滚波涛轰鸣的深渊。往上爬，可以只盯住眼前的路，也就不觉得危险。而往下退，就必须时刻看着脚下恐怖的一切，随之而来的便是脚发软，手发抖，头发晕，要知道，对于恐高者来说，那是一种不由自主天旋地转的发晕啊。

当我硬着头皮终于爬到天梯旁时，有一处用以歇脚的茅棚，我坐下后问李向导还有多远，他说刚好走了一半，过了天梯，路况会好一点。我抬头一看，那是怎样一座险恶的天梯呀，在悬崖间垂直挂着，高达二十多米，让人觉得它随时会脱落下去。

我一时全身瘫软，只觉得到了鬼门关："你这小子说包我上去，不会有事的，现在你怎么包？"

"别急嘛，左边不远处还有一个天梯，只有八九米高，你走那边吧。"李向导无事一般轻松地说。

我知道，再怎么怪他也无济于事，此时的命运只能靠自己掌握了。虽然我感觉到，他的帮助对我很重要，我却不知道自己究竟需要什么样的帮助。

坐在茅棚里，我努力让自己放松，不去听震耳的波涛声，不去看脚下的深渊处，也不去想险峻的来时路，我静坐一会后站起身来，想让李向导带我去左边的小天梯，有他在身边我底气自然会足些。举目四顾，这个家伙正兴致勃勃带领几个靓妹爬到了天梯的尽头，任我喊破嗓子，他装作没听见似的，一忽儿连鬼影也不见了，我突然就感到寒彻心脾的绝望。

天梯是用两根十二毫米的螺纹钢简单焊接，一副摇摇欲坠不堪重负的破败样子。

我心里清楚：爬上去，我的生命就可以延续下去，爬不上呢，这个世界从此就与我无关了。除了我自己，谁也救不了我，这样的攀爬，稍一疏忽，便会万劫不复。

于是，我鼓足勇气，双手紧握铁条。我知道，此时，这条贱命就完全捏在自己这双手上，这里的每一次抬腿和落脚，说不定就是整个人生了。我屏住呼吸，沉着稳重地一步步往上移动，这短短的二十几米，我仿佛走了一生。

终于，我总算爬到了天梯的尽头，原来，死神也怕咬紧牙关。虽然前面还有一半的路程，虽然剩下的路还很艰险，连这索命的天梯都过了，我还有什么过不了的坎呢？只是，这辈子我再不敢走这条路了。

远远地，我看到了将要入住的天梯客栈，心情十分放松。令我沮丧的是，我同时也看到了那个把我抛弃在鬼门关前不管不顾的李向导，疾步走近他，我用最恶毒最刻薄最难入耳的咒骂向他倾盆倒去。

他耐心听完后，嬉皮笑脸地说了这么一番话："你瞧瞧你这身坯，两百斤重呢，你也不想想，我比你轻好几十斤，难道还想让我背你上来不成？在那样陡峭的地方，你哪怕是滑上一脚，我也救不了你。要知道，人都是逼出来的，爬这样的天梯才真正地有成就感。"

这个开口闭口讲成就感的家伙，见我的火气消了下来，又兴致勃勃讲起一个故事来。说是有一次带四个靓妹从西昌向亚丁走，一路上靓妹们叫苦不迭，时而抱怨行囊太重，时而大呼腰酸背痛，时而甚至坐下就不走了。李向导一贯怜香惜玉，平时看到女人眼睛里就会发出绿色的光，有了这么个讨好的机会，便自告奋勇把四个大背包用一根树枝挑了起来，虽然百般辛劳，心里却美滋滋地很有成就感。

在一个荒无人烟处（其实这一带到处是荒无人烟），李向导突然看到了一群狼，他知道，在这荒野里，若是一只孤狼，它会绕道走，而一群狼才最可怕，它们特别具有攻击性，即便是面对狮虎猛兽也绝不退让。幸好狼不会上树，于是他大呼一声"有狼，快爬树"。他喊完话，迅速把背包卸下，抽出树枝用以壮胆，准备停当，他很担心地往后一望，四个靓妹早已在树上歇息了。在此后的一段路程，他再不理会靓妹们的撒娇，理由很充足：你们声称走不动，爬起树来却比我快得多。

走到天梯客栈时已近黄昏，远远地，可看到山下的江流，可听到隐约的涛声，四周是一片荒凉与雄浑，经历过生死天梯路后，觉得活着真好。

一路走来，我看到了金沙江的气势，感觉到了虎跳峡的险峻，我顿时肃穆，心想：从此，我将在神奇的大自然面前收敛起一颗狂傲的心，我不再轻蔑大自然。

夜宿中虎跳

不知是命运的注定，还是上帝在冥冥中的安排，我生命的坐标总是指向荒凉，总觉得只有西部高原的空旷和孤寂，才能容得下我一腔奔涌的情感，才能静得下我一颗躁动的灵魂，总觉得只有那里才是最值得我挥霍时间与银两的地方。不久前，当我终于攒足盘缠后，便背起行囊又一次向西部走去。

金沙江将丽江与中甸两县沿江分割，全长十八公里的虎跳峡夹在两座大山间，东有玉龙雪山，西有哈巴雪山，两座山的主峰在中虎跳隔江相望。

那天走完天梯路已近黄昏，向导小李带我们住进天梯客栈，这里位于哈巴雪山腰部，在中虎跳正上方。客栈有一处瞭望台，本想在这里欣赏四周的景色，不料一场阵雨袭来，只得赶紧跑回房间。好险，这雨若是早来一小时，我就只能在悬崖间的天梯旁过夜，若再滚下块大石头，那后果就不堪设想了。

由于一路上极度惊恐和艰辛攀爬，人就显得格外疲惫，草草吃了晚餐，把身子随便擦洗一番后便准备上床休息。突然，一阵恶臭扑鼻而来，我翻身爬起，把两张床的被褥掀开，又钻进床底仔细搜寻，都不见异常。我旋即意识到问题应是出在李向导的那双脚上，他曾在云南省红河队踢过足球中锋，那双香港脚的气味，比他踢的球还难闻不知多少倍。提醒他后，他便面色尴尬地把鞋子丢进卫生间，然后又躺回床上，两分钟不到就鼾声如雷，震得门窗一顿乱响。

我睡觉本来就穷讲究，不熄灯睡不着，有蚊子睡不着，响动大睡不着，甚至是陌生场地也难入睡，而此时此刻呢，除了李向导的鼾声，还有密集排列轰鸣震耳的蚊虫。特别严重的是，李向导鞋袜散发的气味，从密封不严的门窗缝隙又穿堂而至，扰得我一时睡意全无。

我只得再次翻身爬起，捂着鼻子拎起李向导那双气味非凡的鞋子，跑出房间一甩手，远天远地扔到客栈地坪里，心想：要臭就大家一起臭。只是有一点担心，我曾看到两华里远的天桥边一客栈，住着一伙外国男女，若是臭得他们找上门来，那便是个国际影响问题了。

忙完此事后，想回房间睡个囫囵觉，谁知不小心把房门带上了，便高声叫小李，然而，任我怎么敲门叫喊都没回应。我想，一定是这敲门声远没有李向导的鼾声大，只得沮丧地来到大厅服务台，正好有一男二女三个主人模样的年轻人在闲聊，我说明来意后，便从男同胞手里接过钥匙，不料，却怎么也打不开房门。

返回身跟他们三位一说，那男同胞很生硬地回答："你、你、你弄不开，我、我、我怎、怎么去弄、弄、弄开，你不、不、不知道爬、爬、爬窗、窗、窗户呀。"一番话让我云里雾里的，这哪像个客栈老板说的话，这窗户要爬也不该是我呀，我正想要发点脾气，其中一短发女士忙说："对不起，让我去试试。"结果可想而知，她开锁的技术并不比我强多少，自然是无功而返。

这时，那男同胞又很生硬地招呼我："哥们别、别、别、别急嘛，这、这、这是上、上、上等的普、普、普洱茶，来尝、尝、尝个味。"

我心里想，反正一时也睡不着，不如坐下聊聊，何况还有上等的普洱茶伺候。

交谈中，得知他们三个都只是房客，真正的老板一个月前到沿海地区游玩去了，客栈就全权交付他们三人打理。而客栈的房产呢，又是属中虎跳江边茅棚里收过路费的老和所有，老和拥有中虎跳地段最大的客栈屋舍，加上开掘天梯栈道收取买路钱，另有两台进口面包车跑运输，据说一年下来，少说也有七八十万元进项。

当然啦，比起租他的房子开客栈的那位老板来，是小巫见大巫了，那个家伙丢下几十万元来这里开个客栈，仅仅是做个呼朋唤友聊以避暑修身养性的栖息地，挣不挣钱无所谓。平时因疏于管理，很少有生意，比如今晚上生意算是特好，也就我们五个。

那三个打理客栈的房客，都是些衣食无忧安闲享受的人，比如那位留短发的女士，是河南许昌人，今年五月来这里后就不想走了。

另一个系马尾辫的女士姓容，云南大理人，以前干过几年导游，还是去年春节来这里，就一直没挪动过。两位女士都面容姣好气质颇佳，听说身边都有一位成功男士支撑呢。

那位男同志呢，其形象我就实在不敢恭维了，年纪不到三十，身高不到一米六，敦敦实实，说起话来口吃很厉害，身着迷彩服，脚蹬齐膝盖的马靴，腰系警棍与军用手电，乍一看很像个冒牌当兵的。据系马尾辫的女士不经意透露，他的祖籍在江西，其外公是原成都军区的头目，其舅舅现任 17 军军长。他本人于河北陆军军官学院肄业后，在其舅舅麾下混个一官半职，来这里一住就是半年了。瞧我这眼光，他可真是个军人，而且还是个手掌呢，不对，应称首长。

容女士见多识广，不仅口才好，嗓音也清亮，特别是说起中虎跳的往事，更是如数家珍。

从她口中得知：距天梯客栈 500 米处有个山泉客栈，老板夏山泉是一个传奇人物，当年中央电视台一个有名的节目《话说长江》就专题采访过他。

中虎跳属虎跳峡镇的核桃园村，以前几乎没有外人来过。1986 年河南洛阳漂流队来此探险，在夏山泉的小卖店里小住几天，跟他讲起大山外面的世界，让他大开眼界。第二年春，他在当地残联借了 5000 元（他左手残疾，身高一米五左右，我于第二天登门拜访，与他作过友好交谈），建起虎跳峡镇第一个简陋的客栈。开业第一天，仅有两个外国佬。他想，照此下去，还不把短裤兜子都亏掉？

第二天中午，爱睡懒觉的他被一阵急促的敲门声惊醒，开门一看，啊呀呀，几十个高鼻梁、蓝眼睛的家伙几乎把门框挤破。此后，山泉客栈就成了外国游客最乐意歇息的地方，有的一住就是好几个月，生意十分红火。到 1996 年，甚至有一个叫玛佳的澳大利亚女留学生，干脆就嫁给他，当了客栈老板娘。于是，就有了这样的评价：

"他的善良和勤奋在恶劣的条件下创造了奇迹"（欧洲一家旅游杂志）

"夏山泉将虎跳峡的旅游开发至少提前了五年"（丽江旅游界人士）

1998 年年底，香格里拉县为了与丽江争旅游资源，沿虎跳峡修了一条二十五公里长的公路，既毁损了自然景色，也破坏了山体结构，成了一条机动车辆横冲直撞、油烟肆日又塌方不断的通道，让徒步旅游者大失所望。

容女士不绝于耳的述说，虽然精彩动听，但毕竟太疲劳，一看时间，已是深夜两点半了，那位留短发的女士不知几时已悄然离座，我便起身告辞。

当我走出客栈大厅的那一刻，立即被眼前的夜景所震撼。来大厅之前还乌云压顶，大雨滂沱，此时竟云开雾散。经过半个多月连绵不断的雨水清洗，天空就洁净得一尘不染，那个月亮呀，不知还能不能称之为月亮，当它从云层中露出时，就像喷薄而出的太阳，让人的眼睛不能直视，我想，我最初仰头一望的刹那，眼睛一定是被强烈的月光灼伤，以致许久都睁不开眼，睁开后又是一阵迷迷茫茫的晕眩。

我又一次睡意全无，忙掏出相机拍摄，实在是可惜了这轮明月，可惜了这台装备先进的相机，我这破烂技术，使我错过了这辈子再难重温的月亮，这轮让我神魂颠倒忘乎所以的月亮。

我想，在这条峡谷，一定还会有不眠的游人看到过这轮明月，只是他们不一定能记住这个夜晚，这是 2009 年的 8 月 5 日，即农历六月十五日深夜。

这时，我应该是犯了一个不可饶恕的错误，其实，我的摄影技术差并不要紧，与我同行的那三位可是专业的摄影家，前几天还携带入选作品在大理参加第八届中国摄影艺术节，他们的技术和装备可是十分了得，我完全应该把他们叫醒的。第二天早上，当我把这一奇观告诉他们时，受到的责骂和痛斥诸位是可想而知了。

在这轮明月的引领下，我徐步来到客栈瞭望台，只感觉到前所未有的心旷神怡，两座著名的大雪山隔岸对峙，群峰插云峥嵘突兀，峡谷深处稀稀落落忽明忽暗的灯火充满诡秘，映入眼前的是一片荒凉雄浑。

此时，我对中虎跳存有一种真正的敬畏之心，在诚惶诚恐的注视中，我看到了大自然的神奇伟大，也领悟到了西部的神秘与禁忌。

突然觉得：对大自然最精美的描述不在其他任何时刻任何地方，而一定是要在今晚，在今晚的中虎跳。

天涯流浪客

古人遥望彼岸的海南岛，曾发出"飞鸟尚需半年程"的慨叹，把那里称为天涯海角。

那里曾是古代封建王朝流放谪吏遣臣的南荒极地，也曾是地球上"少有的几块未被污染的净土"。

自 1988 年建省后，这里一时风生水起，开始喧嚣热闹起来。

十几年前，我听到过一个闯荡海南的传奇故事。说是国务院某机构的一位年轻人，他得知海南要建省的消息后，觉得这是人生的一次契机，便东凑西借二十万元钱，毅然辞去让人羡慕的工作，只身来海南淘金，以他十分幼稚的理念，认为建省后经济会有一个大的发展，来海南的人会急剧增多，吃的需求势必很大，于是，他倾其所有，在海口市郊买下大片土地，用以种植果树和蔬菜。不料，因不懂种植技术和经营不善，土地全部荒废。当他焦头烂额差点要跳海时，无数的人背着钱袋找上门来，求他匀出点地。原来，这大片地盘刚被纳入市中心，他摇身一变成了大款。

我和许多人一样，很早就来过岛上，只不过，他们是来凑热闹，来干一番事业。我呢，一直是在看热闹，乐得做个天涯流浪客。

　　说起来，这方土地确实好养人，年平均气温24度，土地肥沃，雨水充沛，即便是插根筷子也能生根发芽，这里的植被绿得铺天盖地，天空和海水蓝得触目惊心，若是赤脚行走在满是柔软细沙的海滩上，再坚硬的心也会顿时柔软下来。

　　难怪，一些在内地折腾得意气风发的人，喜欢来这里消遣。听说今年春节，海南好些高档宾馆住一晚竟达七万元，内地一老板要预订三间房住四晚，因迟来了一步，找遍全岛也没订到。临走前他在某宾馆手捏银行卡大发雷霆，服务员很委屈地说："很对不起，早在三个月前就来了几个老板，都是预订十个房间住半个月呢。"真是一个比一个神气。

　　一些走投无路的人也爱选择逃奔此地，如云南大学动刀子的马加爵、制造过几十吨毒品的刘招华（按照我国刑法，贩卖60克就可判死刑）等，都在这里度过生命中剩下的不多的日子，因这里既不怕冻也不挨饿。

　　当然啦，还有一些是如我这般游手好闲的家伙，只为去天涯海角散散心。我最近一次去海南，是今年阳春三月的一个周末，因为是参团旅游，照例是天不亮便起床，如参战的士兵清早就集合，然后把一半时间待在车上，一半时间奔跑在路上，直到天黑后精疲力竭地回到住处，结果是什么风景都没有印象，什么感受都没有留下。

　　尽管如此，我还是记住了一些事情：

　　比如：我从小的远大梦想，是将来能有吃有穿有零钱花，一番折腾后，梦想终于实现，很知足。而这次同团的一位老者让我对自己的知足大打折扣，那是一位七十六岁的退休老教师。我们这是一个零散团队，有四十余人，步调很难一致，导游便提出，每看完一处景点，谁最后上车得表演节目。而这位叫王云甫的老先生却自告奋勇，每次不管先到与后到，都由他来做节目，内容一般先是朗诵古诗，然后呢，压轴戏是宣传他的重大科技成果。

他原是中学物理教师，经多年探索考证，终于发现地球变暖的真正原因，若是谁能把这一科技成果的论文推荐到权威杂志上发表，他可分出30%的稿酬给推荐者，剩下的捐给失学儿童。因他预计这笔稿酬会无比巨大，同意把分配比例去司法机关做公证。

我很遗憾，那些权威杂志一贯与我过不去，无法获取这笔丰厚收益，只得利用博客透露给诸位，若谁推荐成功，我只要50%的纸钞作信息费，话说无凭，我也勉强同意去公证。

同时，王老先生还提出，他准备在30个大城市跑马拉松，每个城市一天跑80公里，若谁能找到赞助商为他完成夙愿，他一次性付给牵线人2000元。我很想得到这笔巨款，但苦于暂时还没找到赞助商，只得把他写给我的联系方式忍痛告诉诸位（见博文后的纸条照片）。同样，如赞助成功，我也只要50%的收益，绝不索求无度。

比如，我刚登上海南岛，那个照例毫无结果的博鳌亚洲论坛，闻讯后赶忙草草收场，各国政要已仓皇逃窜，那帮高谈世界风云的家伙若没走，我肯定会给他们来一堂经济课题的讲座。观点虽老旧但经久不衰，那就是——节俭是经济发展的重要手段。

理由是，世界若能和平共处，各国便可省下数额庞大的军费开支，这笔银两足可让穷人填饱肚子。

比如，海南人的烹调技艺堪称一绝，随团吃的饭菜就不用细述，自费的那几次印象特深。走进店中，光看那五花八门的菜谱，涎水就会毫无风度地流出来，而夹到嘴里，总要叹服一番那些厨师，竟可以把所有荤的素的菜煮成一样的口味，而且全岛（也可称全省）口味一致，毫无差别，尤其是一想起吃海鲜时服务员手拿的那块抹桌布，现在都恨不得去医院洗洗胃。

比如登岛前，我告诫自己千万别购物，并把勤俭节约这件传家宝打好包随身携带。可是，关键是这个该死的可是，一到被导游带往的购物点，方才发现传家宝遗忘在宾馆了，尽管已很节制，仍把银两花费到痛心疾首的程度。

无论怎么说，海南应该是个可以反复去走动的地方，当初苏东坡同志即便是被放逐，也不免发出"九死南荒吾不悔，兹游奇绝冠平生"的慨叹，在尝过岛上的红薯和蚝后，还让他儿子不要宣扬，"恐北方君子闻之，争欲为东坡所为，求谪海南，分我此美也。"

回家已多日，脑子里仍装满着那些蓝天、白云、碧海、沙滩、椰树……倘若攒了些盘缠，说不定我还会跨过那条琼州海峡，再当回天涯流浪客。

走近南街村

中原大地，是中华民族文明的发祥地，在这里，随便捡一块石头，都会使你想起一段历史。

在一个气候宜人、阳光明媚的日子，我慕名来到了颇具传奇色彩的南街村。

位于临颍县城南隅的南街村，是个仅有人口3180人，面积1.78平方公里的弹丸之地。

这里曾是一片古战场，只要你静下心来侧耳倾听，那箭矢簇雨的呼啸，那猎猎战马的长嘶，那戍楼垛墙的角鸣，那剑戈撞击的铿锵，都会从历史的深处传来。

你别以为这一切都销匿在岁月的苍茫中了，其实，沉寂了无数个的莺飞草长和霜晨雁鸣，都只为酝酿下一次轰轰烈烈的隆重出场。三十年前，冷不丁冒出的王宏斌，便又把这里搅得风生水起。

走进南街村，最先映入眼底的，是东方红广场上那尊汉白玉毛泽东雕像，两名身着自制军装的民兵终日守卫，塑像两侧，分别竖立着马克思、恩格斯、列宁、斯大林的巨幅画像。

广场不大，却透露出红色村庄的气势与威严。

不远处，建有类似天安门前的金水桥。桥边，有类似故宫前的朝阳门城楼。

实话说，这个只上过小学三年级的王宏斌，倒也算是个人物。他1977年年底当上村支书后，就立志要闹出点动静。三年后，村里筹资35万元，办起了一个面粉厂和砖厂，这便是他创造辉煌前的全部家当。

1990年，他收回村民全部土地。次年，率先摘取了河南省亿元村的桂冠，到1997年已达16个亿了，16年里，经济指标猛增2100倍。

这个其貌不扬的王宏斌，在村支书的任上一坐就是三十多年，在此期间，他折腾出了好些传神故事：

村民与干部的工资一律为250元。

"二百五"是河南古老的一句骂人话语，古时的小铜钱外圆内方，中间有孔，用绳穿孔，五百枚一串，称为一吊钱。"二百五"是"半吊子"，半吊子也可理解为傻子，他推崇的就是这种傻子精神。

当然啦，村民除工资外，还享有包括每月三斤肉、两斤油、两斤鸡蛋、四十斤面，以及其他二十多项福利。用王宏斌的话说：要让村里人富得一分钱存款都没有。

2007年，村里收到毛泽东的女儿李讷捐赠的10万元，她希望该款用于改善村领导班子成员的生活，她认为250元不足以养家糊口。

1993年，南街村建起了村民住宅楼，并配备了统一的家具、冰箱和电视机。到1998年，全村人搬进22栋楼房。从而腾出了足够土地来建工厂，发展经济。

他想把村里建设成全国乃至全世界第一个"共产主义小社区"。为了实现这个目标，他对政治表现的要求非常严格，比如，不准听流行歌曲，不准理"汉奸头"（即对称中分的发型）。

村里除了每天要学习"毛选"，唱"文革"歌，灌输破私立公思想外，还有相应的物质惩罚，如犯错误的人都要被责令搬出楼房，取消福利，甚至开除"村籍"。

他规定在村里禁止开办歌舞厅、桑拿浴、夜总会和卡拉OK等娱乐场所，该村甚至没有一家网吧。

1998年，他试图兴建一道城墙把南街村围起来，与世隔绝，但这个耗资5000万元的计划因为资金不足而中止，只完成了一个"朝阳门"的门楼和小段仿古城墙。

在紧靠村中学的南边，有一块十几亩地的草坪，种了各种树木，里面则是清一色的柏树，两座坟墓和一间小房子隐藏其中，有户人家喂养着一只凶狠的狼狗守护着这坟墓。这就是王宏斌爷爷奶奶的墓地。"他以为这一切都是爷爷的坟地风水好，保佑了他今天取得这么大的成就。"在繁华的大背景下，自然会有些许阴影。

当村里的二当家王金忠去世后，在遗物中发现了2000万元现金及多本房产证，追悼会上甚至还出现了几个"二奶"，抱着孩子提出财产要求，这个事实给250元月薪作了另一番阐释。

他力举发明永动机，把2500万元银两打了水漂。

有专家发出谬论，南街村的繁荣，靠的是巨额的银行贷款及大量廉价的外来劳动力。

为了还债，村集团旗下公司近年发售的大豆种子，名为航天二号，声称坐过宇宙飞船上太空，利用太空特有的微重力和辐射环境，使种子产生基因突变，收成会较普通大豆种子高三成，从而一举获利 2400 万元，外界认为有欺诈嫌疑。

他的这些稀奇古怪的举措，让南街村声名鹊起，曾吸引着全世界的目光，很长一段时间，每年来这里参观游览的人在四十万以上。

当我一脚踏进南街村，就好似只是走在沿海地区的普通乡村，那种人潮如涌的热闹场面俨然已成为历史。

在这个适宜旅游的季节，我在这里待了两个白天一个晚上，端着个破相机，逛遍了全村每个角落。以我的鼠目寸光，不便对该村作任何层面的评价，只是想把一些见闻随意抖落几句以飨诸位读者。

在这两个晴好的白天，村内的广场和街道游人稀少，交通岗亭已十分破损，反正车来人往并不多，只有屋顶的高音喇叭不停播放的革命歌曲，才让人感觉这里曾经的辉煌与显赫。

我所下榻的是村里最大的宾馆，显得空空荡荡，当晚除了本人住宿，还是只有本人住宿，让我觉得很对不起那十余个提不起精神的靓丽服务员。宾馆内设有几千元一晚的豪华房间，我尽管囊中羞涩，还是住进 280 元一晚的中低档客房，给我的感觉是，房间设施只相当于漯河市区 80 元一晚的规格。

在偌大的宾馆餐厅，除了本人就餐，还是只有本人就餐，同样让我觉得有愧于那众多靓丽的餐厅服务员。

夜幕降临后，公园里便有了熙熙攘攘的人流。

那天正好是周末，村里的艺术团在广场上搭台唱戏，便有了与白天迥然不同的热闹场面。

过了午夜十二点，整个村里复归宁静，其实，这时的南街村，才是真正意义上的中国乡村景象。

让我大惑不解的是，毛泽东雕像前的那两位民兵却不知去向。一打听，原先，村里曾有常设建制的 120 个民兵，因经费问题，只剩下 28 个。于是，整个下半夜，就无人守卫了。

那天我若是碰到王书记，一定要向他提个建议，既然村里向共和国的银行借了 16 亿元银两，怎么就不能再借一点，多安排一些民兵，陪陪这位共和国的缔造者呢。

南街村，在党委书记王宏斌的鼓捣下，已成就出一个现代神话。

三年前的悄然"改制"，似乎意味着他近三十年来苦心经营的神话或将走向终结。于是，自称每月仍拿着 250 元工资的他因此获得南街村集团公司 9% 的股权，从此一个华丽转身，变成了红色资本家。

我啰里啰唆述说的，都是些老套故事，我也知道不新鲜，听的人会很烦，而南街村仍将不管不顾地延续着属于自己的轨迹，以他们特立独行的方式，让这些长满皱纹的老故事不能休息。

但有一点总算证明了真理正在时间中暗自运行，那就是，此后可能很难再看到南街村往日的喧嚣与繁华，但我们将永远记得，在一个物欲横流的年代，中原大地的一个小小村落里，曾经顽强演奏过的理想主义嘹亮歌声，长久地回响在这里的上空。

牛气十足的袖珍民族

到了台湾，有两个地方是一定要去的，那就是阿里山与日月潭。

日月潭景点很多，我却只记住拉鲁岛与岛上的原住民——邵族。

邵族人自古以来就聚居在拉鲁岛，20世纪末的一场大地震，把偌大个拉鲁岛全部浸泡在日月潭湖中，只露出不足千平方米的小山头，整个邵族从一千余人骤减至283人，而被称为国宝的大熊猫尚有1783只。自此，邵族应是世界级的袖珍民族，比大熊猫还珍贵。

他们人虽不多，却拥有袁、石、毛、陈、高、巴、丹七大姓氏。

邵族实行一夫多妻制，但族内严禁通婚，因人数太少，担心近亲通婚于后代不利。台湾当局鼓励汉人同邵族人通婚，鼓励男的做上门女婿，并制定了非常优惠的政策，甚至规定，邵族人生育一胎奖励新台币60000元。

地震后，时任台北市市长的马英九，将全族人马暂时迁往台北市明水路居住。

邵族宗教信仰的核心是祖灵信仰，亦即最高祖灵 pacalar 和氏族祖灵，最高祖灵 pacalar 居住在拉鲁岛的大茄树上，是最具权威的神，而氏族祖灵则为各氏族的始祖。

农耕年代，邵族人去稻壳的方法是由妇女用木桩在石块上槌打稻穗，因各家各户同时槌打去壳，使得整个部落叮叮咚咚响成一片，族人觉得很有音感，逐步发展成了今天的"春石音"。

春石音的杵是由长短粗细轻重各式所组合而成，春石音时每人执一杵，绕杵石围成一圈春击杵石，由于杵的材质有所不同，又有粗细长短坚疏轻重之分，因此敲击杵石时所发生的声响也会有不同的音阶。旁边则有数名族人手持着长短不一的竹筒击地附和，叮叮咚咚的杵音，加上共鸣应和的竹筒声，十分悦耳动听。

我曾在邵族文化村就餐时，很悠闲地边吃边看他们表演过。

以前的邵族人以农耕家禽及捕鱼狩猎为生，现在仍被授予特权，可以不受限制地佩戴刀枪捕杀野生动物，但他们却很少再去为追杀猎物而挥刀鸣枪，大多靠养殖及旅游业谋生了。

邵族的先辈与台湾权贵们有着密切的交往：蒋介石及夫人宋美龄都与酋长们交往甚厚，蒋的避暑别墅就建在邵族的地盘上。早期，邵族首领将鹿胎进贡给宋美龄，用来治疗她的先天性哮喘病。因为这项功劳，当时的邵族首领被蒋介石封为"王爷"，成为台湾土著部落中唯一的一位册封王爷。

2009 年年底，邵族以政府未尊重联合国原住民人权法案精神为由，要求将其最高祖灵之地拉鲁岛返还该族，埋锅造饭，扯白布条抗议。后经日月潭风景区管理处善意沟通，僵持两星期的抗争事件暂告落幕，族群各户代表约百人在岛上举行元旦升旗典礼。

该族的国旗（按理说应称族旗，但他们有时不讲道理），有两个版本，一面旗帜是"青天白日满地红"，另一面是邵族自治发展区的"日月白鹿"旗，升旗时演唱的歌曲则为邵族庆典用的《丰收之歌》。

更牛的是：邵族文化发展协会理事长巴努、巴嘎暮暮和邵族民族议会议长高荣辉，在与族亲沟通过程中，常不经意地说"那是咱的国旗""这是咱的国歌"。而与五十户族代表交谈时，提及自己的族群常自称"我国"，谈到台湾当局则称为"他国"或"那个国家"。

邵族产有两宝：灵芝与鹿胎。我曾到过"老村长灵芝批发店"，导游告诉我们，这是邵族的老村长开的店，他有 5 个老婆 24 个儿女 3 个孙子，一脚跨进店门，两张很牛气的告示格外惹眼。

一张写有："只要你是民进党，我就不卖。其余一律优待，谢谢。"

另一张为："国共合作，祖国来的兄弟姐妹，只要你不是民进党的，到老村长灵芝批发店，灵芝一律批发价，不啰唆，不勉强"。

凭这两张告示，我毫不犹豫地掏光了兜里所有新台币。

当我在拉鲁岛上悠然自得地踱着方步时，突发奇想：若能再年轻些时日，到这个景致宜人的岛上做个上门女婿，娶十来个邵族姑娘,生育一大堆男女,捧着政府奖金过衣食无忧的日子,做些壮大和发展一个民族的快乐事情,那该是何等逍遥自在的人生。

今生走回阳关道

当初知晓有阳关，是因了一句古诗："劝君更尽一杯酒，西出阳关无故人"，自此，这座千古名关便一直牵动着我的思绪，总期待着去做一回行走西域的人，去感受一回孤寂凄寒的情境。

去年，在一个秋风萧萧、胡雁横空的时节，我风尘仆仆赶往阳关。

飞抵西安后，改乘火车，再换汽车，沿着河西走廊一路西去。透过车窗举目四顾，连绵几百公里，且不说没有人的痕迹，连飞鸟走兽也难觅踪影，甚至看不到一丛荒草半根枯枝，满眼是无边无际的黑褐色砾石。遥想古人出行多为徒步，奢侈一点的也不过是配了头驴子，杜甫自称"骑驴三十载"，陆游有"细雨骑驴入剑门"的表述，李贺与贾岛更是驴背上苦吟的诗人，而如今我们呢，坐车都感觉疲惫不堪。

终于走近阳关，在仿古关楼前，耸立着一尊高大的张骞策马雕塑。张骞是丝绸之路的开拓者。

阳关始建于汉武帝元鼎年间，那时，这里的每一处烽燧烟墩，都生动而威武地演绎过一场场揭天盖地的战争，如雨的马蹄，如雷的呐喊，如注的热血，兵甲森森，战马萧萧，旌旗猎猎。直到有一天，这里有了阳关和玉门关，并用长城相连通，战事才得以慢慢平息，高大雄伟的关楼和城墙，挡住了嘶鸣的战马，挡住了挥舞的刀剑，也挡住了北方游牧民族窥视中原的野心。

此后的千余年间，这里驼铃悠扬，车马流连，多少商贾、僧侣、使臣、游客在此手持木牒进出关口，"驰命走驿，不绝于时月；商胡贩客，日款于塞下"，描述的就是这一情景。

走进关楼，广场上一座两米多高的雕像手举酒杯在此迎候，雕像旁边立有一块石头，上面刻的是王维的《渭城曲》，当年他这不经意间吟诵的诗句，竟使阳关名声响彻古今。心想，这个举杯的雕像应是王维，而他作为嘉宾被敦煌人民从渭城邀请到阳关是当之无愧的。

景区的讲解员很专业且不乏风趣幽默，她说古代汉人把塞外民族称为"胡"，塞外的东西前面都冠以"胡"字，如胡琴、胡椒、胡桃、胡萝卜等，胡人说话我们汉人听不懂，估计"胡说"也就是这样来的。同时，胡人喜欢生吃牛肉羊肉，手嘴并用，既撕又扯，"胡扯"大约也是由此而来。

雕像的前方是一处烽燧遗址，它傲立在北面的墩墩山，昔日的阳关，早已被千年的风沙湮灭，因了这处烽燧和附近挖掘出的文物，于1974年正式确定这里为阳关遗址。站在墩墩山前，虽然狼烟已熄灭千年，烽燧也风蚀雨化而成了残破的土堆，我却仍能感受到它的恢宏与威严，一股壮阔苍凉的气势破空而来。

墩墩山西面是一片漫无边际的沙滩，那便是古代的阳关道，民间至今还流传着："你走你的阳关道，我过我的独木桥"的谚语。"阳关道"是一种象征，踏上阳关道就是走向光明，就意味着成功。而真正西出阳关的人，是断不会有这种想法的，因为前路茫茫，艰难险恶，心里满满的全是凄惶与悲苦，诸如著名的死亡之海罗布泊、骷髅城、黑河、楼兰、八百里火焰山都在这一带。

那些从阳关走入西域的人，实际上是在以生命作抵押，且不说征旅戍卒，而那些文化使者商贾僧侣，又有几人能生还。难怪，古人常有"阳关唱彻，断尽离肠声哽咽""阳关万里道，不见一人归""空碛无边，万里阳关道路""相逢且莫推辞醉，听唱阳关第一声""别离何遽，忍唱阳关句""绝域阳关道，胡烟与塞尘"等寂寥、萧瑟、悲怆的慨叹。

其实，王维从未去过阳关，当初送元二使安西时，也不过是出长安都门三十来里，仅仅到了咸阳的渭城馆，而阳关离长安还有三千多里远呢，他那些传颂千古的诗，或许只是道听途说捕风捉影的感慨罢了。

荒漠里，偶尔也会看到几株红柳林、沙枣树或骆驼刺，你便会情不自禁地对它们那顽强的生命力感到惊诧，出塞的窘迫也会被暂时悬搁。

我在阳关道上独自走了很远，只走得眼眶一时湿润，透过千年前的诗句，我的心境正与西出阳关的古人狭路相逢。

返回景点展览厅，厅内陈列着很多图片和古代的钱币、兵器、装饰品、陶片等古董。这时，我被橱柜内几块破损玉佩和酒杯所吸引，它十分朴素，简单粗糙到会被无数双眼睛忽略。遥想两千多年前，它曾经与西汉一个怎样的戍卒相伴，从它的图案里袅袅而出的篆刻，曾经安抚了一个怎样的灵魂，愉悦了怎样一颗悲怆的心。

不知不觉间，浑圆的太阳很快便沉入那辽阔而苍茫的大漠尽头。直到该走时才发现，时间就像人民币一样不经折腾。回头望去，那渐行渐远的残破烽燧已影像模糊，告别阳关，一定没有比黄昏更合适的时候了。

千古雄关已销匿在岁月的苍茫中，只留下一堆不起眼的土墩，大风仍将一如既往地把塔克拉玛干的沙粒吹来，它将继续掩埋已被掩埋的一切。无法掩埋的是那些千古传颂的诗句，是那些高贵昂扬的灵魂。瞬间，无数的人和事重新在我脑海中蔓延，那些画面正从已逝的时光中站起来，抖抖沙尘，又重新浓艳。

上甘棠，千年八卦古村

"春陵周氏溪山胜，多少骚人为发扬，我道其间描不尽，一图太极是甘棠。"

央视《记住乡愁》节目在播放上甘棠村时，用这首南宋流传下来的诗作为开场白，于是，我知道了湘南最边远的崇山峻岭深处，有一个千年古村落上甘棠。前不久，在油菜花开得十分灿烂的日子，我与画家朋友一起驾车慕名前往。

远远望去，上甘棠村依山傍水，坐东朝西，村后峰峦叠嶂，村前清澈的谢沐河呈"S"状流淌，右边的小山包昂山与左边的文昌阁，正好是对称的两点，前有玉带，后有靠山，形成了极好的风水闭合。村中屋宇也是按乾坤卦相布局，整个村落活脱脱一幅太极八卦图。

村口一块巨型牌匾格外醒目：千年古村上甘棠。

这个"千年"可不是毛估带猜来的，从汉武帝元鼎六年（公元前111年）起，至隋文帝开皇九年（589年）止，就在此建谢沐县治。这里有流淌千年的小河，河上有跨越千年的石桥，桥边有坐落千年的村庄，村里有千年血脉生生不息的居民，随处都能感觉到旧时的气息，古宅院、古阁楼、古祠庙、古茶亭、古碑刻、古樟树、古驿道、古石桥等遍布全村。

画家朋友被这眼前的景色所吸引，来不及去村里游玩，就在文昌阁前摆好阵势作画，不一会就心无旁骛进入状态。而我呢，在这美景面前，早已心游八方，天上地下了，丢下朋友就往村里匆匆赶去。

进村得跨过一座石拱桥，这是宋朝所建的步瀛桥，桥面一侧塌了小半边，一直没有维修过。据说当年石桥落成庆典时，八仙云游至此，一个个布衣凡人装扮，步至桥中，铁拐李一脚过重，把一座新桥踩踏了半爿，村人顿时愁颜相觑，那跛子反而大笑道："这里人杰地灵，日后桥上每掉落一块石头，村里便会出一位官员，村人勿忧也。"果然，此后村内出七品以上文武官员101名，其中京官18个，进士11个。

听说，桥上有很多年没掉石头了，村里人都希望能早点再掉一块下去。我发现桥拱北侧有一块石头显出松动，便想为村里做件善事，使劲踩了几脚，这块神奇的石头就是不掉下来，看来，还不到时候，真是天意难违。

下得桥来，一座青灰条石构架的古旧槽门挡在村口，石条上细密的凿痕，可见只求精致，不计工本的气概。跨进槽门，是一条青幽发亮的石板路，路的两侧挤挤挨挨着呈棕黑色的小木楼和旧时挑窗，那都是岁月的字符，有腐败的气息。门窗内是幽深潮湿的内堂，门墙上有依稀可辨的字号，黑体繁字，端庄富态。

这些商号，这窄窄的青石街，人流终日里熙来攘往，总让人想起杜牧"水村山廓酒旗风"的诗句，明清时期，这里是远近闻名的集贸场所。

街的东侧有九条巷道，分别居住着周氏九个家族，每一族设有门楼坊和小型石砌广场，气派非凡，门楼都通往河边各自的码头，石砌防洪墙护卫着村里两百多栋旧时民居。那些青瓦木楼，翘檐飞凤，精雕细刻的禽兽花鸟图案镶满门窗，绕回廊转楼角，通幽曲径，皆在山峦青黛流水鉴照之中。经两千多年的历史沉淀，小村的灵魂、悠长的古风韵致，总在各个角落里得以鲜活。

街边墙上，一块"古县衙"的指路招牌引起我的好奇，如此偏远的小村落，怎么可能有声震九垓的县府衙门，在八卦阵般的小巷内左转右拐，最终迷失在密密匝匝的屋宇中，幸亏几个热心的小朋友指点，才在小巷尽头的一堵石墙边找到入口，我们沿狭窄崎岖的残破石阶攀援而上，来到一处高地，从这里可一览古村全貌。只见平整的地面上杂草丛生，细细察看，草丛中摆布着很有规则的石砌地基，这就是古县衙旧址，曾威风凛凛统治四方 700 多年，管辖今江永县西南及邻近广西的广袤地域。

在逼仄狭窄的街巷行走，我尽量靠中间一点，每回贴近屋檐下，我都胆战心惊，生怕头顶上已经松动的瓦片会落下来，那可都是明朝的砖清代的瓦，若是被它打了，我上哪去击鼓鸣冤，何况，县衙也早已撤了千年。

一处标有"农村特困户"的破旧楼房前，我看到墙上用墨笔书写的"周翰宗将军故居"字样，旁边贴了一张公告：进屋参观，门票两元。这是村里唯一收费的景点，或许，这应该是国内目前收费最合理的景点。只是，周将军是黄埔早期学生，曾参加过台儿庄大战，跟随张治中先生去重庆谈判的爱国将领，其后人竟如此落魄，实在有点意外。

古村嘛，总得有几样东西能拿得出手，而在上甘棠，随便举个什么就能摆到台面上来。如果前面所描述的古桥、古街、古宅及古县衙等，还不足以让人信服的话，我完全可以再举几样东西来。

先说说人吧，村人多为周姓，是唐开元年征南大将军周如锡的后裔，他来此定居至今，这个小小的偏远村落，出七品以上官员达 101 个，还从这个家族派生出周敦颐、鲁迅、周恩来等名人。

再说景物，桥边的文昌阁建于明万历年间，东侧建有廉溪书院和前芳寺，西有龙凤庵，南有驿道和凉亭，构成宫殿式的建筑群。

村南的古驿道口，村人在沿河的石壁上凿开一条小径，建有石亭一座，取名"月陂亭"，因这里曾是县衙所在地，出过诸多大人物，便有官府律例：在亭前，文官下轿，武官下马。

石壁上有功德碑、劝谕文、感怀诗、八景赋等 24 方古代家谱式石刻，最神奇的是"忠孝廉节"四个大字，因崖壁上方渗出的水，使"忠"和"孝"各半个字长满了暗灰色水苔，笔画很难分辨，正好形象地阐释了"忠孝两难全"的千古名句。

　　不知不觉间，浑圆的太阳很快便沉浸在苍茫的远山，我一面催促着仍意犹未尽挥洒画笔的朋友，一面向对岸望去，游人早已散去，一切归于宁静。在黄昏的暮色里，几处屋脊上有炊烟升起，屋檐下八卦阵般的巷道，显得迷离而又诡秘，让人神往。这时，人的心会静下来，每一个俗常的日子会变得兴味盎然。

　　忽然觉得，村里的先人在筹商起造之初，这里就不只是为供憩居，而是要一心邀人来欣赏消遣的。

大山深处的五宝田村

在有闲的日子里，我总爱寻访古村落，因为曾经沧桑的村庄有着一种历史的厚重感，有可供我们慢慢品尝的旧日时光。

前不久去了趟辰溪，看完罗子山和二酉藏书洞后，正准备返程，听当地人说，有个叫五宝田的瑶族古村落，很值得一看，于是，我就和朋友一起驾车前往。

经辰溪县城往北，沿着一条弯多坡陡的乡村道路艰难行进，九十公里的路程足足走了四个多小时。车子翻过最后一道山梁后，远远地看到一片棕黑色的屋宇，密密匝匝地从山脚向山腰铺排，山上长满参天古树，村前流淌着一条清澈的小河，直让人觉得置身于世外桃源，我知道，目的地到了。

五宝田村藏身于辰溪、溆浦、中方三县交界的大山深处，村庄不足两万平方米，仅有四百多人，这里既没有达官贵族，也没有良田万顷，连稍微拿得出手的名胜风景也没有。就凭顽强抵御外界诱惑，坚守一方原有风貌，而跻身于中国历史文化名村。

这是一个不设防的村落，所有的房屋，都有好几个敞开的入口，那些开启的门扉就如邀请函，我们可以任意出入所有的空间，而在久远的年代，这里却是布局谨密、戒备森严。

呈棕黑色的木质屋宅，随山就势形成三个村寨，里面是由两丈多高的封火马头墙围成的独立院落，围墙用来防匪防盗和防火，小院之间由数条横向的小道连接，村寨间又有两条纵向小巷相通，在村中行走可以"出户不湿鞋，进屋不带泥"。据当地老人介绍，以前，村里是不许外人从院内过境的，只能走沿溪小道。

房屋构筑十分讲究，屋梁、门楣、廊坊、石阶等，均用当地特有的玉竹石精雕细刻成各种图案，有"双龙戏珠""双凤朝阳""天官赐福""喜鹊话梅""麒麟送子"及"太极""八卦"等意寓吉祥的浮雕，门窗楼阁饰以鸟兽花卉，形态逼真，栩栩如生。

村庄南端，居然还有一座气势宏伟的西式巴洛克门楼，可见大山深处并不封闭，放在当时的整个湘西地区，也算是很前卫的了，只是景物不经流年磨，门楼前的牌匾与浮雕都已脱落，显得颓废老旧。

让人费解的是，这么多年了，老村寨却没有任何新建筑，房屋都很残破，有青苔攀附在石柱上，门框挂着辣椒包谷，玉竹石砌筑的水井散发一股幽凉之气，废弃的石磨上叠着笸箩，墙壁上挂着锄头或粪箕，石阶上堆积着木柴和杂物，屋里透出来的光线被墨水过滤了一般，油亮而乌黑，给人时光脱落或停滞的感觉。

在村里转悠大半天，很少看到人，偌大个村庄只留下六十多位老人，其他人都外出打工了，连小孩也一同带走。无意间来到一个小院落，三个阿婆和一个阿公围拢在古旧的方桌边喝茶，见我俩进去，阿公忙起身热情地打招呼，屋子里有一种静谧，从墙壁，从门窗，从茶壶，从挂钟里漫出来。

落座后，阿公问：你们从哪儿来。我说从娄底来，他"哦"了一声，摇了下头。

我问：每天来这里的人都很少吗，怎么今天就我们两个。

阿公回答：也不是。

我稍微地舒心。

然而他又说：少的时候还没到呢。

我心里一怔，现在正值阳春三月，都这么冷清，若是酷暑严冬时节，恐怕来的人就真会更少。也难怪，这里实在是太偏僻了，且道路崎岖险峻，我们在第二天返程的途中遇上山体塌方，只得回村等待修复，一待就是三天。我们入住的地方是村里唯一的客栈，那种简陋才真让人大跌眼镜，仅有三间木质小客房，要爬一个很陡的木梯上去，一个公用卫生间却设在楼下，房内设施除了一张床，再无任何其他东西，行李只能放在地板上。

阿公很健谈，他介绍自己叫萧守造，今年八十一岁了，当话题转到村庄的过去时，阿公一下就来了兴致。

从他的侃侃而谈中，我知晓了，村里多为瑶族，是盘王的子孙，以犬为图腾，远在清康熙 1685 年，祖先萧宗安带家眷四人，从辰溪龙头庵来此开荒造田，经营桐油生意，逐渐富甲一方。萧宗安是个很有见识又懂风水的人，当初他看中的是这里五个形似"元宝"的小土包，"五宝田"的地名由此而生。村后的龙脉山巍峨雄伟，村前的玉带河舒缓清澈，更为离奇的是，河对岸蚊蝇轰鸣，就是不飞往这边村寨。

旧时，这里天天都赶场，名为百日场，村里人买东西，商贩只记账，不能收钱，待散场后，由村里账房先生统一结算，如有不懂规矩者，下次就不准来这里做生意了。老辈人的钱多得吓人，仅看家护院就有一百多人枪，村里人都吃大锅饭，开餐时才叫一个热闹呢，某个晚上，有人肚子饿了，跑到厨房没了饭菜，老爷得知后，吩咐当即杀头牛消夜，可见这是何等排场。

村里的"耕读所"气派非凡，十多个工匠费时三年才建成，仅玉竹石门楼的石材，三十多人抬了十多天，才从十里远的深山运回。大门院墙飞檐翘角，雕狮缕凤，一块"三余余三"的牌匾格外显眼，所谓三余，即"冬者岁之余，夜者日之余，雨者晴之余"，意为要珍惜光阴，发愤读书。而所谓余三，即"三年之耕而余一年之食，九年之耕而余三年之食"，意为要勤俭持家，以备饥荒。

历代村人，正是秉承了"耕读兴家"的古训而不断繁衍生息，日趋兴盛。

梦游般地在村里转悠，没有比黄昏更合适的时候了，所有的屋宇，都有一种静谧的美，高大的院墙和华丽的雕刻，在历经岁月的烟熏火燎后已不再令人生畏，每一块沉默的石片上，仿佛都铭刻着这里曾经有过的荣光、梦想和变迁，还有一代代人悲欢离合的故事。

恬静如画的小山村，那些土墙青瓦木楼石阶，那些鸡鸣狗叫牛栏猪圈，那些布衣草鞋蓑衣斗笠，还有那石磨犁耙肩挑背驮，让我内心里有一种难以抑制的冲动——留下来，不走了。就在这里，让自己的心情散漫下来，散漫成一个在山坡上自在逍遥的牧人，抑或一个在田野间枕锄而息的耕者，远离尘世的喧嚣，过虽然清贫艰辛，却简单快乐山清水秀的生活。

只是，心里倏忽有隐隐惆怅，在时光的流逝中，村里的老人会越来越少，年轻人会越走越远，缺少了青春血脉的村庄会一天天衰退，会星星点点冒出粗俗的钢筋水泥建筑，这似乎会是古村的必然归宿。

往事篇

落满尘埃的旧事

　　人总是背着难以息肩的重负，走着漫长复短暂的人生路，当终于走得可以歇一阵气时，谁都会回过头来看一看来时的路，谁都会把一些沉重的以往避开，而挑拣些轻松愉悦的瞬间，作为饭后茶余的谈资与消遣。

　　今天我想写的，当然是一些生命中难得轻松的轻松事，难得愉悦的愉悦时光，对我而言，所有这些，都只能在孩提时代去找寻了。

（一）

　　记得那是"文革大革命"时期，那实在是一个很混乱、很糟糕的年代，造反的声浪此起彼伏，满街红绿走旌旗。

　　当时我正上小学，我对念书有与生俱来的厌倦与恐惧，上课铃声一响，我便会感到眼前一片乌云笼罩，总是想，那个编排课程作息表的老师，一定是个十足的大混蛋，为什么就不把课余休息定为五十分钟，上课只用十分钟，而偏偏是相反呢。

170

很幸运的是，当时出了两个让我敬佩的人，一个是白卷英雄张铁生，另一个是敢于与老师较劲的黄帅。与此同时，还流行着一句让我特兴奋的口号："宁要社会主义的草，不要资本主义的苗。"

当局为监督校长老师背道而驰，城区各中小学进驻了工宣队——全称是"工人阶级毛泽东思想宣传队"。

我就读的小学工宣队长是县锅厂大名鼎鼎的造反派头头"吾司令"，那是个与我一样不想念书只会捣蛋的主，他的脾气可是相当的大呢。

蓝田街上尽西头的柳家湾，有一座叫松柏园的大庭院，那里居住着我们这帮爬坑上树、闹得地方上鸡犬不宁的小伙伴，为头者是厥再兵，大伙称他"再宝再"。当然啦，其中也会有几个文静听话的，那多半是女孩，比如小兰。

巧的是，我与再宝再、小兰都在同一个班。

再宝再个头比我小，但长得很灵气，与我是很铁的伙伴。小兰呢，胖嘟嘟的，眉目清秀，笑起来样子很好看。

更巧的是，我和再宝再都很喜欢小兰，但我明显处于劣势，撇开他比我会念书，又是我们小伙伴里的头不说，单就我爷爷是伪保长，父亲是走资派这一条，我就比他差了大半截。虽处于劣势，但一点也不影响我的喜好。

（二）

一天傍晚，我和再宝再趴在松柏园那棵遮天蔽日的大樟树上玩，树下，不时传来"嘣"的一声巨响，那是王师傅爆米花的开机声。

突然，只见再宝再三下两下飞快爬下树去，下得比猴子还快，也不跟我打声招呼。正纳闷时，我远远看到小兰向这边走来，立时明白了再宝再这个家伙又要有什么花招了，但这个傍晚我也心怀鬼胎，不然，我怎么会不围着爆米机弄点炸散的爆米花吃，而趴在树上去留意小兰家门的动静呢。

不一会，再宝再手捏一个米袋打飞脚从家中跑来，交给王师傅几两玉米，炸好后，捧了一把给我，又从口袋里掏出一张旧报纸装了一包，递给小兰，小兰扭过身去不接，一番推托后，他把爆米花往小兰脚下一放，提着米袋往家中走去，我在一旁暗自高兴。

此时，天色开始暗淡，王师傅已收拾好挑担走开，树下就剩下我和小兰两个了。

我歪着头，把一只手插入裤袋里，想模仿一下书中看到的那些乱七八糟大人的风度，当然啦，也想验证一下裤袋里的两张电影票还在不在，那可是我积攒了两个月的家当，一张票五分钱呢。

然后，我用反复演习过的淡漠口吻，很绅士地说："在这黑夜正式来临之际，你不介意和我一起去看场电影吧？"

"我很乐意去，但我已经答应过妈妈，要早点回家。"她也很淑女地回答。

我只有欠欠身，很无所谓地摊摊手："那么下次吧。"记不起我俩当时还说了些什么，只是当我把手从裤袋里抽出来时，顺便将电影票带落在地，待我把电影票捡起后，发觉她已经消失了。

怎么可以就这么走了呢，我很生气，猛地一脚把那包狗屁爆米花踢出老远，扯起那两张票就要撕成十片八片的，转念一想，电影票又没有过错。于是，我强装轻松地哼着走调的小曲，独自向电影院走去，嗨，我一个顽童坐两个座位，也奢侈一回再说。心里清楚：不会再有下次了，要知道，在那个年代那个年龄，攒下一张电影票钱容易吗？

<h2 style="text-align:center">（三）</h2>

一次课间休息时，班主任用冷冰冰的口气对我说："吾队长（工宣队吾司令）叫你去他办公室，擦干净你的鼻汁，去吧。"我一面用衣袖擦着鼻汁，一面紧张地猜测：队长叫我去，肯定不是为了夸奖我。念了几年书，还没得过表扬呢，这次又会是为了什么呢？

不管是什么事，吾司令的处罚总比老师要好，那帮教书匠一处罚就是抄课文做题目，吾司令从来不兴这套。一般来说，错误犯得轻一点是罚扫厕所扫操场，重一点是用竹片打手板，并且喜欢亲手打，很爱听学生的鬼哭狼嚎。

前几天，我因上课扯前排女同学的头发，被班主任狠狠批评一顿，罚我抄写课文十遍。下课后我偷偷地把班主任刚领的一盒粉笔扔进污水沟，按理只有再宝再知道，却还是被老师查了出来，并告到吾司令那里，罚我扫一星期厕所，至今课文还差五遍没抄写完，厕所还差三天没扫呢。

正边走边思忖，突然一个念头在我脑海里一闪：对了，一定是再宝再，一定是为了那封信。

事情是这样的：昨天，在放学回家的路上，我在蓝溪桥石阶上，趁小兰同学不注意的当儿，偷偷塞了封情书到她书包里，她觉察到后拿出来看，还没等看完，就被跟踪在后的再宝再一把抢了去。我一见此状，忙追上他，在抢夺中把信撕了个稀烂。这事我以为就此完了，再说，我不爱读书，语句都调不拢，情书里歪歪扭扭几行字，除非是写了我喜欢你之类的狗屁废话。

莫非真是这封信出了事？

我诚惶诚恐走进吾司令办公室，只见他翘起二郎腿，嘴含烟斗歪躺椅子上。

糟糕的是，小兰正低着头站在房中间，看来，我还是很聪明的，果然就是为了那封信嘛。

我走进去就自觉站到小兰身边。

"不错呀，你小子知道是咋回事了吧。"吾司令喷出一口烟，嘲讽地说。

"报告吾队长，咋回事呀，我不知道。"我装出一脸无辜。

"装啥糊涂，这小丫都承认了，小小年纪不学好，就你那个破烂成绩还晓得写情书，两个不知羞耻的狗东西，伸出你们的爪子，每人打五竹片。"吾司令文化低，我只得忍让他的粗言滥语，然而，不忍让我又能怎样呢。

小兰从未见过这阵式，吓得缩成一团直打哆嗦，眼睛里也有湿咸的东西流出。

"吾队长"，我以请求的但很坚决的口吻说："请你打我十竹片，这不关她的事。"吾司令把眼光狠狠盯住我，哼，反正豁出去了，我也用挑战的目光迎着他，重复道：

"听清了吗？请打我十竹片。"寂静的房间内顿时响起了噼噼啪啪的脆响，小兰不再哆嗦，她望着我，那胖嘟嘟的脸上停止了泪水的流淌，我看得出，她的目光里有着一种赞赏的神色。

当我和小兰走出吾司令房间，来到学校操场上时，看到不远处一棵小树的枝条上，有一对叫不出名的小鸟在叽叽喳喳亲热一团，沉浸在快乐中。

我用挨过竹片的手指向那两只小鸟，很不服气地对小兰说："它们为什么可以不挨打？"

那些歌声永不消散

今年春节前夕，我来到位于台湾西海岸的云林县，偶尔听导游说这里是邓丽君的出生地，她成名前一直居住在这座边陲小城。我的心猛地一怔，那是一个怎样的歌手哟，她曾用其甜美的歌声抚慰过无数人悲怆的心灵，照亮过无数人灰暗的生活。那天晚上，我把行李在客栈安放好后，便在小城漫无目标地游荡，边走边想起那些青涩的与歌声有关的往事。

记得最初听到邓丽君的歌，是在一种极其隐蔽的场合、极其恐慌的心态下偷听的。

我刚参加工作时，月工资二十元，因物资匮缺，当时，我买下一台最简单的收音机，既没配备耳机，且收听的频道也不足十个，却花了整整两个月工资，使得我半年不知肉香味，一年只抽喇叭筒旱烟。

那时文娱生活更是贫乏，除了几个样板戏和一些生硬的语录歌，就只剩下赞颂伟大领袖伟大统帅伟大导师伟大舵手的歌，那些如威风锣鼓般雄壮响亮的旋律，让我们每个人的头脑，时刻绷紧着阶级斗争的弦。

偶尔也能听到几首轻快悠扬的曲子，用来度过春风沉醉的傍晚是充裕的，而用来支撑日复一日的青春期不安分日子，却未必足够。

每到夜深人静，我就躺在床上拨弄那台新买的收音机。有一次，在调到短波的一个频道时，我听到了一种另类的声音，那些舒缓缠绵清丽流畅的旋律，猛烈地震撼着我年轻的生命。从此，我记住了一个隔着海峡的名叫邓丽君的歌手，那如诉如泣的音韵，那深渊流瀑的心律，我无数次猜测这位歌手花儿般的美丽。

当时我们所受的教育，一直是把台湾当成敌人盘踞的地方，因而，偷听敌台是一种极严重的政治犯罪，哪怕你仅仅是为了听一首歌。所以，听邓丽君的歌，我只能在单身宿舍里关紧门窗，调低音量，躲进被窝内偷听。

于是，在多少个单身的夜晚，她的歌声从遥远的海岛轻雾般飘来，像抖动的丝绸，像袅袅的皎月，像荷叶上的露珠，像窗外悄悄划过的一叶扁舟。

她的歌，适宜伤逝的怀旧，适宜游子的思乡，适宜雨滴石阶人在檐下的孤独。

在那个普遍淡漠爱的灰色年代，在那个缺乏生动情趣的枯槁岁月，这婀娜摇曳的歌声，曾给我带来的抚慰和欢乐是如此铭心刻骨。

总在想，或许有一天，她会到海的这边来，带着她的秀发和旗袍，带着她甜蜜的笑容和更为甜蜜的歌。

可是，十六年前的一个深夜，泰国清迈的上空轰响一个滚雷，一代歌后被上帝接走了。

那一刻，我知道，她永远不会来到海的这边了。

那一刻，我只觉得，世界上最温暖的一盏灯熄灭了，即使是万能的上帝，也无法将她重新点燃。

人虽走远，她的歌却留了下来。

歌坛一直热闹非凡，不时有花样翻新，真正能流传下来经久不衰的作品并不多见，而《在水一方》《独上西楼》《你在我梦里》《甜蜜蜜》等被称为经典之作的歌曲，至今仍被人们低吟浅唱得十分动容。一首《但愿人长久》，甚至被神舟七号带入太空，在鸿蒙天际传响。

"又见炊烟升起，暮色照大地。想要问问炊烟，你要去哪里。"

突然间，我想起了我的老式收音机，想起了从这机体内传出的邓丽君的歌。

只是，我的收音机已很老很旧，而邓丽君的歌却常唱常新。

那些歌声将穿越时空，永不消散。

过去的时光

去年，在开发建设火车站广场时，最先接纳我工作的厂子一天内被夷为平地。

突然，一种无法抗拒的欲望在驱动着我赶到工地，去看它是怎样从这个地球上消失的。也试图在那一片废墟中，去寻找曾经的梦想和友情，去回味过去的荒唐和寒碜。

我在这家工厂待过两年。

那时，我好不容易躲过上山下乡运动，为混口饭吃，在家晃荡一些日子后，无奈中走进这家街道小厂。待我一脚踏进去，才发现这里面藏龙卧虎，男的帅气女的靓丽，一家小厂竟拥挤着百来号人，大都是不愿下乡吃苦的主儿。好心的厂长见过我后，说了句让我一生难忘的话：你先到车间看看，工种随你选。

当副厂长带我到车间后，正碰上帅哥肖富生在车一根大轴，需要人帮忙才能装上卡盘，就安排我跟几天班。这根轴是给某火力发电厂加工的，装上车床后，每自动进一刀都需半个小时，每天的工作仅仅是把刀架调转十几次。原来还有如此轻松简单的工种，第二天我跟厂长说：我就干车工。

一个月后，几根轴加工完，便转为成批车加工阀体。

阀体是铸造件，车刀一进，生铁屑就四迸，即便是带上两个口罩，鼻孔到嘴巴也全是乌黑一团。再说，这还是个眼尖手快的活，在自动进刀时，一不留神，不是打烂车刀就是撞坏刀架。

一次，我在操作时开了点小差，看着前面机床谭子昂师傅因打烂车刀，没来得及关机，使得阀体重重地撞在车床轨道上。我不禁笑出声来，突然，只听"嘣嘣"几声巨响，我的车床夹盘被阀体猛烈撞击，铁块四处飞散，我的手臂顿时砸得鲜血四溅，骨头白花花裸露。养好伤后，我死活不干车工了，厂长还是那句话：工种由我选。于是，我又成了机床维修工。

当年的同学朋友都下了乡，我所在的厂就在火车站与汽车站旁边，这帮狐朋狗友从乡下一回城，连家也不回就直闯到我那，一张破床通常横躺着四五条汉子，逼得我只能用蓝印花被套。因我在食堂有点信誉度，这些家伙常打着我的牌子敲着碗筷去食堂，那点学徒工资就最多能维持十天左右。以至于后来到我厂来玩的同学朋友呈不断增加的趋势，几乎让我招架不住。许多年过去了，他们说起这些青涩寒碜之事还喜形于色，留恋之情溢于言表。

那时社会地位等级森严。在这种等级划定中基本上只有婚姻，而很少有爱情。因伟大领袖毛主席说过：妇女半边天。所以女同胞的地位就一路飙升，厂里的靓妹早已被全民所有制大厂的混蛋占去，可怜我的帅气师兄们只得在农村或城郊菜农姑娘中找对象了。

我当时虽然也满脸红疙瘩，但总不甘就这样把一辈子敷衍了事。在这里，我忍不住还是想透露点当初的秘密。一位身材高挑的省属厂矿女工，来信地址只写上"内详"的一封封语气含蓄的信件，曾极大地满足过我的自尊，尽管这段来往在我进另一家工厂前，便夭折于世俗的偏见中，但我至今仍心存感激。

记得那时伟大导师毛主席年岁已大，常在深夜发几句号令，于是，在我很年轻且最贪睡的年代，梦中常被一阵高音喇叭惊醒，说是接到通知，红色电波又传来了毛主席的最新指示。在那个崇尚政治的年头，毛主席的话就是圣旨，稍有不慎，一顶政治帽子扣过来，这个人的政治生命就算完了。

听到喇叭声，再困也得翻身爬起，赶忙举起横幅，扛起红旗，敲起锣鼓，响起鞭炮，歇斯底里高呼口号，在全城游一圈。这时，无数支队伍在大街上，人头攒动，口号震天，鞭炮轰响，要多热闹就有多热闹，要多荒唐就有多荒唐。

随着挖掘机和推土机的一顿乱搅，这家曾记载过我卑微生命中无聊而荒唐往事的工厂，就永远地消失了。

只是，那些与锦瑟年华有关的心动和感恩，羞涩和快乐，不论岁月把我带到何处，当我回头望时，它们总清晰地站立在那里，站立成我生命中的绚烂风景，不时勾起我的怀想。

修车的故事

好多年前，我在一家工厂汽车队当修理工。

我可能不是个热爱劳动的好工人，但绝对是一个能把劳动折腾出故事的人。比如，当时我仅是个档次最低的一级工，在全地区晋级考试中，我斗胆报考五级，竟然顺利通过，一时声名鹊起。按规定得三级工以上的师傅才有资格带学徒，车队队长硬塞上厂财务科长的儿子给我做徒弟。

年轻时我特爱玩篮球，因玩球而上班早退，让我挨过班长不少白眼，就是屡教不改。

一个自认为技术好的人，走在厂区的任何地方，气宇都是轩昂的。不是夸张，对当时厂里三种型号的车，我能不加思考就可背记出所有零件、螺丝的大小和数量，以及各种技术数据。车子从我身边开过，我能判断出很细微的故障。现在市人大开车的当家司机吴兄，如今只要聚在一起，还常津津乐道地谈起我修车的一些传奇故事。要知道，那时吴兄是车队副队长，对修车十分挑剔，我去修理班后，他的车再没给别人修理过。

一次，我把吴兄的车做引擎三保，已基本完工，只需装上引擎盖就可试车。这时，离下班还有一个小时，我该当要发生个故事了。有人喊我去玩球，我便吩咐徒弟把引擎盖装上，在班长的白眼下溜到了球场。

有厂里的靓妹围观，那天的球玩得特顺手，有两个球堪称经典动作，三步上篮都是在人快要倒地时投球入网，若是录制下来，列为什么赛区十佳球一点不为过。正玩得兴起，徒弟气喘吁吁跑来，说是缸盖漏气。我一听就来了火："蠢猪，这点屁事也来喊我，不知道换个气缸垫。""已经换了三个，还是漏。"徒弟很胆怯地回答。

这时我才感觉大事不妙，便垂头丧气来到车间。仔细检查后，一切都正常，但缸盖仍然在"嘶嘶"地漏气，我大惑不解，叫徒弟把盖子拆下来。刚把盖掀开，我一看就怒火中烧，若不是打人犯法，我定要甩他二十记耳光。原来是缸体上一个弹簧垫圈未取下，以致冲坏气缸垫后又顶坏铝质气缸盖。缸盖上顶成一个深两厘米的凹痕，看来，整个缸盖是报废了。我沮丧地瘫坐在地上，双手抱头发起呆来。缸盖报废属人为大事故，再说，这个洋相出大了，往后我如何去趾高气扬。

好一阵后，我用手搔了几下后脑勺，这几下好像是搔到了智慧女神狄安娜的痒处，她的慧眼看中了我，灵感来了：反正是报废，何不把整个缸盖用铣床刨去两厘米。这是个不得已的办法，但弄不好，后果就更不堪设想。这里我得讲个很枯燥也很深奥的技术原理，内行一看我要铣缸盖，早就知道了后果。但面对诸位读者，我三言两语又说不清，还是只说个后果吧。缸盖上有六个燃烧室，铣去两厘米，燃烧室体积减小许多，膨胀系数就大许多，活塞连杆与曲轴便会因承受不了超过设计能力的膨胀力而断裂，甚至整个缸体爆裂。现在我边解说还边出冷汗呢。

可以说，我是个很出色的修理工，除修车外，我虽然对摆弄机床不很精通，但车、钳、刨、铣、镗、磨、钻等都能操作，属于这个行当里的大杂家，名气很响。事不迟疑，我带上徒弟来到机修车间，一阵忙乱后，就把缸盖铣平，然后装上车，并再三叮嘱切不可说出原委。

第二天，我心里一直忐忑不安，总在想，菩萨保佑千万别出事，引擎报废还不算大事，若弄得车子出事故就不好收场了，这都是玩球惹的祸。

吴兄跑了一天车后找到我，说这车怎么弄的，动力特别大。其实何止是动力大，跑过两个月后，出奇迹了，他的车耗油减少三分之一，被评为全地区的节油能手，又是通报表彰又是现金奖励，还让他到处介绍经验。他介绍经验时海吹神侃如何操作、如何有责任感，但毕竟心里没底，甚至可以说他根本没弄清是怎么回事，便私下里问我，我见事已平安过去，便直说了，这以后，他的车就更不让别人修了，我不在时，他宁可歇着。

原来，有成功做证，过错也可以被人忽略，甚至可以成为美谈。

曾经的日子风轻云淡，时间如一把饱蘸墨水的刷子，不知刷抹过我人生中多少往事，就是不刷抹我这些或青涩或荒诞的记忆。

我知道，每次遇上大事我总是能化险为夷，其实并不是我真的有多么坚韧，有多么智慧，只是因为上苍眷顾于我，让我有幸成为一个被运气纵容的人。

人生岔路口

在我平庸卑微的生命里，曾有一次被天上的馅饼砸晕过。那是在我生命还算年轻时发生过的事。

记得那时我刚调到市里一家大厂，分在汽车队修理班干老本行——穿油腻工作服握扳手榔头。

其实在原先的工厂时，我已带过徒弟，修车技术也很能应付，但因我还是最低级别的一级工，就让我跟班长打下手。修理班长是位技术特棒脾气特大的老师傅，看我特不顺眼，于是，搬轮胎抡大锤钻底盘清洗零件递工具，便是我的部分职责，其余职责是跑腿给班长买烟、打饭和挨训。

说起来，我应该是个不很热爱劳动的家伙，来这个厂两个月后的一个上午，我睡了一个囫囵懒觉，因我很不习惯在他人的眉高眼低下苟活，又无力抗争命运摔给的磨难，消极怠工成了我唯一的发泄。当暖洋洋的太阳晒烫我的被窝时，便翻身爬起，顾不上洗漱直奔修理工工棚，准备耐心地听取一番司空见惯的训斥。

这次出乎意料没受训，而是由尊贵的修理班长亲自通知，凡三十岁以下的职工明天都要去工厂礼堂文化考试。让我考文化，那是比挨训更残酷的折磨。赶忙申辩，我已在原来的工厂刚考过，当然，我不可能把让人脸红的破分数说出，我仅仅是技术考试的成绩能见人。班长用鄙视的眼光瞅我一眼："厂里说了，原先考的都不算数，不去考要按旷工处理。"其实，只上过小学的班长也不知为什么考，考些什么，但他是班长，是修理班的领导，我能不听？

第二天，我带上花了八分钱买的新圆珠笔走进考场，只见百余青春靓丽的少男少女已笔头挥洒，里面不乏刚离校门的大中专才子，我这接近考试年龄极限的老男人在后排选个偏僻角落坐下，心想，若还要考狗屁数理化，我填上姓名班组称号后立马走人，反正人来了考场就不算旷工。当厂办秘书发给我几张稿纸，吩咐写一篇《我最难忘的事》，虚惊一场，原来只是写篇作文。人生历练多，难忘的事自然也多，随便举一件破事我就写了几百字交卷。

一个星期后，当我把考试的事差不多忘得毫无印象时，班长突然通知，让我去厂党委书记办公室一趟。当时我心头一怔，莫不是我近段时间工作懒散惊动了厂里的最高长官，因那时书记比厂长级别更高。心想，只要不把我开除，往后一定努力表现，将功补过。

赶到书记室，张振华书记起身和我握起手来，秘书梁复元亲自给我倒茶，我顿时云里雾里，站也不是坐也不是，他们说了许多，我根本没听清，只记住了：上个星期厂里出榜招贤，考试录用党委办秘书，我踩了一堆狗屎，考了个第一，经今天的面试后，被正式录用了。

其实，最富戏剧性的事还在后头。

　　我换下油腻腻的工作服，穿上完全没有一个补丁，只在出门走亲戚或找对象才穿，虽旧但洗得很干净的中山装，坐进了宽敞明亮的办公室，以前的秘书成了主任，以前的主任去炼铁分厂任书记了。

　　又过了一个星期，厂机关团支部改选，我以全票当选支部书记。我又一次云里雾里，要知道，此前我还没入团呢，从读书那会开始，我曾强烈地、孜孜不倦地申请过几十次，都因祖辈的历史问题，既不能入伍入学，更不能入团入党。如今怎么了，一下就坐到支部书记位上。不行，散会后要跟张振华书记说清楚，别弄不好办公椅没坐稳，又以欺骗组织的行为遣散到修理班长手下。

　　不料，张书记微笑着亲切地说："那你快写个申请书。"于是，我写下第几十份入团申请书后的又一份。

　　一个月后，厂团委改选，我又被选为管辖七个支部的厂团委书记，由市团委下文委任。那时有不成文规定，厂团委书记必须由党员担任，半年后，我成了一名党员，见我没文化，又送我脱产读了两年书。

　　当我在厂里混得人模狗样时，修理班长因一场恶病后身体十分虚弱，他是一条硬汉，仍硬撑着干繁重的修车活计，我便把他弄到福利科干些轻松杂活。其实，这应该说是一个欠妥的安排，因他照旧脾气特大，同在厂机关上班、爱睡个懒觉的我，见了他总是很心虚，睡不成懒觉，不知搅黄了我多少美梦。

　　自这次考试后，我的人生轨迹便有了一点转向，不当工人了，也就少了一些跳槽的自由和乐趣，就如同放在棋盘上的子，马走日、象走田全是弈者的事，由不了我自己。后来我被搬来弄去，去过乡政府，也走马灯似的在六个机关单位混过。

有人说，当我们的心灵不再渴望越过高山大川时，心灵就失去了动力和营养；当我们的现实之路没有心灵指引时，即使走遍世界也只是行尸走肉。

回想起这段往事时，心想：当初我的心灵可并没有向往过高远，仅仅是想能平和快乐地工作生活，而能娶个城里女人做老婆便是我永远的爱情了。

我所述说的，仅是一些往事的简单罗列，既浅薄乏味又毫无噱头。只是这散落一地的记忆，我怕真的会遗忘成虚无，从此再难找到，便把这些记忆当成珠子粗粗拾起，用文字的细线颗颗穿上，然后收藏，然后不时翻出，回味成属于我个人的温馨，属于我个人的亲切，直到短暂孤寂的生命尽头。

那一顿午饭的感动

滚滚红尘，一地鸡毛，日子一天天浮躁着过去。然而，总有些过往的人和事一直在牵动着我的思绪，那些朴实的人那些寻常的事，让我一想起就会感到几分亲切几分动容。

二十多年前的那个初夏，温润而又和煦。

我受厂长委派，去远隔千里的浙江省物资局签署一份很重要的合同，那是我生平第一次出省远行。

办完事后，对方很客气，派小鲁陪同去黄山游玩，一同前往的还有驾驶员老李，开着一辆与老欧年岁相仿的旧吉普车。

杭州离黄山两百来公里，若换成现在，顶多三个小时就可抵达，但那个年代呀，我们从清晨开始赶路，直到下午两点半了，还只走完一百六十多公里，砂石路面到处坑坑洼洼，尘土飞扬，加之车况又差，人坐在车上，就如同坐在震动器上，骨头都摇得差点散架。

那时我正年青，食量特大，早餐吃的那点面条哪里经得如此折腾。只听见肚子咕噜咕噜一阵乱叫，嘴里的酸水一顿乱流，直饿得天昏地暗日月无光。我不得不承认，肠胃是人体内最勤劳最忠于职守的器官，你若不让它工作，它就会觉得很不尽责，就会不停地收缩鼓捣，让你感到撕心裂肺的疼痛，让你眼冒金星虚汗直冒。

车越往前开道路越险恶，而越靠近黄山人烟越稀少，本想找个小卖店弄点吃的，一路上却连个人影都不见。当我饿得想要跳车寻短见时，忽然眼前一亮，远远地看到半山腰有一户人家。我兴奋地指着那几间茅屋大声喊道："李师傅，快停车，那里有吃的了"，话没说完，口水已很顺畅地流出。

一个急刹车后，我们三个便顺着羊肠小道往山上疾奔，刚才还全身瘫软毫无生气，现在却一个个走得飞快。

快要走近这户人家时，猛地窜出一条狗来，对着我们一阵狂吠乱叫，紧接着屋里走出一位老人，厉声喝了句什么，它便摇头摆尾回到老人身边，看得出，老人对我们的造访很是惶惑，这穷乡僻壤的，即便是乡邻亲朋也少有往来，何况无端冒出的是几个蓬头垢面神色狼狈的城里人。

小鲁赶忙上前递烟："老人家，很不好意思，我们是去黄山的，想在你这里弄点吃的。"老人一下显得轻松了许多，蠕动着缺牙的嘴说："稀客，稀客，这穷山沟里，只怕没啥好吃的。"然后，指着堂屋的墙面又说："这些干货不知你们能吃得习惯不。"我们走进屋内，只见昏暗的土墙四壁挂满了野猪、野鸡、麂子、爬山虎和好些叫不出名的山珍野味。

小鲁连声说："好的，好的，就吃这些。"趁他们忙乱之机，我信步来到屋后走动，举目张望，蓦地觉得这里的景色很美，视野所至人迹罕见，四周起伏的山峦草木葳蕤，一片郁郁葱葱，扑鼻而来的是一阵阵山野花草的清香。屋前宅后被古樟、竹林、桃、梨、李、杏树及菜地围绕。突然就想到，平时我们去形容一个富豪，总爱说他拥有一片土地，一座假山，一个游泳池，或一栋别墅，而这位老人呢，一样不缺。更夸张的是，还拥有屋后山崖上终日飘挂的一块瀑布，奔泻而下的山泉水转而成一条清冽冽的小溪流经屋前，正当我陶醉在这片山光水色中，猛听到小鲁的呼叫声，原来是饭菜已弄好，这声呼喊，让我重新有了饥饿感。

屋内没有饭桌，就各自端着饭碗围坐在炉灶旁，锅子吊挂在炉火上，小鲁告诉我，这锅里混杂着好几种野味，我却只看到黑糊糊一大团，既没放油，也没有辣椒、姜蒜、味精等佐料，然而，经柴火熏烧后的饭菜香味四溢，加之饥饿难耐，不容我们细细品尝，几大碗饭来不及嚼就已吞入腹中。时过二十多年，尝过天南地北的美味佳肴，我仍然认为，这是我一生中吃过的最好美味。

肚里塞了些东西，人就变得斯文许多。老人自酿的苞谷酒很上口，但后劲足，几杯酒下肚后，话就多了起来。

与老人的交谈中，得知他还不到六十岁，三个女儿都出嫁远方，因为家境困窘，儿子三十多了还没娶媳妇，老伴前年生了一场大病，无钱医治，他从山里采了一筐又一筐的草药来熬制，终于还是没能留住她，他的一头黑发就很快成了灰白。听到这里，我们才留意到他的儿子此时正坐在屋檐石阶上编竹席，便招呼他一起就餐，任我们怎样劝说，他也不肯入席，只是憨厚地对我们笑笑，然后依旧埋头忙活着。

酒足饭饱后，我们便起身准备赶路，小鲁掏出五元钱递给老人（那时一个鸡蛋才三分钱，一斤大米也不过一角三分钱），却被老人一口拒绝，认为我们能来他家做客，便是个天大的面子，这些干货本来就不值钱，这钱是绝不能收的。经过一番执意推让，实在无奈，小鲁把钱放在屋前的地坪中，然后拔腿就跑。

我们已跑到公路旁，返过头看去，见他儿子正捧着一个竹笤箕快步赶来，里面装满了诸如南瓜子、葵瓜子、花生、黄豆等零食，他不善言辞，只是一个劲地抓起吃的东西往我们口袋里塞，然后干脆连竹笤箕一起丢在车里，像做了什么错事般红着脸返身就走。

车子启动后，我们远远地看到，老人还站在屋前招着手，此时，我只觉鼻子发酸，眼眶湿润。

其实，让这世界温暖起来，有时候不需要燃起熊熊大火，一顿便饭、几把零食就够了。

闹 腾

秋高气爽，这个季节的傍晚很适宜散步。那天晚餐后，我漫无目的地四处溜达着。

日子过于平淡，总期盼能生发点什么事来闹腾一下，然而，我生性胆小，做事老是瞻前顾后，闯祸是万万不敢的，一片树叶落下，我都会远远躲开。那么，闹腾些什么呢，就迷一次路吧，可是，在这座城市土生土长，即便闭上眼睛也能走回家呀。

不知不觉间，那双该死的腐败透顶的脚把我载到了闹市区，到了这里，再拮据的人也会要不由自主地消费一番。糟糕的是，我出门时忘了带钱包，把所有口袋翻了个遍，连内裤也仔细摸过，还是没找到半个铜板。

当我狼狈地翻弄口袋时，走过来一位衣着得体的中年人。

"先生一定是在找什么吧？"我根本就不认识他，他却走拢来搭讪了。

"哎，我怎么就忘了带钱包呢。"我回应道："而且连一个硬币都没带。"

"太巧了，我也没带钱包，不过，硬币还是有几个。"很奇怪，他说话的神态似乎还蛮得意的。

"可是，在这么一个美妙的时刻，不去喝点什么，玩点什么，实在有点说不过去，你认为呢？"

"真是英雄所见略同，我也这么想。"他说这话时并不像是在敷衍。

"可是，我们都没带钱呀。"我沮丧地说。

"我倒是有个主意。"他指着旁边一家开业不久且很有档次的茶楼说："这个地方不错，我们就去这里，喝完茶后，投掷硬币来决定由谁去告诉领班，我们没带钱。"

听完后，我竟然有点兴奋起来，刚才不是还在想要弄出点动静来闹腾一下吗，这就叫闹腾呀，想起来，这件事还是很有趣的，从一开始就不知道这个过程会发生些什么，也不知道结果将会如何。于是，我握住他的手摇了又摇，说："太妙了，就这么着。"选了个靠窗的位子坐下，彼此报了家门，我知道了他姓邓，然后，很绅士地让服务员端来价位最高的茶和点心。

这里的装饰很铺张，桌椅门窗都采用仿古木雕，古香古色，让人感觉很宁静也很轻松，茶几是由整块树根雕凿而成，显得高雅庄重。

"对了，该掷一下硬币了，说清楚哟，正面向上的一方为胜，谁来掷？"

"你来吧。"我心不在焉地回答，好像我只是个局外人。

"咚"的一声轻响，硬币在茶几上翻了几个跟斗后，惨无人道地把正面对向了天花板，这么一来，整个过程都该由我来铺排了，只是，序幕早已拉开，我却还没想好该如何收场。

　　他很健谈，见识也广，上至国家大政方针，下至百姓鸡毛蒜皮，古今中外，天文地理，似乎天上的事知道一半，地上的事他全知，说得手舞足蹈、唾沫四溅，我在一旁只有听的份儿，休想插上只言片语。

　　良久后，我提议："这样吧，邓先生，待会等领班过来时，我会在这里看账单，你就说要出去打个电话，随即走人，很感谢你，这个晚上我很开心，下次有机会，很乐意再与你合作。"

　　他听了后哈哈大笑起来，说："我也很开心。"

　　我向吧台招了招手，服务员来到面前递过账单，我拿在手上装模作样地核对着，眼角往旁一扫，只见那姓邓的家伙还舒坦地待在椅子上。

　　"喂，老邓，你不是要打个电话给刘总吗，快去呀。"我借故催他走。

　　"不急，等一会再打。服务员，去拿壶开水来，加点茶叶。"看来，他是在假装不懂。

　　我有点不高兴了，服务员一转身，我就对他说："你这人不道德，是不是想看我出洋相呀，还不快走。"

　　服务员端来一壶水，然后就站在我面前等候结账。我瞄了一眼老邓，他正悠闲地抽着烟，我知道，他是存心要看我出丑了。犹豫片刻后，我从腰里取出手机，对服务员说："今晚忘了带钱，先把这手机押上，明晚再带钱来换。"

　　"先生，很对不起，我们这里不收手机。"

　　我很生气地说："我这手机是新款诺基亚的，你懂不懂，还怕抵不了这几杯茶。"

　　"先生，请别为难我，真的不可以这样的，我们只收现金。"服务员低声回答。

　　"你怎么这样蠢，去叫你们老板来。"我气得大吼起来。

　　"别去叫了。"这时，老邓说话了："我就是这里的老板，今晚算我请客，收回你的破手机吧。"

　　"其实，我是认识你的，十几年前我在市钢铁厂推销办公用具时，曾受过你的格外关照。"他又补了一句。

　　我猛拍一下脑门，唉，瞧我这该死的记性。

打　赌

几年前的一个盛夏，我搭乘 T202 次列车去北京办事，在我的印象中，坐火车总是很拥挤，从来没宽松过。那是个烈日当空、酷热难耐的中午，我从株洲站上的车，买的是中铺。

出趟远门，我总得打扮打扮。

于是，稀疏枯黄的头发上，我淋上一小勺菜油抹了又抹，裂开了口的皮鞋，我用破布擦了又擦，衣服我是选了又选，好在我只有两件旧衬衣，选哪件先穿并不难，我就先穿了件白色的，旧是旧了点，但在太阳底下仍然光鲜耀眼。

我天生嘴馋，又逢大热天，便背了一袋诸如西瓜、葡萄之类的水果。

火车到站后，候车室的门刚一打开，原本很好的秩序一下乱了套，人流如决堤的洪水狂奔直泄。

在逃难一般行进时，我背上的西瓜被挤压得裂成好几块，葡萄基本上没有一粒好的。那件白衬衣呢，唉，算了，别提它，那已经不是衣服，而成了一块水彩画布，不对，简直就成了一块五颜六色的抹桌布。

当我汗流浃背找到自己的铺位时，眼前的情景让我十分不快，明明是我的地盘，却堆满了别人的东西。

这鬼天气给我带来了很大烦恼，它既弄坏了我的衣服，又弄坏了我的脾气，脾气弄坏了，我还承受得起，我有的是脾气，可是衬衣呢，我总共才两件。

这时，我气不打一处出，从我铺位上提起一个包就要往过道上扔，突然，半空中被一双大手接住。转身一看，是位头发比我更稀疏的汉子，只见他五短身材，瓜瓢般的大脸盘上架着一副深度眼镜，从一排大暴牙的口中正吐出这么一句话："先新（生），别扔啦，介戏俄滴东西（这是我的）啦。"

他边说边把堆在我床上的大包小包塞进下铺床底下，这时，又引来下铺一对男女的呵斥，他只得满脸赔笑道谢，因行李架上早已满满当当的了，除了床底，再无空地可言。

忙完后，他双手呈上一张名片，瞟上一眼，上面印有某超市物资采购部主管苏通，从他的衣着装束看，应该是个很落魄却又很讲究的人，这大热天的，衬衣扣得严严实实，领带系得规规矩矩，不多的头发梳理得纹丝不乱。

说实在话，我很不喜欢这个姓苏的家伙。

不巧的是，他也是中铺，和我打对面。而白天的时光里，他又老是和我分坐窗口边的茶几两侧，即便我去车厢连接处吸烟，或去餐厅吃饭，他也一步不落跟上，不论我在什么地方，都无法摆脱他，心里很是不爽。

到底是个生意人，老苏特别擅长交际，相处不久，我们这一组卧铺的人，他都能叫出姓名来。

我是中途上车的，他便不厌其烦地把另四个人逐一给我介绍。

于是，我知道了，上铺是一对年轻情侣，天再热，俩人也不下床，就在上面说着没完没了的悄悄话。

下铺呢，是一对三十来岁的夫妻，河南人，男的姓张，高大壮实，在郑州一家珠宝店当保安，他老婆姓许，样子很可爱，衣着虽然简朴却十分得体，很有一种端庄淑静的美，半年前，独自去广东顺德的一家公司做事。这次，张给她在郑州谋了份职业，专程接她回去，自己顺便也去广州深圳玩玩。

老苏非常健谈，从他兴致勃勃滔滔不绝的谈吐中，得知他干的事很杂，经营过服装鞋类，鼓捣过珠宝古玩，在一次建材交易中，被人骗了个血本无归，然后，去了一家超市搞物资采购。

他自以为见多识广，老爱和别人争论，不论什么事，总想比个高低，似乎天底下目前还没有他弄不清楚的事。

看得出，张保安也很讨厌他，在这个炙热的三伏天，人的脾气就格外暴躁，他们两个常争吵得面红耳赤，若在最激烈时，凑到他们两个的脸上点燃一根香烟，一定是件轻而易举的事。

争着吵着，话题就转到了珠宝的事情上来了，老苏的兴致再次高涨，从南非的钻石，美国的黄金，日本的珍珠，缅甸的玉，再讲到国内新疆的和田玉、陕西的蓝田玉。偏巧，张保安在珠宝店待过好些年，耳濡目染间也多少懂得一点，他俩便又有了新的一轮争执。

其间，显然是张保安的一句什么话激怒了他，便敲着茶几高声叫了起来："不是吹牛，什么样的玉都过不了我的眼，我们城里所有的珠宝店，进了货都要请我去鉴赏的。"

然后，他指着张夫人手上的玉镯："许小姐，我一看就知道，你手上的镯子是正宗缅甸玉，很值钱的。"

张夫人的脸顿时红了，不由自主地把戴镯子的手往身后藏。

"你说这是正宗缅甸玉？那你说它值多少钱。"张保安好像捉到了老苏的软肋。

"对，是正宗的 A 级玉，价格在一万元左右。"老苏十分肯定地答道。

张保安一脸不屑："我说你是个十足的外行，你会不高兴，这是我老婆在顺德的一个地摊上买的，才花了 60 元。"

老苏急了起来："你胡说，这玉镯不但是正宗缅甸玉，而且是我所知道的品种中最好的一种。"

见他们争吵得很认真，我有点幸灾乐祸起来："依我看呀，你们就打个赌吧，100 元钱，行不。"

他们两个异口同声地说："好，就赌 100 元。"

这一下，引来了邻近好些乘客，都想看个胜负，心里都思忖着，要让这个多嘴多舌自以为是的老苏输掉。

"把它拿过来，让我看看。"老苏蛮有把握地说。

张夫人很紧张，用左手捂着镯子。

张保安觉得胜券在握，从老婆手腕上取出镯子，塞给了老苏。

我突然预感到有什么不对头，很是后悔出了这么个骚主意。老苏拿出一个放大镜，很仔细地看，脸上正闪现一丝得意的微笑。当他把手镯递还给张保安后，准备开口说话时，我忽然发现张夫人的脸一下变得惨白，她死死盯着老苏，那眼睛里流露的是一种绝望的哀求。偏巧，得意的张保安没看到，旁边所有人也都没觉察到。

老苏竭力避开张夫人的眼神，脸色很痛苦，沉默了好一阵后，才从喉咙缝里挤出一句话："是我看错了，这是一个假玉镯，值不了几个钱，但的确很好看。"说完，拿出张百元大钞来。

在众人嘲讽的目光下，老苏一声不吭，悻悻地离开茶几边的座位，吃力地爬上铺位，松开领带，脱下扣得严实的衬衣蒙住脑袋，再也没下来过。

傍晚时分，我喊他下来吃挤压坏了的水果，他也只是用鼻子哼了一声，算是回应了。

深夜，朦胧中，我好像看到有人把手伸往对面老苏的枕头，正要叫喊，猛地发现是张夫人，我立时把话紧紧咬在了牙关内。不一会儿，车到郑州，张保安夫妇下车远去。

早上一觉醒来，见老苏已坐在茶几边，神色很严肃的。

我换上了另一件衬衣，跳下床很神秘地凑到他耳边："喂，老苏，你猜我昨晚看到了什么？"

老苏递给我一个信封，说："其实呀，谁也不愿被人看成傻瓜的。"

我接过信封，里面是张百元纸钞，一时，我什么都明白了。老苏从我手里拿过信封，把钱抽出装进衬衫口袋，将信封扔出窗外："如果是我，就绝不会让老婆一个人出去这么久。"即便是如火的三伏天，在这个早上，有晨风扑面，心情也很清爽舒服。

我看了老苏好一会，忽然觉得他并不是那么惹人讨厌的。

　　不过，以后我再不唆使别人打赌了，这实在是个很糟糕的
做法。

前世今生的心约

　　一年前的今天，弟弟博言在这块风景独好的方寸之地永久地歇息了。

　　此地甚好，山脚下有清澈流动的涟水河，有车水马龙的 207 国道，有川流不息的湘黔铁路，对面狮子山有香火不断的庵堂，这里车来人往，山清水秀，可听晨钟，可听暮鼓，山风吹过，会传来阵阵梵唱，这一切正合吾弟之意。

　　今天，当我收拾罢阡陌红尘中琐碎的心情来到弟弟墓冢前，骤然感到博言在我心中复活，那音容笑貌清晰如故，我在这里追怀一个远逝的生命，而那个长眠的生命却勾起我对手足之情的缅怀。

　　有首诗中说：那一世，我转山转水转佛塔呀，不为修来世，只为在途中与你相见。那应该是首关于爱情的诗。可是，关于亲情，关于情同手足生死与共的亲情，我有同样感受。在鸿蒙荒凉的宇宙里等待轮回后，我庆幸今生与博言兄弟一场。

　　在过去的年月，我与博言为生计为前程各自奔波劳碌，很少一起轻松闲聊。在多少个艰辛而忙乱的日子后，我们终于混得人五人六，终于可以松一口气时，年幼几岁的他却离我先去，向着天国的路头也不回地走了。

平时，我习惯了有事无事每天与他通个电话，遇上大事习惯与他联手。他曾经是那么的壮怀激烈巍峨大气，是那么的通达宽容贤明聪慧，他的身边总是前呼后拥，他的生活总是热闹张扬，这个时代已很难再有机会见到那样一条好汉。去年今日在大呼他的名字听不到回应时，突然意识到，以后我生命中的每一天，都将是没有博言的日子了。在他离去一年后的今天，我在坟上点燃香烛烧上纸钱，为思念为祈愿。

只是，通往天国的路过于遥远，我怀疑，一缕香雾一堆纸钱能让他找到回家的路？

刚发现病情时，很坚强的他并不在意，总认为生命是个过程，谁都会遭遇磨难，而死亡对于年富力强的他应该还很遥远。随着病痛加剧，他才慌了手脚。于是，他像巫师一样算计着自己有生的日子，以惊人的意志与病魔作殊死抗争。他十分留恋这个世界，留恋身边所有亲朋好友。在历经一番苦苦搏斗后，感到太疲惫太无奈，当他清楚这一切努力都难以挽留生命时，才终于放弃拼争，静下心来永远地休息了。

在我深情怀念那段拥有太多值得追忆的情与景时，听到一个异国的苍老的声音："可怜的浮生啊，无常与苦难之子，你为什么要逼我说出你最不喜欢的话呢？那最好的东西是你根本得不到的，这就是不要降生，不要存在，成为虚无。"陡然领悟，弟弟是位智者，他看到在人世间活着，其实是一件充满痛苦的事，终日总在为名为利为前辈后人而无休止劳累，不如离去。只有虚无，只有死亡才是一种真正的解脱。

此刻，时间突然中止，我知道，弟弟执意要走，弟弟永远回不了家。

我曾在那个悲苦肃穆的场合说过：如有来生，我们还做弟兄。

据说，人在超度时都要走过奈何桥，桥边孟婆毫无表情端着一碗汤，为每个途经桥上的人递上一碗送行，汤里掺和了一味叫"遗忘"的药。既然生与死早已注定，既然前世今生的事被孟婆生生扯断，若真有来生，我还会去转世吗？还会去赴今生的心约吗？

不能承受那份哀婉那份兄弟情谊那份对生命的眷顾，我任由清泪长流。

有多少无法释怀的往事，就会有多少病入膏肓的想念。

人虽远去，兄弟情在，每每于这个祭日，于红尘疲累时，我总会怀念起我的弟弟，怀念与他或欢乐或悲伤的往事，总会祈求弟弟在天国不寒冷不寂寞，过得照样神采飞扬。

感受孤独

小时候我并不知道那就是孤独。

那时，爷爷奶奶去江西姑姑家小住，父母工作缠身，总要在每个周六的下午才来幼儿园接我，而其他小伙伴天天都被人接送。我蹲在大门口像只小狗那样巴望，目送别人牵着大人衣襟——离去，心里羡慕得阵阵发痛。

白天我可以忘掉一切，晚上才最难熬。天黑时，阿姨就不客气地牵着我回房。躺在床上仍企盼母亲会出现在身边，那样，我就会光着身跟她逃离，可奇迹从未发生。

一天晚上，我睡意蒙眬中起床小解，不慎跌入沟坑，额头上一个喷血的大口子伤了视力神经，左眼几乎再见不到光亮。很难忘记那许多个不是周六的夜晚，很难忘记跌倒后的那一阵凄惨哭叫。

就在那满身满脸血污中，在那一个个漫长雷同的夜晚，我体验了人生最初的苦涩和孤独。

幼年的孤独毕竟只是一株小草

一场史无前例的运动，爷爷与父亲，这两位地下党员突然从劳苦功高跌入无底深渊，我以往那干部子弟趾高气扬的优越感荡然无存，在无数鄙视的目光下我选择了逃学，白天我蜷缩在无人知晓的角落独自发呆，晚上去居委会领着挨完批斗的爷爷归家，那时，纯净的心灵充溢着疑虑，也盈满自卑。

在那一个个凄风苦雨的深夜，经过那一边是柳家大塘一边是阴森坟山的泥泞小路，小小的我快淹没在恐惧与荒凉中。

少年的孤独恰如一丛荆棘

成家立业本是人生一大幸事，我却在河东狮吼中惶惶不可终日，在惹不起的无奈中抽身躲开。

不久，母亲又驾鹤西去，世上再没有一位时常念叨我童年趣事、问寒问暖的亲人。

实在耐不住寂寞，就常常深夜在郊外小路上悠悠漫步。那时我最怕晚上走进街头，因每个屋檐下都有欢言笑语传出，心中便会无由地陡生伤感。

夜晚，我绝不贸然闯进任何朋友家，生怕搅扰令我羡慕的小家庭温馨气氛。偶尔有朋友来访，我会欣喜若狂，巴望每次都是彻夜长谈。这样的日子毕竟寥若晨星，更多的还是独守孤灯，以书为伴。

那时我好茫然，人生的路还长，我却迷失了方向，曾生发出一种寻求解脱的意念，并付诸实施，却在一次次优柔寡断中耗尽了我人生最美好的时光。

从此，我开始害怕夜晚，哪怕推开窗是一片月朗星稀。

我开始善待朋友，哪怕他们会在有意无意间将我伤害至深。

我学会了吸烟，夜幕降临，便斜躺椅上，在烟雾缭绕中，在尼古丁的麻醉下心里明白：人生的无涯路，夜晚还将一如既往地来临，任我有天大本事也得全盘拥抱这命运甩给的煎熬。

青年的孤独分明是一片荒原

我曾纵身下海游过，也曾很投入地工作过，在磕磕碰碰中已人到中年。

总记得那该诅咒的 1996 年，我实在缺乏去描述的勇气。遭遇厄运很正常，而当这些不幸像玑珠连成一串，像细水汇成冲缺堤坝的汹涌波涛，让你躲不了避不开，让你老疤未脱又添新伤，循环往复没完没了，让你没有停歇的空隙，没有休整的机会，几次车祸死里逃生，几次意外伤痕累累，几次投资血本无归。所有这些都得一个人默默承受，没有人可分担，没有人可倾诉，我感到的不是疼痛，不是惋惜，而是无助，而是孤独。

那时，只愿一个雷电击中我，一杯毒药放倒我，一副棺材封盖我。

那时，心想，若有来生，我决不转世。

中年的孤独已是赫赫有名的撒哈拉大沙漠，滔天黄沙，寸草不生了

冥冥中：

我不信，无垠的荒漠没有一汪甘甜的泉；

我不信，寂寞的寒夜没有一双温情的眼。

既然心灵是肉长的，那么，心破碎几十次，就会有几十次的愈合。

历尽千辛万苦，尝遍冷暖炎凉，于我，都是好滋味。

其实，拥有孤独是我的福气，拥有了孤独，也就实实在在地拥有了我自己。

有情有义的日子

田心坪坐落在龙山脚下，是一个很不起眼的小集镇。

这里山不茂盛，地不肥沃，一条不宽的街道聚居着几十户人家。

二十多年前，这里冷不丁冒出一个名人，田心坪因此而热闹起来。

三年前，我在这里待了三个月，生命中就有了一些难以忘怀的记忆。

20世纪80年代中期，一个由村民兵小队长一路飙升上来的市委书记，在下乡时因感冒偶尔来到田心乡卫生院，让名不见经传的石医生治疗，闲聊中说起自己还有个胃病久治不愈，石医生就主动提出开具十剂中药试试，不知是屋场贯气本人造化，还是瞎猫撞上了死老鼠，反正这病竟然再没复发。

于是，市宣传部一位叫又博士的写手，来了个天花乱坠的肆意发挥，以章回体小说连载的形式在各大小报刊一顿乱发。于是，石医生就成了显远不显近、包治百病的"石神仙"。于是，这个乡卫生院就由一些头面人物打招呼，各种款项如雪花般纷纷飘来，竟然建成了一座超过当时市级医院规模的乡村卫生院。

更有趣的是，三年前我陪弟弟去那里养病，在门诊大楼看到一幅巨照，照片与文字的内容是：石医生在欧洲某地隆重接受某国际医学机构授予的医学博士证书，照片中喜笑颜开的石神仙，当然是头戴博士帽身穿黑长袍了。

我天生缺乏想象力，所以，我相信了一个乡村医生在国际医学界的地位。

我弟弟博言与石神仙很有交情，十几年前，因上班腻味了，就约了给市委主要头头开车的何大宝，一同来到田心坪卫生院疗养，这一住就是近半年，若不是单位催得急，恐怕还会住上几个月。

三年前，弟弟是真的病了，一住又是三个来月。

我曾在一篇怀念弟弟的文章中说过，他生性喜好热闹张扬，身边总是前呼后拥。他这次患病来势太猛，据省城医院主治大夫悄悄向我透露，他存活的日子只能用月来算了，也就是说，他的生命已进入了倒计时阶段。

我弟弟是个极聪慧极乐观极有主见的人，虽然我们都忌讳去谈论病情，其实他对自己的病心中早已有数，我曾意外地发现，他的床头就藏匿着几本关于肝癌的书刊。

这里离城区三十多公里，每天都有人来探望，而我和何大宝呢，就请假长住在这里陪护。

有博言与何大宝在，石医生的神仙日子就被搅得乱哄哄的。

说起来，石神仙虽然念书不多，却也是个很有生活品位的人。卫生院被他铺排得要看有看相，要玩有玩味，院内建有假山，有花圃，有一片开阔地供人散步，还有一口大池塘养满了鱼。

这里环境不错，收费自然也是与国际接轨的，本地人就舍近求远，有病宁肯多走几步，去附近乡卫生院，来此求医的，大多是天南地北的政府要员与商贾大亨。

何大宝人很机灵也特重情义，只是有好赌的毛病，每月的正当收入与灰色收入都交给了赌桌，甚至还把亲戚朋友借了个遍。来这里长住，一则可远离赌场，二则可施展其钓鱼的绝招，这几个月里，池塘的鱼急剧减少，把个石神仙钓得剐心地疼，又不便发作，人就蔫蔫地打不起精神，也就不大像个活神仙了。

到了晚上，石神仙查完病房，一定要来博言处坐一会。

博言呢，每次见面第一句话总是："神仙呀，今天来得这么晚，又偷人去了吧。"

或是："神仙呀，老实坦白啦，今天又玩上哪个女人了。"

石医生则一本正经回答："今天累得要死，哪有精力去玩女人。"

若是被博言与何大宝逼问急了，他就要多解释几句："你们晓得个屁，这些事我早就没兴趣了。十几年前做计划生育手术，那些女人的东西，我一天就要割掉几十个。那时被捉来做手术的，有好多是躲在山上或牛栏猪圈里，半个多月没洗澡，待我把她的裤子一脱掉，那股气味呀，差点把我臭得晕倒，所以，对女人我哪还有兴趣。"

这时，博言与何大宝就要乘机追问："就算你对不讲卫生的村妇不感兴趣，对你手下干干净净漂漂亮亮的女医师总不会放过吧，难怪你每次招收医生，不看医术只看长相。"

石神仙便会反驳："你们硬是蠢得屙猪粪呢，人太熟了，怎么下得了手？"

一天天地，弟弟那被病魔折腾得异常痛苦的日子，就被这友情温暖着很快过去。

在陪护期间，我常到卫生院门口一家食杂店去，老板是位四十多岁的敦实汉子，为人厚道，不大的铺面摆设两排货架，顾客可在店内随意挑选，如果不是赶集的日子，生意就很清淡。

我去的次数多了，与老板自然就熟了，从交谈中，得知这铺面是租的，生意难做，一家老少都指望这小店维持生计。说起这些时，他面色很安详，似乎日子再艰辛，也值得欢欢欣欣过下去。

一天傍晚，我正在店里买点生活用品，见到一个很单瘦的小女孩，年纪六七岁，穿一件破旧的深色衣裤，站在放置罐头的货架前好一阵了。

老板问她："小朋友，想买点什么？"

小女孩怯怯地抬起头，看了看老板和我，并不答话。老板悄悄告诉我，她今天已来了四趟，但并没有买东西。正说着，小女孩似乎终于选定了什么，指着一排水果罐头："这些多少钱一瓶？"

老板走过去俯身问道："这里有橘子罐头，还有杨梅、菠萝和荔枝罐头，你要买哪种？"

"我妈妈病了，在卫生院住着，我们都没吃过这些，想让妈妈尝个味，听说水果罐头最有营养呢。"

小女孩的话让我鼻子猛地发酸，忙抢着说："你想要哪种？"

"我想要这，只怕钱不够。"她指着菠萝和荔枝两种，边说边从口袋掏出两张一元的纸币，还有五六枚一角的硬币。这钱显然不够，一瓶就得四元八角。我想，这应该是她的全部财富了，也不知她积攒了多久才积下的。

我把手伸向口袋里的钱包，老板拦住了我的手，微笑着说："来，给我，我看看够不够。"

他接过小女孩手中的钱，认真地数了数："你还真行，钱刚好够。"说完，从货架上取下那两瓶罐头，说："好孩子，注意握好，快给你妈送去。"

看着小女孩捧着罐头飞快跑开，刚才那亲历的一幕，让我突然明白了什么叫善良，什么叫爱。

那段陪护的日子很无聊，我偶尔迷上了买体育彩票，因听说有组 14 之和的组合数已有 60 多期未出了，据玩彩票的权威人士分析，这组数字产生的概率是，最多在 70 期以后会出现。当时离这个最终产生的日子近在咫尺，我暗自庆幸，前 60 期我没买，就等于一分钱也没白花，而现在进入，几乎是连腰都不用弯就能捡到钱。于是，我每天打电话告知城里的朋友，买下选好的彩票。

每次买了后就特别兴奋地期待开奖，在等待中，总在心里盘算着哪种豪华轿车最适合我，或是哪个城市的别墅最适宜居住，期待的时光是无比惬意的，也无形中冲淡了对弟弟病情的焦虑。当然，看过开奖结果后，总是些灰暗的时光，好像到手的鸭子又飞了一样。

我的耐心和斗志是非凡的，为挽回前几回的损失，我不断加码买下，财运却存心跟我过不去，直到91期，这组数字还没出现，这时我几乎花光了所有积蓄，便痛下决心再不涉足彩票。结果呢，在93期与94期连续出现两次，若按我前段时间的数额购买，轿车与别墅就真的任由我选了。问题是，我在91期后已没有再买了。

三年前的这组体彩，不知让多少英雄好汉折腰，我总疑心是人为操作，要不，怎么概率会如此不合常规。

这场博弈，我很幸运，它成功阻止了我贪得无厌的中彩美梦；这场博弈，我很不幸，当时我只要再坚持一天，今天说话的口气与走路的姿态或许就大不相同了。

白天，弟弟的病房总是很热闹，就连市长等头面人物也常抽空前来，于是，我便有机会外出走动。

有时我会走出很远，到几里远的山上，那里风景很好，山的深处，由石神仙捐建的寺庙很气派也很幽静。

有时，我甚至会走到十几里远的白马水库，看渔帆点点，碧波荡漾。

每次外出散步，那些映入眼中的田园风光，总让我感觉生活是如此美好，而这些却不再属于我弟弟，不尽的伤感也油然而生。

当弟弟住到三个月时，一天，石医生把我拉到池塘边，神色诡异地悄悄对我说，近来他要出趟远门，博言最好是带些药回家住一阵。我心里清楚，弟弟的大限快到了，不出所料，我们搬回家不久，弟弟就驾鹤西去。

有些事很难理喻：何大宝在弟弟去了天堂后，他就变得神志恍惚，常对人说，博士（弟弟的别名）走了，我也活得没味，只有跟他一起走算了。两个月后，他将一瓶剧毒农药喝下，真的去极乐世界与弟弟聚会去了。

每每想到在田心坪的那些日子，我心里就有了别样的感受：

有时候，我们身为巨富，却一点儿也觉察不到；有时候，我们拥有幸福，却身在福中不知福。

其实，平安健康快乐地生活，对于我，就已经是中了大彩。

我不能索求无度。

戏说戒烟

烟草，也称菸，音读淡巴菰，舶来品，原产于南美洲，明代万历年由洋鬼子利马窦带来进贡皇上，从此，烟草在泱泱中华大地泛滥成灾，一发不可收拾。

说起吸烟，我应该是有资格评头品足讲几句话的人，理由很简单：

首先是吸烟时间长。虽然起步晚了点，到年满六周岁才初学，毕竟有了几十年烟龄，而且起点高，一开始就从最呛喉的老旱烟吸起。

其次是吸烟数量多。归于比上不足比下有余之类，我是个很有节制的人，每天控制自己只抽四包，一般不超过五包。晚上临睡时，如果第四包还有剩余，便要坐在床上抽完才能安心入睡，因此，每天四包是个下限，不可少抽一根。当然啦，如果碰上玩牌或写个狗屁文字东西，就另当别论了，一包烟只需点一次火。最多的一次连续抽完过整整一条烟，直抽得嘴唇焦黄，舌头麻木，头昏脑涨，双目失神。

最后是特征明显。只要一张开嘴，就可看到两排木炭一般焦黑的牙齿，如果是顺风，相隔个篮球场也能闻到浓烈的烟味，晚上临睡或早晨起床，咳嗽是必需功课，总要咳到胸腔剧痛脑袋胀裂为止。我的所有衣裤，都如渔网般布满被烟火烧穿的细碎小洞，有时斜倚床头抽着抽着打起瞌睡来，好几次差点就把小命葬身于火海。

一直以来，我都把爷爷当成旧时代的最体面最周正的老者形象，无论是五官形态还是言谈举止，都十分得体。在我的印象中，爷爷总是长袍马甲，腰背挺直，左手端一白铜水烟壶，右手捏一毛边纸搓成的纸棍儿。不时装上烟丝，"呼"的一声吹燃纸棍儿，十分舒爽地抽上三两口，烟壶内的水就呱嗒呱嗒地响，然后抽出烟斗，把里面的烟烬吹落在手心，再投入痰盂，通常很准，整个过程潇洒自如干净利落。

那时，我总盼望自己快点长大，这样，我就可以像爷爷一样摇头晃脑吟诗，悠闲自在吸烟了。

记得在一个盛夏的早晨，我背上书包正要上学去，却见爷爷奶奶都去了楼下，便好奇地拿起那个神奇的水烟壶，装上烟丝，因不会吹纸棍儿，就划上火柴直接点燃，结果烟没抽着，倒是把一股又苦又麻的东西涌进口中，直入喉管，立时胸口发闷，扒在床沿昏然睡去。不一会奶奶上楼见此状，在我嘴边一闻就明白是咋回事，忙摇醒我，灌了几大碗凉水，直把我吐了个天昏地暗日月无光，当时我已年满六周岁。

万事开头难，有了第一次，接下来继续偷着抽烟就是顺理成章的事了。尽管爷爷很粗心，但还是感觉出烟叶的消耗在莫名其妙地增多。他开始有意识地把烟丝收藏起来，我却总能把它找出来，哪怕他扣上大铜锁，我也能用竹片撬开。后来我想，如果当初爷爷藏东西的技术再高超一点，如果我能把探寻东西的技巧持之以恒地钻研下去，说不定现在我不是侦探高手就是汪洋大盗了。

有时，见爷爷的烟丝不多，我就偷拿烟叶，那些烟叶都有蒲扇大一片，摸起来油腻腻地粘手，抽起来冲力十足。所以，那时我虽烟龄不长烟量不大，但比起那些抽寡淡烤烟的老烟民，我也很轻蔑地当他们是小儿科。

一个颇具潜质的烟民应该是这样练成的：

上小学时，除了偷着抽爷爷的烟丝或烟叶，就是用零钱买散装烟。如果能从父母或爷爷奶奶处弄得几个小钱，就决不会用于别处，当时八分钱一包的经济牌卷烟，有一分钱就买两支，有两分钱就可买五支兜口袋里。

上初中后，假期里就到母亲单位——市物资局的炸药仓库干装卸活，于是，有了钱就出之涸辙纵之清波，口袋里已是整包的香烟了。

成年后，每月能挣到一份工钱，便先留足烟款，然后再考虑节吃俭用养家糊口。

一个好烟民，总是要经受些考验，总是可以吸出些故事来的。

我刚从学堂出来混入社会时，微薄的工钱仅能勉强糊口，所以，只能系紧裤腰带节省点钱而抽劣质烟。

那时的卷烟还没有海绵过滤嘴，常常就抽到烫伤手指和嘴唇为止。但也有个好处，每支烟抽完后总能剩一点烟头，这对吾等超级烟民来说，意义非同一般。记不清多少次了，我与一帮狐朋狗友打牌聊天瞎闹到深夜，总会遇到集体没了烟的时刻，这时，什么友谊义气，比起香烟来都不值一提了，只见大伙俯下身子，争先恐后眼明手快地抢着捡烟头来。有好几次，我的烟盒里只剩两支了，拿出一支叼嘴上，然后装成盒里没烟的样子，把烟盒很巧妙地揉成一团丢掉，待到大伙没了烟忙于捡烟头时，我便拾起烟盒抽出那支皱巴巴的香烟，在鼻孔前闻上好一阵后才点燃。那种美好感觉呀，当时就是让我去当神仙，我也会不屑。有时，幸福和快乐的理由就是有这么简单。

那时的物质生活很匮乏，商店很少，关门也很早，全城就剩下火车站的商店夜晚营业。许多个深夜没有烟后烟瘾发作，忍无可忍，便打起飞脚往火车站跑，买到烟回家后，赶忙点燃一支过个烟瘾，一支烟只需三四口就被吸完，而在这样的时刻，通常就会遇上一包发霉的烟。

作为一名很称职的铁杆烟民，我也曾多次大张旗鼓地叫嚣过要戒烟，其结果都如那个高鼻子蓝眼睛的美国佬马克·吐温所言："戒烟是很容易的事，我一年戒过好几十次了。"

为戒烟，我算是用尽了温柔的或残忍的手段。

我曾无数次在家中或干活地点的显眼处张贴"戒烟"两个大字，以便起到时时警醒的作用。

我曾无数次把精致的或粗糙的打火机砸烂，把高档的或低劣的香烟成包成条地撕毁烧掉，以显示决心之宏大，立场之坚定。

在戒烟时为分散注意力，改吃过瓜子，结果把门牙嗑成一个凹形缺口，所耗掉的瓜子数量就可想而知了。

也改吃过口香糖、人参含片、清凉糖、润喉片，以致后来感冒引起喉咙疼痛或嘶哑，润喉片竟无一点作用。

也改为嚼槟榔，有一次与朋友驾车去湘潭看甲 A 足球赛，那是个以嚼槟榔闻名四方的城市，我一次就买回一百包，直嚼得舌头开裂喉咙发炎，甚至喝凉水都口腔疼痛难忍。据说制作时要用剧毒农药腐蚀槟榔生果，对牙齿损伤特别厉害，我因嚼得过多而拔掉了好几颗丁牙。

后来，我终于因一件鸡毛蒜皮的小事而再一次戒烟。

那是几年前的一个寒夜，我邀几位朋友来家玩牌，空调和电取暖桌都开到最高温度，经过一个通宵的疯狂鏖战，四根烟枪吸掉整整两条烟。散场后，我将这三个烟味刺鼻的家伙送出大门外，再回到家中，满屋的烟雾浓得睁不开眼，透不过气。我突然就想到，这次要真正戒一次烟。

在此，我想就这次戒烟的过程与体会，与诸位烟民推心置腹地交流切磋一番。

记得这次戒烟的最初十来天，特别想抽烟，这是个关键时刻，必须咬牙忍住，我就熬到好几个晚上没睡觉。

十天后，生理上有了些变化，有点像吸毒者，先是内脏缺氧，成天呵欠不断，嘴巴开合频率过繁，以致拉扯得腮帮生痛。后来就眼泪如涌鼻汁成线，每天要擦拭湿透好几块毛巾。

此后的几年，经常梦见自己在吸烟，那种吞云吐雾的情景，让人感到很舒畅很过瘾。特别是在有一段烟瘾发作的日子，梦见的何止仅是吸烟，甚至梦见自己在拿一把烟捏成一团硬生生往嘴里塞。

戒烟如戒毒，其过程是很痛苦的事。难怪林语堂同志深有体会地说过："我已十分明白，无端戒烟断绝我们灵魂的清福，这是一件亏负自己而无益于人的不道德行为。"

同时，他还严正声明："我赌咒着，再不颓唐，再不失检，要老老实实做吸烟的信徒，一直到老耄为止"。

我虽然戒了有些时日，但我仍怀疑是否会就此而彻底戒掉。

因为，吸烟一时，戒烟一世。

因为，连林语堂同志最终也没戒掉。

卖凉薯的老人

这是一个天气晴好的下午，我正在街头悠闲散步，在老干路入口处，两个衣着光鲜的妇女同志正在挑肥拣瘦买凉薯，每人选了两三斤，待过完秤要付钱时，便有了面红耳赤嗓音尖利壮观激烈的讨价还价场面，最终是摊主败下阵来，每斤五角的凉薯被砍成四角五分。随后的细节也很精彩，比如二斤八两只算二斤半，并只给一元钱，比如付完钱后又各自捞一个凉薯带走。

很钦佩地看着两位女同志远去后，我便把目光转向卖凉薯的人，那是位上了年纪的老者，看上去七十岁有余，表情猥琐地坐在地上，皱纹堆垒的面孔，深深凹陷的眼窝，瘦削的全身似乎只有青筋暴起的双手在显示生命的力量。地上还杂乱摊着剩下的形状很不顺眼的凉薯，估计不到二十斤。老人用手吃力地把它们捡拢来，然后缓缓地舒胸挺腰吐出一口长气，让人感到他在人生暮途挣挪的困窘，使我不由得生出一缕莫名的酸辛。

我生就一张贪吃的嘴，平时特爱啃黄瓜和凉薯，尤其在当今全球金融危机之时，这两样东西比起昂贵的水果来，其经济意义就显得更为重大深远。

我对老人说："这些凉薯我全买了。"说话神态有点像本地暴发户。

老人听后，脸上露出很灿烂的笑容，缺了门牙的嘴吐出那句话来，顿时只觉得他就是比尔·盖茨本人了："你全买了，就只算三角钱一斤，反正是自家产的，卖完好回家。"

一称，我暗自叹服自己的眼力：九斤六两，果然不足二十斤。

老人又爽快地说：就只算九斤吧。他的豪爽让我一次比一次感动。

按理说，卖主是要提供塑料袋的，而这位老人那些破旧的塑料袋早已用完，身边只有一条扁担、一杆旧秤，两个又破又脏的化肥袋子。

"给我装上吧。"我边掏钱边说。

"没有袋子了呢。"

"那就用这个算了。"我指着那个破烂的化肥袋，心里一万分的不想用它。

"不行呢，我下次还要用它装东西来卖的。"他却是十二万分的不情愿。

若是碰上其他人，我会掉头走人，这桩生意绝对做不成了。可面对的是曾如此慷慨待我的老人，我实在不忍心让他为难，便提出借用袋子装一下。

装好凉薯，老人扛在肩上便随我往家走，这时，我才发现他手上多了根拐杖，走路一瘸一瘸的，身材又瘦小，便显得十分吃力。于是，我顾不上脏污，从他肩头接过了袋子。

边走边和老人闲聊起来，老人很健谈，从他漏风的嘴中，我知道了他的一些身世。

他家住城郊黄龙村，今年六十一岁（我眼力不错吧，当初看他七十有余，果然误差不超过十岁），老伴前年去世，两个女儿已出嫁，儿子死于私人小煤窑的塌方事故，儿媳随后改嫁，不足十岁的孙子由他抚养。

说起这些，他的语气很平静，神色很安详，似乎这并没有什么不好，只不过是寒冷的长夜少了一个人的温暖，只不过是生活不再完美幸福。当我问起他的经济状况时，他便神气起来，脸色如突然放晴的天空，明朗而舒展，语气很是得意，今年光是种凉薯就卖了二百余元，并且家里还有几十斤，算起来还可卖三十多元钱。红薯、花生和苦荞是不卖的，喂了一头猪，吃不完的红薯用来喂猪。每年几十斤花生，多半就送给了两个女儿，孙子的学费卖了那头猪已绰绰有余。

我总在想，一个腿脚不方便的老人操持这些，那种折腾该是怎样的艰辛。或许他已许久没有与人交谈了，见我饶有兴致，他的话语也多了起来。

听他的述说，会使人感到艰难的变得轻易，悲苦的成了平和，再苦的日子从他口中说出，也显得风轻云淡，都值得欢欢欣欣过下去。而我听着听着，就感到一股苍凉破空而来，寒遍全身，眼眶早已有滚烫苦咸的东西溢出，忙用衣袖擦拭，心里在想，我若遭逢如此命运，苦难也如这汹涌的排浪袭来，生命的舟楫被击打得这般支离破碎，冰凉的潮水差点就淹没到脖颈，我也能如此坦然面对吗？若有来生，我还会转世吗？

从老人的谈吐中，看得出他是一个极其自尊又极易满足的人，如此贫寒的生存背景，那些红薯与苦荞，却在生命里默默地融化成钙质，顽强地练就成他弯曲但很坚硬的脊梁，什么都可去担当。

不知不觉中已到家门口，我掏出张五十元的纸钞，正要递过去，手到半空又收回，我不敢贸然行事，恐怕无端的施舍会有伤老人尊严，便找个理由说："这钱你就不用找零了，下次有凉薯再给我送点过来。"

经一番意料之中的推让后，老人捏着钱很感激地离去。

望着他渐行渐远的背影，我想，今生恐怕是再难与他相遇了，无意中的慷慨一回，我心底里骤然多了一份对生命的感悟，一场偶遇，让我记住了这位老人的唠叨，记住了他的苦难，记住了他的坚强。现在，我正边吃着他的凉薯，边写着自己的破烂故事。

耶稣说：富人进天堂，比骆驼穿过针眼还难。

那么，穷人呢？

城郊的龙须山

我老家三甲乡西南端，有一片突兀而起称为龙须山的峰峦，那里散居着十几户人家。

其实，这里离市区仅十几公里，而从一条狭长陡峭的峡谷驱车到村里，再攀爬八华里小道去龙须山，最少需三个小时。我这么一说，诸位该知道了吧，这是一条怎样的险峻崎岖之路。

十一年前，当我终于熬过了那段该诅咒的岁月，为彻底摆脱那一年厄运所带来的阴影，让身心的伤痕慢慢结痂痊愈，我执意要求去一个僻静的地方以调整心态。而头一年我老家曾发生过一起轰动全国的事件，市里正需本乡人士去搞工作队，别人唯恐避之不及，我却大喜过望主动请缨，并特地选择了最偏远的白溪村。

其他工作队员都找些交通方便经济宽裕的村组，基本上不在乡下住，而我可是铁了心要改变一下生活方式。于是，我带上被褥衣物铁锅碗筷等日常用品，去了孤岛般的龙须山，这并不是表明我思想有多高尚、人品有多优秀，只是想，既然1996年都能熬过，我还有什么折腾不能经受，还有什么生活不可尝试的。

尽管我去之前已有了充分的思想准备，但还是被这里的情景所惊诧，都 20 世纪末了，又紧挨繁华闹市，人，怎么还可以如此生存。

先说穿吧。如果要拍一部反映六十年前兵荒马乱逃难画面的电影或电视剧片段，其实根本不需兴师动众，只要把龙须山那些灰头土脑的男女老少召集来，把各自家中值钱的东西挑成一副担子，在那山间土路跑上一程就行了。除少数家境阔绰的人家有一身未打补丁的廉价衣裤（那是要逢年过节或走亲戚出远门才穿的，为防止衣袖破损，通常都备有袖套），平时都身着旧衣，那陈年里被反复缝制而叠起的补丁，让人觉得穿上很沉重，脱下也很沉重。

再说住的。在山的深处，在茂密林荫中可见稀稀落落的森黑木板屋，若把那里的整栋屋内所有贵重物品都搬出来，加在一起也很少有值一台普通手机钱的。既然四面透风的屋中没有像样的家产，那么，房门就不需用来防盗，只是象征性地拦住家禽牛羊，门锁便成了稀罕之物。电排只架到了山下的白溪村，因而也就少了使用电器引起的奢侈。山上仅有的两栋土砖屋，显得十分招摇气派，我荣幸地被村支书安排在其中的一栋。

说起行的，我总会想起古人李白吟诵蜀道难的诗句。从村级公路分岔后，只有一条环绕悬崖峭壁的羊肠小道通山上，成年人经长年跋涉，早已磨炼出一身爬山术，踩踏出一双铁脚板。只是苦了那些小孩，有些年仅五六岁，因小学设在八华里远的山脚下，不管酷暑严寒，无论风霜雨雪，一群弱小的身躯，就沿着这条小道从天光走到天黑。

至于吃嘛，肯定好不到哪里去。山上基本没有水源，吃水用水全靠三口大水塘，即便是单季水田也很少有丰收年景，红薯苞谷就成了主要口粮。满山的树，但都不成材，可作柴火却换不来钱。这种封闭的刀耕火种生存方式，如果用自给自足来概括也不尽然，毕竟还存在商品交流，比如用鸡鸭或其屁眼里的蛋去兑换食盐与布匹、鞋袜等。

其实，龙须山以一种另外的方式，也是辉煌过显赫过的。

新中国成立初期，这里找不出一个万恶的地主富农，甚至连中农都没有，全是清一色苦大仇深的贫雇农。

"文化大革命"期间，若让他们参加无产阶级的革命造反组织，这里的每个人都可以让你去查三代，不，十代以上，保准都是无产者，都是革命的中坚力量。

只是，这方山林养育的人，从骨头缝里挤出的都是憨厚善良的汁液。新中国成立初期，这里没地主可批斗，"文化大革命"期间，这里不参与造反，哪怕是 1996 年本乡农民进城砸了市里四大家的牌子，捣毁了市委书记的家，拘禁副市长，冲击派出所，折腾得如此热闹，白溪村又是掺和得极卖劲的，事后甚至有三人被判刑关押，而仅隔一道山梁的龙须人就是不去凑这个热闹，一如往常散淡平和地生活着。

20 世纪 60 年代初期全国人口普查时，龙须山登记入册的是67 人，到 90 年代中期再普查时却只有 61 人了。究其原因，应与这里生存条件恶劣、病亡及村民的早夭有关。当然，还会有其他原因，比如生育期的男人因娶亲困难，绝大多数打单身，甚至有三兄弟共一个老婆的，而女孩子则未成年就迫不及待远嫁他乡。

起初，我对他们如此不思进取大惑不解，曾问我的房东为何不去山外的世界走走，随便打个工也比在家富足。房东是位四十来岁的壮汉，是村里当时唯一上过高小的文化人，也是这里最适宜外出闯荡的人选，而他的回答却让我震惊不已："我们都曾外出打过工，那些工头和老板像使唤牲口般逼我们干活，却总是拿不到工资，如果稍微多提几句，便会招来一顿恶打，谁还敢去打工。只怪我们命苦，说来说去，还是家里好呀。"说完，撩起衣服让我看累累伤痕，原来，固守家园安于清贫，其实只是一种苦涩的无奈。

没有人喜欢悲苦，他们却在经历着那样的岁月。不幸降生在这片山林，他们就如这满山难以成材的树，在这贫瘠的土地上，站立成一种异样的风景，去迎击风雨，去经受苦难，去遍尝艰辛，然后顽强地成长，慢慢地老去。

作为建整扶贫工作队的成员，当时我们的主要任务是维持稳定，而我所待的龙须山还需要去刻意维持稳定吗？

作为想逃避现实生活的我来说，当时之所以来龙须山，只是想调整心态，改变一下自己的生活方式。

当我住了一些时日后，便早忘了来这里的初衷，在他们面前，我还有什么理由去悲哀去抱怨。此后，我再没想过要如何改变自己，实际上我已经在不知不觉中改变着自己，现在想来，当时在龙须山工作时，应该是动了点脑筋，做了点实事的。

比如，利用私交在园林部门弄了批可成材的苗木，请来林艺师现场指导，费了九牛二虎之力栽下，只是不久，全被牛羊啃掉或被小孩攀折。

比如，磨破嘴皮跑烂鞋袜弄了点扶贫款，心想，若是分发现金只能解一时之困，不如买些良种猪仔，图个鸡生蛋蛋生鸡的长远发展。愿望虽好，但猪仔送到各户后，终因山里人多日不知油腥味，为饱口福猪仔全成了下酒菜。

比如，我曾提出过修条通往山外的机耕道，提出过利用原生态的自然景观修建一些休闲茅舍，提出过种植些药材、烟叶等经济作物。

当这些举措和设想都一一落空后，我除了遗憾，就只有在心底里哀其不幸，怨其不争了。

当然，并不是所有的努力都成了泡影。比如为解决饮水之事，我领着一干人马反复察看，选定一长年潮湿处往下挖，每天竟能渗出几桶清亮的水来，从而结束了自有人居住以来饮用山塘水的日子。我所做的仅是供应了几吨水泥砂石，却被村民用一块小石碑永远地记住了。事隔多年，井旁小石碑上镌刻的一行楷书依稀清晰可见：翻身不忘共产党，吃水不忘工作队。不显眼处，应当留有过我的名字。

前不久，为散心也为怀旧，我邀几位好友游了一趟龙须山，扑面而来的仍是当年的气息，我不知道，这种长年不变的生活习性和原生态的自然风貌，是该哀怨还是该庆幸。

或许有一天，这里的一切会湮没在四周汹涌澎湃的时代浪潮中，而在我的内心里，却向往着生命里总该存有那样的一片山林、那样的一些屋舍，以及那样的一群虽然清贫艰辛，却能简单快乐山清水秀生活着的人，何况，人世间多一处这样的炊烟也就多了一份沁人的温馨。

　　总在想，当我们困惑于时代的花里胡哨而忘记简朴时，当我们厌倦了周围的喧嚣算计而急欲抽身离去时，实在太需要这么个宁静寂寥的去处，来安顿我们漂泊迷惘的灵魂。

那一炮石破天惊

你是与我聊得特投机的网友，当我把许多亲身经历当成故事说给你听后，你便欢快地称自己是小鱼儿，叫我为渔夫。一时高兴，面对虚幻世界投怀送抱的鱼儿，我爽快许诺，为你买一片山林，筑坝修一座水库，引来山泉任你游荡，倘若哪天山泉断流，水库干枯露底，便用渔夫的血液充当水源，血液里满是流淌的故事，让你在渔夫的故事里忘忧游动。

有个关于我本人的真实故事憋在心里多年，总想跟人说说，可在这物欲横流的年头，时间都用金钱丈量，除了你有些非凡的耐心和可爱的傻气，有谁愿听这与己无关且冗长乏味的琐事。

你知道我是个口才笨拙的人，根本不可能把故事说得透彻生动，可当我得知你从未接触过采石场时，我那种讲故事的冲动便蠢蠢欲动起来——你没去过采石场吧，那不等于没去过龙光桥镇的早禾村，没去过龙光桥，总不会没去过益阳，如果连益阳都没去过，那也没关系，我可以告诉你，长石铁路与长益高速公路就经过益阳并且横穿早禾村。

关于这两条路的情况我也知道得不多，只能告诉你这些了。

但是采石场的事你是不知道的，这让我有些神气起来，对于一个在采石场操练过的人来说，从中挑拣出一些情节编排成故事还是不难的。

话说1995年的岁末，我口袋里装着一张精美的信用卡，这是前两年在珠江三角洲鼓捣水泥挣来的第一桶金。当时我在政府机关一个清水衙门的小单位当头目，闲得无聊，便扑通一声纵身下海，几经折腾，小有斩获，从广州回来，便常和朋友在茶楼海阔天空胡侃神吹。

在座的有一位是我生平最佩服关系最铁的哥们李钦，他平时忙得超过国家总理，近几天却一直放罢工夫陪我闲聊。这天他把话题巧妙地转向生意难做、不如投资办实业，并漫不经心地扯出一个十分诱人的项目，那便是我前面提到的两条道路，而益阳境内全是一片肥沃的田地，这些我也有所耳闻，老辈人就有到益阳去插秧收割的谋生经历。但那里只有龙光桥镇的早禾村有石山我倒是初次听说。

几年的经商，我养成了商业运作的思维习惯，石料本不值钱，主要是运费高，如果就地开采，省却了高昂运费，便成了一本万利的行当，说穿了，能把石山经营权买下，就等于在弯腰捡钱。

李钦边说边抖出一份为期二十年的经营合同。我心里一盘算：修路需要石料，路修好后，沿途建设更需石料，而益阳这一片广袤的土地，肥沃得找不出半颗石粒。天哪，若让我经营二十年，到时，我的大名不列在《福布斯富豪排行榜》前几位，谁信呀。

我饶有兴致地问是不是开始运作了，他说设备已买好，各个关节也已打通，只是他在贵阳还有个连腰都不用弯就能捡到钱的房地产项目，可惜一时分身无术，穷于应付。

小鱼儿你是知道的，我这个人容易冲动，有钱赚谁不动心，听完他的述说，我立即表示愿入股开采。到底是多年的好哥们，他甩出一句话让我兴奋得差点当场晕倒："有钱大家赚，你若有兴趣就转让给你，我专心去贵阳。"当时如果谁插嘴说天上不掉馅饼，我跟他急。于是，立马商定第二天去实地考察。

说到这里，你得让我多费点口舌讲讲李钦。

他这人很怪，常和钱过不去，与朋友在一起时总抢着埋单，谁要先买他就特不高兴，认为是瞧不起他。手头紧时就巧舌如簧东挪西借，坑蒙拐骗也来。手中有钱就宾馆包房、酒家用餐、茶楼闲坐，一派灯红酒绿歌舞升平，身边女人如走马灯般换个不歇气。

他家在边远山区，与安化、新化的穷乡僻壤接界，他自己说是个屙屎不起蛆的地方。

山林太寂寞，他天生爱张扬，需要场所来释放自己的能量，便老早就出来混了，先是摆地摊，后是倒卖药材。一次在陕西听说贵重中药材要涨价，便立即乘飞机赶回，而那时我们连坐火车都是一种奢侈，他通过原来的业务关系把湘中地区所有犀牛角、虎骨之类全买下，不到一个月就暴涨了十几倍。

还有一次从东北运回半个车皮的人参、芍药等，当时还是计划经济年代，药材管理很严，不料被同行举报，工商部门将其全部查封。他缠着我一起找关系请客送礼，好一阵折腾后才免遭没收，按稍低于国家收购价处理给市药材公司。在工商局时他捶胸顿足只差没撞墙自杀，大呼按此价还不如一刀杀了他来得干脆。

当工商部门处理完毕，他拿到货款走出药材公司大门时，便抱着我连转几圈，说是幸亏这次查封处理，一次性就拿到了货款。要不，去推销药品费周折不算，时间长了既无场地堆放又担心变质，再说如此劣质的药材在原产地基本上就是如收废品般的价格。一番话让我如醍醐灌顶，茅塞顿开，直叹服他的才气胆识。

后来乡政府召他回去承包焦化厂，不知他使出何种招数，把个半死不活的厂子顿时弄得风生水起。20 世纪 90 年代初，他连私款公款一起带去惠州炒地皮，待乡干部和检察官想方设法找到他时，已赚了个瓢满缸满，有了钱就轻易把事摆平了。说来好险，乡政府若是慢几个月找到他，国家一个紧缩银根的决策，就会让他的地皮单长茅草而不生银子了。

他就有这个命。

那次他从惠州回来，死活要我陪他回家一趟，那条坑坑洼洼的土路我一想起就头疼，没办法，谁叫我俩是哥们，便如赴刑场般陪他衣锦归乡。他那辆崭新的小日本皇冠车一路上颠簸摇晃，使我昏昏入睡。不知过了多久，我俩都被司机唤醒，下车去看时，原来是与乡干部的破吉普车窄路相遇，本来对方只要倒回去几米便可拨车，却自恃是本地干部，非要小车让路，这一让起码在两百米以远。而路面又是一地的稀烂。

于是，我又是发烟又是讲好话，对方根本不予理睬。

这时，李钦发话了："请问，你这车值多少钱"。

"起码一万五千元。"

我一听，急了："你们这不是明火执仗地打抢吗，一万五，我给你弄三台，好不？"

"我再加你五千元，你把它开到坑底下去。"李欣把我扯到一旁，说完后，抖出一沓崭新的票子。

俗话说有钱能使鬼推磨，这次我发觉，有钱还能使磨推鬼，只见对方接了钞票就马上把车调头，还站成一排点头哈腰。

我这么一说，你对李钦总该有个初步认识了吧。

与李欣谈妥后，我兴奋得一夜没合眼，总在谋划挣到钱后如何去花。是把户口迁往上海北京广州，还是干脆去美国佬那里弄张绿卡啥的。私人飞机场是修在城里，还是修到乡下老家。

幸福的时光总是过得飞快，不知不觉中，已睡到大天亮，起床后把该做的事做完，然后来到财神菩萨前跪地一拜，并虔诚地将瓷器菩萨用毛巾擦拭一遍，不慎手一抖，只听"砰"的一声，瓷片撒满一地，我顿时心一沉，预兆不好，这可是得罪财神爷本人了。正犹豫是否还上路时，李钦已把房门敲得山响，我打开门，李钦是何等聪明人，一见就明白是怎么回事，便笑着说："恭喜恭喜，越碎越发。"然后强拖着我就上了车。

一路上李钦滔滔不绝，我一句也没听进去，我很清楚，李钦口才极佳，腰中别只死耗子就敢称大猎人，曾把老家猪窝一样的破房子夸张成地上绝无、天上仅有的豪华别墅，这几间破房悠久的历史可一直追溯到元末明初年间，其财力雄厚到连李嘉诚也自愧不如。

当车驶到益阳赫山大道时，两旁挖掘机铲车轰隆直响，运送黄土石料的货车川流不息，让我嗅到了前几年广州、深圳的气息。倏忽，横跨道路悬挂的一副对联让我眼前一亮，"昔日淘金去沿海，今日发财来益阳"，顿时心情十分舒爽起来。

安顿下来后，便是察看地形，拜访码头，与镇、村干部及各工程指挥部官员会晤，忙了个不亦乐乎，被各路头面人物簇拥，俨然我便是赵公元帅本人。接下来，那张精美的信用卡内就源源不断地刷出些什么交村里的山林开采费、道路桥梁拓宽修筑费、设备购置费、进场材料费等乌七八糟费用，至此，信用卡的分量已轻了一多半。

天下没有不散的宴席，李钦拿到前期支付的山林开采费和设备购置款后便急于要走，临上车时，攀着我的肩膀神采奕奕地说："发财后可别忘了请老兄的客哟。"

我握住他的手激动地摇了摇："怎么会呢，日后哪怕是抓只蚂蚁我也要撕条大腿给你呀。"

进场后我才知道这其中的道行很深，棘手的事接踵而来。比如，你得找些懂技术的家伙来开采，开采出来得有人运走，而以上这帮人总还得找个吃住的地方，当地各种矛盾纠纷一股脑儿涌来。所有这些无一例外地全落在铜钱上，我手中信用卡的分量已越来越轻。

开弓没有回头箭，只能硬着头皮运作下去，好歹是个老板了。

我便在金山宾馆租了一处住房，挂出一块金底红字的醒目招牌："龙光桥采石场工程总指挥部"，然后购一台本地号码的手机就粉墨登场了。一通电话联系和电视广告招引来各路好汉。

先进场的是爆破队，由朋友黄非与我签合同，内容不外乎石料的数量、质量，价格与工程进度等破烂事宜，他雇请的是名气很响的湘潭锰矿爆破公司，那可是在珠江三角洲一带干炸山填海勾当的。

其后几天，十多支运输车队老板把写字间的门槛差点踩烂，经过一番筛选，我对安化东平镇姓汪的老板有了兴趣，他不善言辞，人很厚道，手下有二十多台车，常年着一身皱巴巴的西服，露出脚趾头的皮鞋。我把运价压低到只能赚点工资的程度，他还是咬牙应承下来，为揽到这项业务，他甚至根据合同要求，为赶时间，破天荒连夜乘了一趟飞机，赴珠海买回一台二手挖掘机。

现在想起来，开采石场说难也真难，说容易也不过如此这般。

说难吧，爆破队每天以一米多的速度掘进，不到一个月，就开挖出一条高两米、宽一米五、深二十米的隧道，并呈 T 字形在内往两边纵深六米，到时，只待把炸药一放置，就能把整座山炸塌。

说容易吧，一进场所有麻烦事就来了，员工的吃喝拉撒睡都得安置妥当，修路修桥打洞所涉及的地方矛盾更是让我没睡个安稳觉，到头来其实是拿钱出气。有次费尽周折弄回四吨炸药，隔天就开来一辆警车，公安局治安大队一干人马来察看炸药的安全管理情况，一次购回这么多炸药雷管在益阳还是首次，属于特批的。这帮混蛋以为，我即使管理再细致也会找出一大堆漏洞，按惯例每次检查总要把业主罚到眼泪鼻汁全出来为止。

不想，这次是失算了，我当天就把炸药全装进石洞里，并用碎石堵了个严严实实。

此时，小鱼儿一定会认为，只等炮一响就可弯腰捡钱了。

问题是我刚才说过用碎石塞住石洞，这里就有个技术问题了，它直接关系到是捡银子还是丢银子的大事，不管你懂不懂，我还是要尽自己的见解说一通。

爆破公司老总罗佳琪向我报告的情况是，根据化验结果，这里的石头硬度比沿海要低，经过理论计算，不需砌筑钢筋混凝土堵洞，而是将开挖出来的碎石重新塞进洞内，足有十米深，洞外用水泥沙浆砌筑，完全可达到预期效果，这样一来，既可加快工程进度，又可省去一些银两。

他是爆破专家，连专家的话都不可靠，我还去听谁的？为谨慎起见，我还是反复询问交代：千万不可大意！

黄非见罗佳琪说得斩钉截铁，也装模作样说没问题，叫我放一万个心。

说实在的，当时我确实只放了九千多个心，还留有一点担心。事后证明，我比这两个混蛋要高明一点。

1996年4月8日8点过8分，是个很有故事情节的时刻，单从时间选择上我就掺进了三个"八"字，寓意发发发。此前一天，我忙乎到深夜，既要邀请各工程指挥部和地方政府的头儿来现场观光，又要请公安派员维持秩序，还在益阳最豪华的赫山大酒家预订了几桌酒席，以便餐后签订石料供销合同。

当然，新闻舆论也很重要，电视台与报社几位文人一合计，标题就出来了——益阳第一炮。

那天清早起床，右眼皮一顿乱跳，我总感到有点不对劲，听人说，左眼跳财，右眼跳灾，怎么偏偏就是跳右眼呢，我忙把黄非、罗佳琪从床上拖起来，结果被他们狠狠嘲笑一轮，说我没文化，不懂科学，真是扯淡，科学与我有什么关系，口袋里的银子才是我的命根。

小鱼儿，说到这里我就不急了，为什么呢，已经骑在虎背上，我急有什么用。现在，你得耐下性子听我简单讲一下那个地形地貌。

所开石洞的山叫舍身崖，崖下是一片开阔地，相隔百余米远处，对面山上是一片茂密的竹林，竹林紧挨着一片密密匝匝的农舍。为防万一，屋内人员已全部撤离。当时，我和黄非、罗佳琪就坐在屋前一口几亩大的水塘堤坝上，这里离洞口四百米远，罗佳琪手握引爆装置，只待我手中的小旗一挥，就有好戏看了。

八点不到，公路上排满了大小车辆，围观者数千，都拥挤在我身后三十米外。

在这利害攸关的时刻，我反倒显得很平静，一副死猪不怕开水烫的样子，反正头已搁在铡刀上，好坏是挨一刀。前些年辛辛苦苦挣来的银子，全换来此刻的小旗一挥舞，挥得顺畅我就是爷们，挥得不顺……不说了，晦气。

一看表，只剩八秒了，我把头发潇洒地往后一抹，拉了拉衣领，挺了挺身子，然后扯起嗓子高喊"八、七、六……""一"字刚落音，罗佳琪左手压住引爆器，右手一拧，只听惊天一响，顷刻，大小石块从洞口喷薄而出，霎时天都黑了半边，黑压压一片铺天盖地向我罩来，慌乱中顾不得多想，我们三人同时跳下两米高的水塘堤坝，脚刚落地，只听得水塘中一片如雷贯耳的"啪啪"声。

此时，我清醒地意识到，飞黄腾达只是别人的事，我又沦落成昔日的穷光蛋了。

石块持续了两分钟的弹射后，现场一时异常肃静，大家还没晃过神来。

待我站起身子时，见那舍身崖仍岿然屹立，只是岩壁多了几道很宽很长的裂痕，山没有被炸垮，倒是把堵塞石洞的碎石全部喷出。对面竹林已是一片狼藉的灰白，竹枝全被打断，有些石块重达几百斤，水塘边的民房屋顶及门窗顿时千疮百孔。

扭身往后看时，几名公安正疾步向我跑来，我毫无表情地把双手合拢伸了出去，幸好他们没戴手铐，而是有礼貌地做出"请"的姿势，我狠狠瞪了黄非和罗佳琪一眼，就随干警进了警车。

小鱼儿，至此，你还忍心让我把故事讲完吗？

不过，既然已经讲了这么多，我还是想再多说几句，让你知道我也曾风光过，如志士断腕一般悲壮过，那石破天惊的一炮，便是我人生路上曾经"咚咚"作响的脚步声。

这一炮的情景在当晚的益阳电视台被反复播放，其解说词当然是作为反面教材来说了。

一夜之间我成了名人，几位记者厚颜无耻地来到我栖身的阴暗看守房，向我伸出话筒，我当然明白祸从口出、言多必失的道理，便强装若无其事的样子，吸着他们递上的烟，微笑着说起外交辞令"无可奉告"。

　　我弟弟闻讯赶到，他先找到战友田志明，那是个在资阳区声名狼藉的家伙，其父曾是该市的武装部长。他俩四处奔走，疏通关系，因只存在经济赔偿而无人员伤亡，第二天一早便把我接了出来。

　　此时我们都清楚，回工地肯定很麻烦，便在田志明家约见黄非，得知炮响后，工地办公场所和库房已被村民洗劫一空，所有员工都作鸟兽散。其实这已是我意料中的事。

　　照理说，我还完全可重整旗鼓折腾下去，那些山林房屋的赔偿还不到投资款的一个零头，何况责任完全在爆破公司。但当弟弟问我的打算时，我还是丧气地摇摇头，死活不干了。

　　这时田志明来了兴致，他说投资这么多钱，就此放弃太可惜了，要不，由他来承包经营，所有善后处理由他负责，投资款分十年付清给我。

　　我和弟弟想了想，虽然知道他的为人，投资款是不可能收回了，但事已至此，死马权当活马医。

　　于是，当场立下字据。我心里清楚，这张纸如我口袋里空空如也的信用卡一样毫无分量，但有结果总比无结果强，何况，如果我就此抽身走开，赔偿的事还会缠上我。

　　说到这里，小鱼儿还有兴致听下去吗？

　　其实，剩下的是属于田志明的故事了，那些事又得过细地描述，我哪还有心思去说许多。

　　不过，我还是把最后的结局告诉你吧：田志明仗着社会上的势力开进采石场，原来的爆破队与车队已溜之大吉，只得另外雇请人马，因赔偿问题无法达成一致，他又想强行开采，然而恶龙难斗地头蛇，几场火拼后各有损伤，到头来是双方合伙将我的设备变卖以处理后事，我的投资款就此功德圆满了。

一年后，两条道路正式通车，舍身崖仍是一片荒芜，那个人工掘出的石洞内常发出崩塌的响声，甚至是崖壁也时有石块掉落，成了一座无人敢近前的危崖。

每天都是个特别的日子

我有个习惯，每隔段时间，就会把本就很寒碜的家当清理一次，可要可不要的东西一律送人或扔掉，决不吝啬。总觉得，人生的行囊不该越背越重，真正值得珍惜的应是正在使用中的。

前几天翻出一块坏了的旧式女表，那还是 20 世纪 50 年代我父母的定情物。我有点犹豫，继续收藏嘛，实在没有多少价值。扔了吧，那可是母亲生前的至爱。要知道，在那个艰难的年代，拥有一块进口的瑞士女表，是件很奢侈也很体面的事。然而，哪怕母亲再爱惜，也难免有个不小心的时候，曾经摔坏过好几次，甚至有一次差点丢失。

于是，母亲就干脆不戴了，压在箱底收了起来，想待到退休后，可从容不迫过日子时再戴。然而，来不及等到退休就驾鹤西去，办丧事时，我本想戴在母亲手上，又恐一块坏表，让母亲在另一个世界遭人低看，便收藏了起来。

一次，弟弟博言生日，我送他一件西服，那是在省城王府井大商场买的，高昂的价格标签上的金额让他一直舍不得穿，总想等个特殊的日子。岂料人生无常，弟弟不久却英年早逝。

我从不怀疑日后他会为我送终，结果是，他竟先我而去，还得让我送上一副同样昂贵的棺木，他才穿上那件西服飞升天国。

其实，我自己又何尝不是如此：

常想跟至交好友聚一聚，但总想要找一个好机会再说。

常想要去一些心仪的地方观赏风景、放松心情，却总被琐事缠身而一拖再拖。

常想用老旧的方式写封书信给远方的朋友，表达一番浓郁的情意，却总是告诉自己不急。

此时，当我想起至爱亲人这些触痛灵魂的往事，突然就领悟到：我们在这个地球上只活一次，因而，在这长如一生复短如一生中，每一天都是个特别的日子。

我就想，在往后的日子里：

我会把手上的杂事放下，静下心来去阅读一本养目的书，聆听一曲可人的音乐，品味一壶香浓的茶，惬意地享受一段美好时光，不管事务如何繁杂。

我会积攒盘缠，然后远天远地去欣赏迷人的山光水色，不管游玩后日子会如何紧巴。

我会不时应邀或邀上亲朋好友去有特色的大排档或大酒家消费一次，不管自己有无如此这般的消费能力。

我会对自己仰慕的人及早袒露自己的情感，不管得到的反应是难堪还是欢欣。

因为我终于明白：生活应当是我们要珍惜的一种愉悦，而不是要熬过的一段岁月。

其实，生命中的每一天都是一个特别的日子，都值得我们去珍惜去欢度。

风水轮流转

一段时间以来，我很疲倦，是从里到外彻头彻尾的那种困乏。这并不是说我的工作有多么繁重，生活有多么困窘，仅仅是生命里有了一些不愿面对的遭遇，让我心烦意乱。这种烦乱，就如在灰寒的天空里一片飘飘坠坠的羽毛，烦乱得无边无际。每遇到这样的心境，便是我想念朋友的时候。一定是心有灵犀，正当我烦躁不安之际，朋友喻某打来电话，邀我去他家玩，恰好五一节有小长假，我便欣然前往。

喻某家在百余里远的茶园乡，我喜欢那里的生活环境，喜欢那里人的淳朴憨厚，喜欢那种散漫的生活节奏，也喜欢那些村落稀疏，屋舍简陋，山清水秀，僻静偏远。

他的家在村外一山顶上，单门独户，四周全是一片郁郁葱葱的茶林，是个散心解闷的好去处。

他孤身一人在家，操持着几亩薄地，妻子已离异多年，两个小孩在外打拼，男孩在市区一公司，女儿远在广州。他常年经济拮据，近年来小孩大了，他才稍微松了口气。

他的屋内陈设破旧简便，却异常干净整洁，屋前屋后栽满桃、李、柚子、杨梅等果树。屋前一块大土坪，不远处一口小山塘。

鸡鸭任由其满山满地觅食。山上黄鼠狼特多，为对付这帮家伙，喻某就喂了一条狗。那条大灰狗尖尖的立耳。短短的尾巴，很通人性也十分凶狠。如果不是杏核眼里发出依恋柔性的光，谁都会以为它是一只不同寻常的狼。经喻某苦心驯服后，它不光看家护院，还兼管驱赶黄鼠狼、护卫鸡鸭的勾当。

　　我与喻某相识多年。念完高中后，为逃避上山下乡运动，父亲通过关系把我塞进市属一家煤矿打临工。那是个荒凉偏远的大山深处，刚去时我很不习惯。幸好，我碰上了喻某，他已年满二十，比我大三岁。我俩共住一间宿舍。他身材高大，说话却轻言细语，心地特别善良，琴棋书画样样出众。

　　由于一些共同的爱好，就觉得很投缘，他是合同制工人，待遇与正式职工一样，我是临时工，又没井下津贴，工资不足喻兄的一半。那时特别能吃，工资就显得不够花销，喻某很慷慨，他有一句口头禅：只要你要，只要我有，常把我感动得眼泪鼻汁一齐来。

　　我是临时工，煤矿领导看在我父亲份上，没安排什么具体事，我便成了矿里一个不伦不类的人，终日里东游西荡，什么办公室、医务室、总机室、广播室、配电房等，哪里好玩去哪里，特别是有女同胞的地方，我去得更勤，反正我心无邪念，反正我比那些女同胞都年小。那时，矿山女职工比例太小，因而，无论长得好与坏，都成了男人的追求目标，男同胞见我整日在那些好去处转悠，就把我当成穿针引线的人，时而让我递送信件，时而托我传个话儿，这可是件好差事呢，女同胞高兴了，我就有大把零食吃，男同胞满意了，我口袋里就香烟不断，一时间，我几乎成了全矿人气最旺的家伙。现在想起来，那真是一段不可复制的奢侈时光。

好日子总是过得飞快，在喻某的关照下，在与矿山那帮男女的有趣交往中，一年的光景于不知不觉间很快过去，一年后，父亲又把我塞进一家街道工厂。

一别经年，那些被友情温暖的岁月早已远去。

一年，又一年，在时间的流转中，我们都不可避免地苍老着。在别后的日子里，我们的生活都朝着各自的轨迹向前蠕动着。

喻某是个很有潜质的人，但命运多舛，很不得志。在后来的合同工转正时，一百多人中仅有四个没转正，他恰好是四个中的一个。回到家乡后，送过煤球、液化气，当过基建工地小工，帮人开过拖拉机、大货车和客车，哪般活苦干哪般，日子总是入不敷出，过得甚是艰辛，以致后来妻子不忍贫困潦倒而离异出走，儿女天资聪慧，却全靠家人资助才完成学业。

我从煤矿出来后，磕磕绊绊一路颠簸，先是进街道小厂，后进集体性质工厂、国营大厂，再去乡政府，后混入几个行政事业部门，也曾下海游过，好一番折腾后，基本解决温饱。

一直以来，我与喻某都没断过来往，说实在话，我的日子相对要宽松一点。于是，过些年月，我便把过时的衣物和家具清出，当他来我家走动时，派车连人连物送至茶园乡，顺便塞给其一点零花钱。同时，他的家也成了我休闲养性、散心解闷的好地方，我和他说好，待到年岁再大些时，就在他家旁搭建间小屋，带着那份退休金来这里与友相聚，颐养天年。

算起来，我有近一年时间没去他家，今天再次走访，车仍停在山脚，上山的路依旧坎坷陡峭，泥尘满地。

和往常一样，我费劲地拎着几大包过时衣物，待走近屋前，觉得有了些变化，土坪改成了混凝土地面，感觉就是不一样。进屋一看，更让我耳目一新，甚至有点惊诧，这个喻某怎么了，不会是捡了个包？

于是，我便用一种居高临下的语气责备起来："兄弟呀，叫我怎么说你好呢，当初说好我给你送几吨水泥，你怎么就这样急忙去弄，剩下那墙面不粉刷，像个啥样。再说你这电视机，我还只用34英寸的，你单身一人用57英寸的，显摆呀。你看看，农家小院买台这么大的落地空调，本来就不热，买台风扇就行了嘛。"

他听我这么一说，面色难堪，一时不知所措，像做错了什么似的低声回答："这都是我闺女买回的，对了，等会她就要回来，听说男朋友也要来，家里实在不像样，我才赶忙将地面弄了一下。"

真是的，女儿的男朋友要来，就忙乎成这样。

他女儿自五年前去广州读书后，我就没见过她，只记得个头像其父这般高挑，去年应该毕业了。

不一会儿，他接了个电话，说是闺女回来了，车已到了山脚下，叫我一起去接一下。

我好生奇怪，这里不通班车，莫不是搭乘摩的或农用车什么的。他女儿从广州回来，免不了有大包小包，于是，我只好陪他向山下走去。

走近公路，远远地看到一辆油光锃亮的新宝马车，车旁女士款款向我们走来，看来这就是他的女儿了，若是在外碰上，一定是认不出了。真是女大十八变，无论相貌还是气质，都变了个面目全非，配上这身考究的衣着，让我想起了一句成语：
楚楚动人。

交谈中，我知道了他女儿的一点情况：去年从广州中山大
学毕业后，进一公司任职，被一富家子弟出身的公司高管赏识，
后来成了男朋友。此次开私家车路过，顺便回家一趟，男朋友
因有应酬，没能一起来。她今天不能在家久留，因已订了明早
去欧洲某地的机票，晚上得赶往长沙。

随后，她递给喻某一张信用卡，说是带东西不方便，让喻
某随便买点自己喜欢的东西，并一再叮嘱用卡去市区挑选一套
舒适点的房子。

我不便问这卡上的钱是几位数，但有一点很清楚，往后我
再不用费劲给他捎送过时的破烂了。

看来，喻某半辈子辛劳后，苦日子算是已到头，真可谓出
之涸辙，纵之清波了。

三十年河东，三十年河西，原来，风水是轮流转的呢。

一路东行

前段时间，电视上每天都可看到火车站及列车车厢内拥挤的人群，每天都可听到"春运"两个让人心跳的字眼，此时此刻，总会让我想起曾经乘坐火车的一些往事。

20 世纪 80 年代中期的一个盛夏，浙江省物资局协作办投资350 万元，为我所在的工厂建造一座新高炉，以产品回报投资款，当时我的月工资为 37 元，照此推算，应是笔不小的数目。厂里委派我去签订这皆大欢喜的合同，事实上后来确实双方都如愿以偿。

对我个人来说，签合同纯属应付，游山玩水才是目的。那是我第一次出省远行，事先我就算计好要顺便去上海、黄山、桐庐等地游玩，在娄底搭乘重庆至上海的火车，查阅列车时刻表，全程应为 22 个小时。

持票来到火车站，满眼都是黑压压的人群，在人头攒动中好不容易找到本次列车的候车点，这是个搭建在候车室外的临时站棚，当时的我骨瘦如柴，被这人群猛地一挤，血管和青筋就被挤压得一段段暴突，呼吸就很不均匀了，行李袋里的两条香烟成了压缩饼干，后来上车拿出来抽时，每一根都得细心地揉动后才点得着火。那个混账的列车时刻表分明写着是 18 点 46 分到站，在一次次的广播通知火车晚点后，仅仅等到 23 点 47 分火车就徐徐到站了。

在人群的裹挟下，我终于挤到了车厢边，因要上车的人太多，当然，也因车上的人已经太多，无法打开车厢门，而停车时间只有六分钟。这时，我一米八几且瘦骨伶仃的身材就呈现了明显优势，瞅准一个车窗口爬上去，身上头上挨了多少拳头我根本就懒得去记数，塑料凉鞋早已不在脚上了。进得车窗后，又在人的头顶和肩膀上爬了二十几米，才终于勉强落地，这一路挨过的拳头我更懒得去理睬，我说勉强落地，是指我仅能一只脚着地，另一只脚再踩不下去。我是个很知足的人，心想，其实这样也已经很不错了，虽然只能单脚落地，但支撑这一身瘦骨也并不需多大力气，因过分拥挤，身子基本上是悬架空中，要说美中不足，也不过是呼吸困难一点，身子被击打后又被挤压有疼痛感觉而已。比起那些历尽磨难又没挤上车的人，比起那些虽有塑料凉鞋却没有脚的人，我还有什么理由去抱怨的。

当我单脚立定后，就有充足的时间和闲心来打量周围的环境了。不一会儿，我就确定自己是在两节车厢的交接处，身边是锅炉房，偶尔有水珠滴在铁皮座上，就有"嗤嗤"的响声和水珠蒸发的白雾。因为是酷暑时节，因为是站在正在工作的锅炉房边，所以我紧挨的墙壁就很温暖了，所以我全身包括头发就没有一丝丝干的了。

车子一开动，人就如沙子被筛动搅和，人与人之间有了一点点调节与松动，我终于可以双脚落地了，因为空气有所流动，因为心脏和血管的挤压有所减轻，呼吸也稍微均匀了些。

有哲学家说过：人总是生活在运动中和矛盾中的。此时我能双脚落地，且呼吸也畅通了些，这个问题有所改善，但新的矛盾又在涌现。比如，我因拥挤而掉落了凉鞋，盛夏里赤脚站在滚烫的锅炉房边，实在受不了后只得把旅行袋垫在脚下了。当我刚感到脚不那么难受时，新的情况又来了。因为是热天，因为很拥挤，人就得出汗，一出汗就容易口渴，一口渴就得来锅炉房打水，来锅炉房就会踩着我的旅行袋，更糟的是，杯子稍一抖动，开水就会洒在我的赤脚上。我并不是个十分傻的人，在烫过几回后，我就想出了一个绝妙的办法，即主动给那帮口渴的混蛋递送开水。这主意果然不错，既保护了我那双下贱的脚，又间或可听到一声热情温暖的赞扬声，其实我此时一想起"温暖"两字，就感觉自己就是朝鲜战场上的邱少云。

有文学家说过：人总是生活在希望中的。当我比雷锋还高尚地递送过四个多小时开水后，车已到株洲车站，锅炉内的水经不住我繁忙紧张的反复使唤，已经再放不出半滴水来，在一次次解释声中，缺水的信息传遍了起码两节车厢，终于没有人再唤我递水。此时已是深夜，车厢内的空气也不那么滚热了。

人一清闲下来，没有了那种高度紧张的劳作，注意力就分散到一些身体的不适上来，只觉得虚脱般的软弱无力，想找个地方坐一会。光脚板在滚烫的地板上又胀又痛，反正凉鞋已掉落，不然，即使有鞋也会因脚的肿大而穿不进去。最要命的是我长年养成的恶习，早晨总要把膀胱里积存的液体痛快淋漓地喷射一空，尽管厕所近在咫尺，而要从这密密匝匝的人堆中穿越过去，我每鼓足勇气冲锋一次，就被人墙弹回一次，心里就发怵一次，腿脚就瘫软一次，人就绝望一次。

直待憋得虚汗直冒，膀胱快要胀破，此时，我已顾不了许多，便举起一只空漱口杯子连声叫唤"开水哟，开水，让一下"。这一招果然奏效，一来都怕烫伤身子，二来这身边人早已熟知我是那个义务递送开水的傻老冒，都受过我的恩惠，于是，在大伙缩缩身子的当儿，我终于钻过这该死的人堆。然而，我又一次傻了眼，人虽到了厕所边，门也是大开着，但那不足三平方米的空间早已拥挤着七八个人。我忙掏出皱巴巴的烟一顿乱发，满脸堆笑地恳求大伙格外开恩，让我方便一下。起初，根本无人理睬，后来有人认出我就是那个在锅炉房边帮人递水的家伙，一说起竟都受过益，便出现了让我感动得鼻汁眼泪齐下的场面，他们纷纷紧缩身子让出一点空隙，我才得以喷薄而出一泻为快。站起身后，我已失去了再穿过人堆返回锅炉房的勇气，再说，那里也并没有留个空位等我。于是，我就移至窗口，死皮赖脸、百般讨好地待了下来。

这趟列车启程不远就因客满耽搁而晚点，而一次晚点后，就次次得礼让其他车。一路走走停停，停停走走，到江西鹰潭站时，已是次日的下午五点多钟。这十七个小时里，我一直就这么赤脚站着，上半身被挤得无法动弹，身后的车窗和锅炉房墙壁一样灼热，我若是一颗葡萄，经过这十几个小时的烘烤，应该成了葡萄干。而被各种鞋子踩踏过的双脚根本不敢轻易挪动，以免又遭踩踏。

天气一热，膨胀的空气不易流动，各种怪异的气味就滞留在厕所内，人体的排泄物倒成了容易接受的气味，我的身边如同邀约好似的昂首站立着几个狐臭特严重的同志，另有几位穿胶鞋的患难同胞把脚抽出通点新鲜空气，却把那种说不出味的恶臭也顺便带出，我几乎当场晕倒，幸好因拥挤而倒不下去。这时我已精疲力竭，上下眼皮不听使唤总是绞在一起，失去眼睛的指挥，脑袋就漫无目的地乱撞，时而砸在别人身上，时而把车窗碰得山响。我想，前面的路还很长，而自己的承受力已快到极限，如不找个地方让红肿的赤脚歇息片刻，让同样红肿的脊背远离烫人的车窗，恐怕受伤的就不光是脚板和腰背，而是那几根贱骨头了。于是，我拼尽全力向车厢中间一点一点挪动。

我曾在一篇文章中说过，我总能一路跌撞逢凶化吉，并不是我真有多么坚韧，有多大能耐，只是因为上苍眷顾于我，让我有幸成为一个被运气纵容的人。终于，不久我就脱离苦海，开始好事连连。列车开出鹰潭不远，我就挤到了车厢中间，而在快到达下一个车站时，我的脚下钻出一个蓬头垢面的家伙。原来他一直蜷缩在座位下，旅程目的地快到，现在钻出来准备从车窗跳车。于是，我赶忙艰难地钻进座位下。待我把身子缩成一团摆弄好后，啊呀，那种美好幸福苦尽甜来的感觉实在是妙不可言，时隔二十多年，我一想起就通身舒爽，这辈子恐怕再找不到那种好感觉了。

不知过了多久，我正在做着美梦，口水沿着权当枕头的旅行袋淌落一地，突然感觉有东西拂过脸部，将我从梦中惊醒，睁眼一看，是一位容颜姣好的女列车员在清扫车厢，经她纤纤细手握着的携带各种脏兮兮污秽物的扫把刷抹，我敢肯定，我的面部形象一定有所影响。女列车员同志吓了一跳，连连道歉。我忙从座位下爬出，只见车厢内空空荡荡，原来是早已到了终点站上海，我习惯性地抬手看时间，手表已不见了，再看旅行袋，自然是空空如也，钱包就更不用说了。也难怪，在那个物资匮缺的年代，我旅行袋里所有东西都是可用之物，包括那两条挤成压缩饼干似的香烟。我问列车员几点钟了，她说是上午九点多钟。这么说，本次列车应该是全程晚点 15 个小时，而我在车上待的时间是 33 个小时。

于是，二十多年前一个盛夏的上午，在上海火车站广场，一个脸部被脏扫把涂抹过、衣冠不整、打着赤脚、背着空旅行袋、手捏零钱的人，初初一看，很像个还没进化完全的类人猿，正接受车站派出所公安干警的讯问，然后，为证实此人身份，干警随这个骨瘦如柴形迹可疑的家伙去附近邮电所，看他用手中零钱打电话给浙江省物资局：请求派车接人。

那一年，我兴致勃勃一路东行，果然，我仅用了 33 个小时就到了繁华的上海城，并在享有东方明珠誉称的大都市火车站，一待就是五个小时，然后被人接送至杭州。

两棵与村庄兴衰有关的树

早就听市城监队梁大队长说过，城郊的同意村风景怡人，今天是周末，他一大早就驱车来接我，并说要用柴火熏烧的正宗农家饭菜伺候。我生性嘴馋，他的话让我一时兴致高涨，便急忙上了车。

出城后，就转入一条坎坷崎岖的机耕道，道路沿着一条清清亮亮的小河逆水而上。离城十公里处，道路在河边拐了个急弯后往高处延伸，不一会儿，就到了一个山垭口。梁大队边开车边指着前方说：这就是同意村了。

我定睛一看，果然好风景，正是风和日丽的四月天，各种红的黄的花开得十分灿烂，整个村子隐匿在茫茫绿色中。最惹眼的是村口两株相隔仅几米的大树，枝干遒劲，冠盖如云，宛如两柄巨伞，舒张在一派粉壁黛瓦马头墙之上。刚下车，早有壮实的梁姓老支书在树下迎候，树下有一块不大的草坪，摆着一张摇晃不定的旧方桌，几条吱吱作响的破凳，刚好供我们几个落座。

在暖暖的阳光下，我们边喝茶边听老支书介绍。他很健谈，尽管听到的只是一些旧日传闻和断残记忆，却多少折射出村子的回黄转绿与世事沧桑。

这个村有一千余人，聚居着刘、谭、梁三姓，而梁姓人氏不过百余，人数虽少，在村里的地位却十分显赫。

在我市，梁姓多分布在三甲乡，宋建隆元年，其六十三世祖隆公由江西迁徙而来，同意村这一支梁姓人氏则又从三甲迁出，至今已有二百多年。

当初，他们的祖先离开三甲，总会有迫不得已的原因，这种出走，就如离开藤蔓的瓜果，怀里满满的，都是悲苦和苍凉。祖先或许是孤身一人，或许是携儿带女，甚至，身后还会跟着一头黄牛一只黑狗，顺着这条叫扶坷河的水逆流而上，当脚步实在迈不动的时候，应该是到了这个离老家三甲几十里远的地方。

有河流，有可开垦的荒地，祖先就决定不走了，便对妻儿或荒野操起现今的官腔顺口一句：同意。于是，就有了新的故乡名称。

歇下来，祖先砍伐出小片空地，就着几棵野树草草搭成一间茅屋，夜幕降临时分，就在这片荒地上燃起第一堆火焰，倘若是携带有老婆孩子，那么，这里就会一下子热闹起来，就会从蒙昧顿时变得生动了、活泼了，连飞来飞去的鸟雀都喜欢在这里停一停，甚至寻根枝丫搭建一个窝巢，而周围的野兽，则会被那彻夜不熄的火堆吓得跑出远天远地。其实，这些都已无从考证，但有一点经世代口口相传和宗室族谱记载，应是确信无疑的，即村口那两株古树是最先来的祖先亲手所栽。

这两棵古树，一棵是桂花树，另一棵是青甲棘树，老祖先定是懂得风水的人，在这块依山傍水的地方刚落下脚，就栽下了两棵形状各异的树，桂花树枝叶浓绿，香气袭人，青甲棘呢，则淡雅舒展，且满枝头遍布长长的尖刺，这或许是寓意文武双全。历经二百多年的风霜雨雪，两棵树都已长成两包围粗，高六七丈，秋冬日子，两棵树清癯挺拔，仙风道骨，春夏时节，从不惹蚁招虫，只以匝地的浓荫庇佑这一代代作息、出入于树下的村人。

两棵树相距不足十米，一条通往新化的古驿道从中穿过。树下有一小块草坪，是村人聚会议事的场所，平时，白发翁妪端坐喁喁，垂髫幼童奔逐嬉戏。两百多年来，在那些惠风和畅或冷雨淅沥的日子里，村中仕途知倦的官宦、归隐林泉的商贾、风雅的文人、歇息的农夫们常闲坐其间，或品茗赏花，把酒对月，或吟诗作赋，臧否世事，把有咸有淡的日子过得十分滋润。

据传，清末年间有个叫梁三力的村人，随族叔外出谋生，苦于身无盘缠，邻里便东家三文西家五文地凑合，一去经年，遍尝人世艰辛，先做学徒，后当伙计，最后竟独自经营米店若干爿。一日衣锦归乡，在村里鸣锣三日，请当年借与其钱的乡亲结账，只需来人报出数目，便本息加倍奉还，一月过去，索债者寥寥。为感念这份亲情，梁三力雇工在村前挖掘一口水井，青石砌筑，村人饮用至今。

这两棵树经两百多年修炼的灵气，尽将福祉源源降临于斯，村庄绿树修竹掩映，屋舍楼堂耸立，长幼路遇彬彬揖让，檐下地坪前书声琅琅，宛若世外桃源。

说来也怪，这两棵树由梁氏先人所栽植，所受的佑护竟也要多出几分。同在一个山坳生息，同饮一口井水，梁姓人氏总要比其他三姓活得舒坦。村里古时的秀才举人官宦商贾多为梁姓，新中国成立后，历届村级头人多由梁姓出任，而近些年来，村人中的 41 个大学生，14 个研究生，8 个处级以上官吏，2 个享受国务院津贴的专家，竟无一例外地出自梁姓。

有灵气的树自然也会有脾气，细说起来甚至很恐怖。前几年，一村人紧挨青甲棘树边盖房，动了树的根脉，因而使树大伤元气，半年后，这棵树就重重地向墙面撞去。此后几年，家里就有两个正值壮年的人接连患病身亡，自此，其家道中落，好不凄惨。

邻村洞庭桥边有一古樟树，三年前被人一把火烧去一根主枝丫，不料，整棵树的叶子落得片甲不留，结果，这一年村里有三十几人犯事被公安机关羁押惩处，五人患绝症死亡。

抬头仰望，只见满目枝干舒展，绿叶婆娑，这两棵树一定是村子的神祇，它以一种庇佑者的姿态，曾给予小村平安，给予小村兴旺，给予小村繁衍和绵绵生息。我知道，面对这神祇一样的大树，一切的赞叹都是饶舌，甚至是亵渎，此时，当我静立于大树前，我的灵魂离神灵是这样的接近，于是，我的虔敬让我在树面前的站立，就几近成为了一种仪式。

"庭树不知人去尽，春来还发旧时花。"

但愿此树千年不衰，

佑护村人万世昌隆。

一连虚惊两场

述说这个故事，有必要先将我与陈必文作粗略介绍。

这个故事发生在十五年前。

那时我在老家的乡政府混饭吃，身高一米八多一点，体重五十五公斤少一点，双腮内凹，腭骨外突。如果不穿衣，如果再把这身肉皮剥掉，便是一副不需加工的骷髅标本，即使把刀磨得无比锋利，也难刮出多少肉，这副骨架摆出去，分明是对乡政府伙食的刻意讽刺，大伙称我"讷排骨"（本土口音也称腊排骨）。因害怕乡长、书记批评，所以见到他们能躲便躲，不能躲就早早把头事先低到裤腰带以下。

再谈陈必文，在乡办铸管厂当经营厂长，身高一米五少一点，体重七十五公斤多一点，全身看不到骨头，如果不去细数那吊有五六层的下巴，模样像极了电视剧《霍元甲》里的陈真。

那一年临近春节，乡政府为打过年开销，派我与陈必文去漳州厦门追货款。

陈是要账的高手，只见他把酷似陈真的厚嘴唇胡乱翻几下，几十万元的货款就谈妥，因怕年底银行转账误时，乡政府一再强调要现金，于是说好三天后带现金上路。三天是七十二个小时呢，如何打发这时间，我提出去当时全国最大的走私市场——石狮游玩一圈。

在石狮那条狭长的街道，人挨人挤了不到一个小时，穿牛仔服的陈那庞大牛仔包已再装不下东西，不留神看，还以为是两个牛仔包在地上移动。这时，距离返程车开动还有几个小时，注定我们要开始第一场虚惊。

只见一位长相比陈厂长还显忠厚的中年男子，拉住陈厂长，说是有既便宜又质佳的西服，为省摊位费，放在家里贩卖。陈闯荡江湖多年，听后毫不犹豫地晃动那没有脖子的头。关键是这话让我听到了，便坚持要去看看。一则我与陈是很好的朋友，二则我好歹是在乡政府混饭的，管着他。无奈中陈厂长勉强同意了，只是那厚嘴唇还在张合个不歇气。

差不多转尽石狮所有小巷后，走进一栋阴森的两层小院，院门口闲坐几个彪形大汉，让我很不舒爽，怎么就不坐几个靓妹呢，这是做生意呀。

上楼后，中年男子推开一房门："我老板在里面。"说完转身走了。事后想起，他应是个托，是买卖过程的第一道程序。

进门后，只见一穿青对襟衫尖削脸络腮胡的汉子，在桌后把转椅一拧，面对我俩："买服装的吗？"

这场面有点不对头，既已到此便顾不了许多，就强打精神："是呀，刚才那位兄弟说，这里的服装又好又便宜。"

"啪"，络腮胡恶狠狠地拍桌子一板："混账！哪来这好事，便宜无好货，好货不便宜。"这时，院门口的几条汉子双手叉胸站到了门外。

我知道糟了，但两个大老爷们不能就这样眼睁睁看着挨宰呀。我低头看了一眼壮实的陈，认为是见过世面的陈说话的时候了，不想，他面无人色两腿直抖神色木呆虚汗直冒。

我心想，那牛仔服里包裹的恐怕全是一堆软肉，难怪他胖得感觉不到有骨头。看来，只能凭我这身瘦骨来摆平了。我便用很土的家乡话对陈说："背时了，必须走，无论什么情况你都只管往外冲，我断后。"

这么一说，有人会笑，这分明是在编造小说或电视的惊险情节。但这就是原委，我只能照实说，否则，陈看了此文会责怪我。

跟陈说完后，我笑吟吟双手一摊："对不起，这生意做不成，只能怪刚才那人没说清。"

不待他回话，我大吼一声："必文子（陈厂长的小名），我们走！"

总的说来，陈必文是好样的，只见他背着大牛仔包拼命往外一冲，那几个人被他撞得东倒西歪，还真以为是陈真来了，但我瘦骨伶仃，怎么看都不像霍元甲呀。见陈出了门，我学着江湖人双手作揖："对不起，兄弟告辞了。"便从容走开。

或许，这一胖一瘦、一矮一高的组合，让他们傻了眼，不明来路不知深浅，还以为是哪条道上的高手。

或许，见我这般干瘦，不经打，一动手这一组骷髅难得整理，只好作罢。

在那迷魂阵一般的小巷转了许久，快进入大街了，陈还不时回头张望。其实我很清楚：出了那院门这事就算完了，只不过是虚惊一场。

接下来的虚惊就没有一点故事情节了。

我们把现金装入密码箱，乘飞机到南昌向塘后，改乘火车回家，还需十来个小时。几天劳碌奔波，我早已睁不开眼，便与陈商量，把密码箱锁在凳子支撑杆上，轮流休息、轮流看管密码箱。陈爽朗应道："你先睡，我不累。"见他神采奕奕的样子，我便放心地伏在茶几上昏昏睡去。

不一会儿，只听得有人把呼噜震得茶几乱蹦，我一时难以入睡。于是，采取数数的办法，一直数到连自己也记不清是多少了，还是睡不着。我便想，既然自己睡不着，不如让陈先休息。于是，我睁开眼抬头望去，只见陈的口水淌满一地，睡得人事不省，使劲摇也无法中断他的鼾声。

唉，这个陈厂长。

我顿时急得睡意全无，慌乱中赶忙朝座凳支撑杆看去，还好，密码箱仍在，只是虚惊一场。

我的砍价绝活

平时我很少逛商店，也不喜欢砍价，但很少逛并不等于完全不逛，而不喜欢砍价也不是由人任意宰割。

一般情况下，我很少涉足不起眼的小店，要么不逛，要逛就待攒足银两很神气地去专卖店或大商场一趟。

至于砍价，我也有自己的原则，凡自产自销的农户，不管是蔬菜还是水果，我绝不忍心砍价。而专卖店与大商场基本没有我砍价的机会，因实在是囊中羞涩，而这些店家又财大气粗，往往是玩一口价的主。

但我总能找到一些可以砍价的场所，并且一次比一次砍得凶猛，或者说砍得耸人听闻。在这里我随便举几个事例，就足以显示我的砍价风采。

这几次砍价是我的亲身经历，绝对真实。因我的文字大都是给现实生活中的朋友与熟人看，我不敢撒当面谎。

记得 20 世纪 90 年代初，我常在珠江三角洲走动。

有一次听朋友说，番禺有一种台湾产的黑珍珠牌电话子母机，性能十分了得，手持此机，可在方圆十五公里范围接听或发送电话。要知道，那时的长途电话费贵得吓人，我月工资不过两百元，而每月电话费不少于一千元，砖头般笨重的手机我花了一万八千元。

在我生活的那座小城里，八公里以外就属农村电话，称小长途，收费比市内电话高出一倍以上。若买上这么一台子母机，既减少农村话费，又省下了接听长途的手机话费，因此，对拥有这么一台机子竟有点迫不及待了。

我在番禺城里转悠了老半天，对于那些十公里以内的子母机，我根本就不屑一顾。好不容易找到一店铺，那台黑珍珠牌的子母机格外显眼，子机的形状与砖头般的手机如出一辙，而母机更是气派，如写字台的抽屉，接收天线则比电视机的还庞大复杂。店主开价六千五百元，天哪！那是我两年半的工资加奖金。

混迹江湖这么些年，我知道，如果我应允的价格若被店主一接受，就必须买下，再难脱干系。

于是，我提出三千元，店主很鄙视地一哼鼻子："你是买货还是来取乐的，五公里的都不止这个价。"

我实在是太需要这台机子了，便使出浑身解数砍价，在砍到四千五百元这个价位后，我假装嫌贵，走出店门几十米远，却不见店主来拉我，心想，这大概是个最低价了。

我不由得为自己不凡的砍价水平而自豪，仅仅多费了一些口舌，就捞回两千元。

当我回家兴致勃勃地安装好后，一试机，只能在两公里内收送信号，不到一个月，就只能在十米内使用，再过一个月，就完全无信号。前几年装修房子时，作废铁卖了四元五角钱。

也好，免得看到它心烦。

事隔不久，城里满街都是歌舞厅，不禁眼馋，一脚就踏进了家用电器店。

那时的歌舞厅还是初始阶段，使用的彩电最大也就是29英寸，影碟机的光盘直径足有一尺。我这个人爱赶时髦，又讲究完美。在店里东张西望一阵后，指着那台康佳29英寸彩电、索尼牌影碟机和扩音机、两个1.5米高的音箱，就和店主谈起价来。

店主开口要一万八千元，我出价一万元。这次我可是有备而来，事先叫上与店主很熟的朋友一道来砍价，砍到一万四百元时，明明看到店主已哭丧着脸，据店主讲，实在是看朋友的面子，这完全是跳楼价了，说到这个份上，我便是铁石心肠也不忍再砍下去，心里十分得意，这一砍就等于赚了一年半工资。

后来得知，这个姓廖的店主已获信息，新型音响电器已快上市，这些笨重物马上会被淘汰，正急于要出手。

那次我用工具车装了满满一车，单是那台扩音机就有二十多公斤重，同时，我又花两千元买了八张光盘。买回后，邀朋友在家里唱得山呼海啸天昏地暗。又是不到一个月，市面上流行直径三寸的光盘，仅十几元一张，扩音机才三公斤重，音箱更是既轻巧又音质好。

一年后，我又去另一家店猛烈砍价，花一万六百元，把影碟机、扩音机、音箱全换成轻巧的，彩电是34英寸了。当然啦，到如今根本不需配扩音机和音箱，而音响效果则更是今非昔比。

这两套音响如今还堆在我家阁楼上，若有人能出二十元，便随时可来我这搬走。

在那个每月工资仅二百元的年头，仅这两套音响的砍价，我就等于多挣了近三年的工资，厉害吧。

其实，砍价最成功最得意的应是三年前的事。

那次，我们一行四人旅游到丽江，毫无例外地被导游领到一家珠宝店。那时刚兴起一种时新骗局，而偏巧我们都孤陋寡闻，就率先实践了一回。

话说我们一进店，就有店员前来套近乎，一开口，他就听出我们是某省某市人氏（现在想起，其实是和导游事先已串通好的），便说店老板与我们是老乡。马上隆重请出一位獐头鼠目的中年男子，只见他绸缎衣裤，手上戴满金首饰，连嘴里也是金牙居多，脖子上挂的金项链粗大得足可做牵狗的链条，反背头梳理得油光乌亮，绿头苍蝇即使拄上拐杖也休想在他头发上站稳。

打过招呼后，店老板把我们带进精品间坐下，便开始他的骗人套路，述说其父是我市某乡某村人张某某，现为金三角李弥残部头领（这人物在报刊上曾被大肆渲染过，只是从未听说过他便是家乡人），近些年在国内几个有名的大都市设店经营纯正缅甸玉。并说现在老乡来了，若送些玉器恐怕会不被接受，那就随便数几个钱得了。然后，让我们在柜台前任意选购。

我相中一块玉观音、一块玉生肖和一个玉镯，价格分别是86万元、52万元和48万元。开始我看走了眼，少数掉两个零，店老板爽朗地笑着纠正我的误读，然后说：“既然是家乡人，说钱就见外了，只要你喜欢，随便丢几个铜板，意思意思就行。"

　　光这几句话就让人听起舒坦极了，只是囊中羞涩，我狠下心来砍了个史无前例的低价："既然张老板如此慷慨，就不客气了，玉观音 8000 元，其他两件各 5000 元。"

　　"行，行，行，就按你说的办。"店老板又是一阵爽朗笑声。

　　我开了个头，其他三位仁兄就好像真的是不要钱捡了个便宜似的，每人选了万余元的小玩意。

　　说到这里，谁还能不叹服我，砍到零点一折，你们谁砍得出？这就是水平呀。

　　回家后喜不自禁请行家里手估价，每件值 500 元左右。

　　好险，万幸还没跟家里人说实情。

　　不过，话又说回来，金银有价玉无价，只要感觉好就行，钱会烂掉，玉器却能长期保存。

　　只是，从那以后，我再不进玉器店。看到那个"器"字，我总要把下面两个口字看丢，老念成玉哭店。

　　不对，应是欲哭店。

　　总的说来，我是砍过大价的，在这里就不一一细说。

　　有些事情是不得不服的，经历过上述事例，我就不信，各位看官还会有对本人的砍价不叹服的。

被挡在奈何桥边

很多年前，我正在益阳开一采石场。在一个春风拂面、丽日当空的早晨，这是个容易产生好心情的日子，我发动起一台铁皮外壳的"仪征"牌吉普车，点燃香烟，吹着口哨正要开路，去十几公里远的城里购置物品。不想，一大帮人围在车前，又是好话又是劣质香烟递过来，恳求搭车进城。

采石场地处偏远山坳，交通极不方便，仅有一条乡村级土路通往山外，能搭个便车，自然少了许多辛劳。但我这车只限坐五人，而眼前足有十一个呀，最要命的是，当时我连驾照也没有。

没办法，在人家的地盘上干活，随便哪个可被称为人的家伙，不管是刚出生的抑或是老得快入土的人，随便搬条破凳往大路上一搁，你就得暂停石料外运，就得仔细听那些毫无理由的理由，然后，你就得说尽好话，再讨价还价支付些既没必要又极不情愿的银两。现在，人家又没恶语相向，还递上了纸烟，你能去拒绝吗。

何况，不让他们上车，等着你的是众怒难犯，是无数个可摆件东西堵挡到路上找你勒索的理由。于是，我只得瞪着双眼压住怨气，任由他们像牲口一样往车里挤，还有三个再也进不去，就只好委屈一点，人叠人缩在规定只坐一人的副驾驶座位。这样，逢到拐弯处，人往里一靠，不仅操纵杆不能挪动，连方向盘也无法控制。更恐怖的是，我租住的房东老太婆，由两人搀扶上的车，去城里医院看病，我总担心她人还没到城里，就因一口气接不上而瘫倒。

一路颠簸中，清晨的风根本无法让我的汗不往外冒，跑不过三公里远，我已连头发都没一根干的，衣裤的汗水随便一拧就是一脸盆。车越是难开就越想早点到达，而越急就越会生出些事来。

这不，一台手扶拖拉机在我前面慢吞吞挡了足有两公里，它的滚滚黑烟和我身上的汗水粘上，金利来白衬衣就成了灰色，把喇叭按得发烫也不让路，因他是本地人呀。我瞅准一段较宽的路面便要超车，艺高人胆大，凭我的车技，只要有比车身宽哪怕一寸，我也能准确无误地通行。

于是，在距拖拉机十米处，我猛地加大油门，眼看就要擦车而过。也是该当有事，拖拉机遇上路面一个大坑，为避开那个大坑，就突然往左拐。而为避开那该死的拖拉机，我不容多想，潜意识中就把方向盘也猛往左打。

拖拉机是避开了，可那路面不是广场，一时间，只见路旁一棵棵苦楝树和电线杆在"砰砰"声中纷纷倒下，脑子已是一片空白。

冥冥中，我觉得自己正在率领一帮人往阴间赶路，隐约看到阎罗爷在气急败坏地叫喊："凡间人怎么如此不讲秩序，今天该来的人员早已全部到位，这又是哪路神仙？"我差点就看到了老阎的真面目，只是阴间光线昏暗，加之老阎本来就黑的面孔，因恼怒而更显黯淡，看起来就模糊了。

那边账房老鬼无常捧着生死簿一顿乱翻，嘶哑着嗓子大声呈报："这伙人都时辰未到"，"那还不快把他们赶回去！"于是，牛头马面领众多小鬼就把我们挡在了奈何桥的这头。

当我醒过神来，觉得自己的双脚向上伸着，身体由头部撑住，便使劲拧了右腮一把，还有感觉。于是，我艰难地把破碎的挡风玻璃取下，狼狈钻出车窗，又一个个拉着那帮家伙出来，其中有几个裤裆里冒出的亚莫尼亚恶臭，和刺鼻的液体臊味，让我不得不时而捂着鼻孔。

然后，我扳着指头反复数，总是数着连自己才十一个。我知道，当年上学时，每逢数学课就感觉一片乌云笼罩，但还不至于连两位数的加法也老出错。我又钻入车内，终于在后排找到了那位房东老太，使出吃奶的力气，才把她小心拖出来。上车时她还死气沉沉面无血色，现在倒是怪了，不知触动了哪个穴位，只见她红光满面蹦蹦跳跳，我还以为是回光返照。从口袋掏出张百元纸钞，让她暂时去附近村医看看，谁知直到我悲壮地离开采石场那块伤心之地，她竟然返老还童般满头银丝变得乌黑一片，所有病痛都不治而愈了。

再看其他混蛋，也一个个神采奕奕，如无事一般，我悬挂的心才放了下来。

回头看去，只见车顶朝下倒躺在离公路五米多高的田地里，保险杠已七拐八弯，四个车轮还在朝天飞转。

这时，我才开始感到后怕，万一死伤几个，我还不如硬闯奈何桥，喝上孟婆汤，忘掉凡尘事。待我想去安顿那帮搭车的家伙时，他们早已溜得去向不明。

我想，他们只不过是惊吓一场，只不过是在奈何桥边被阎罗小鬼吓出屎尿，弄脏遮羞布，而我，却还有大堆事要张罗。幸好，那时我弟弟博言健在，闻讯后几个小时就赶到现场，那些什么电线杆、行道树、田地庄稼及由此产生的其他损失，都是博言出钞处理的事了，我因有几根肋骨被方向盘弄断，还需去稍作处理。

不久后，我又一次跑到奈何桥边，这破事我在《那一炮石破天惊》的文字中，已作故事给好友小鱼儿说过。这次，阎罗爷再次派小鬼把我生生挡在奈何桥边。

在忘川水前驻足，在奈何桥旁徘徊，一次次地化险为夷，绝处逢生，莫非，我的人生路就该有这么坎坷这么悠长？

我苦思冥想后，伸出左手掌一瞧，原来，母亲生我时，给我的掌纹弄了条极长的生命线，长得令我看了就沮丧，我知道，无论遇上什么，我一时半会根本死不了。

既然如此，那么，就欢欢欣欣活下去呗。

当年去深圳

20世纪90年代初，乡政府下属基建队在深圳西丽湖镇施工，一民工被人杀伤。

书记安排我与乡司法干部前去处理，老谋深算的李司法预料会毫无结果，费力不讨好，便推辞不去，那边包工头又催得紧。情急中，书记交底，你一人去，不管有无结果，尽到责任就行。

当时的深圳，正在产生奇迹，一栋高楼不用半年就建成，称为所谓深圳速度。而我的感觉是乱哄哄一片，从深圳到蛇口，路两旁尽是挖掘机、推土机和翻斗车，除华侨村有一片房屋，其他地方到处是翻滚的尘土和疾走的货车。那个叫西丽湖的小镇，因了一个度假村和机场而热闹非凡。

基建队为修建平湖到蛇口的铁路打桥墩桩，一民工在镇上集市买鸡蛋，因短斤少两而发生争执，被摊主的儿子喊人将民工从后背刺一刀，好险，再深几毫米就到了心脏，抢救时已用去医疗费两千多元了。

我去之前，伤者的三位兄长已来了好几天，当地公安作过两次调解后就再无音信。我探明情况后便问其兄长有何要求，他们少见世面，人又老实本分，好半天才鼓起勇气说最少要对方赔偿四千元，这么一说，扣除已用去的两千多元，就只剩一千多元治伤了。

不过，当时我的工资每月才百余元，这也算一笔大数目了。

我当即拍板：你们先回家，这钱我负责。

第二天，我与包工头、伤者三人一起去了趟派出所，警方的意见是，这事是由于争执而引起斗殴，双方都有责任，只能调解。说到调解我就想到，当地人肯定占优势，据说，摊主只愿出一千元。

随后，我们一行三人去了摊主家。

摊主在郊外办有一个养鸡场，我们去后，在地坪一张小圆桌旁坐下，包工头介绍说我是伤者家乡的乡干部，摊主客气地拿出两瓶汽酒（当时还不兴啤酒）、一碟花生米，边喝边谈判。

我掏出一张赔偿清单，总额一万八千六百元。摊主见到这个数字，脸色突然就不好看了："你们开出这个价来，是不是想打抢了，若这么说话，我还想要你们赔偿影响生意的损失两万元呢。"

一时间谈判陷入僵局。

不一会儿，只听一阵"呜呜"的发动机鸣响，三台坐满人的摩托车开进地坪，这十来个人下车后便把我们团团围住。一听我开出的价，他们就怒火中烧地起了高腔。为头的小子越说越激动，指着我的面孔骂起粗话，认为我活得不耐烦了，并扬言要我横躺着出去，其他人大声附和，人群越围越近。

我据理力争，包工头与伤者却一言不发，因他俩还要在这地盘挣工钱呢，害怕遭报复。

这一状况对我很不利，看来挨顿揍是免不掉了，挨几拳倒无所谓，只是害怕这事传出去，回乡政府后不好见人。

混乱中，我让自己镇定下来，心想，与其束手让人练拳头，不如我也活动活动筋骨，别看我瘦骨伶仃，却是个常操练篮球的主，打的是前锋位呢。打输了，那是爹娘下少了本钱，认栽，至少回去讲起也光彩一点。

若碰巧打赢了呢，唉，这回哪有赢的可能呀。

正在对方要动手的当儿，我情急中顺手操起一个汽酒瓶往地上一砸，瓶身便有了参差不齐的锋刃，然后猛地站起，指着为头的后生吼道："谁先拢来，我废了谁。"

这时，若是包工头与伤者也操件家伙，我会底气更足。谁知，他俩不但不助力，反而将我拦腰死死抱住。

幸好，那些广仔都个头矮小精瘦，见我牛高马大，又显出死猪不怕开水烫的模样，一时傻了眼，没人再上前。

此时，摊主见这阵势，慌忙挡在中间劝阻，一场恶斗便这样草草收场。

至此，我见好就收，知道今天是不会有结果了，便顺着台阶下："你们听着，就按我的价，三天后来取钱。"说完，领着那两个惊呆了的家伙大摇大摆走了。

回旅店后我直后悔，怎么就轻易答应了伤者家出那笔钱，万一摊主耍赖，我上哪弄钱，四千块，是我三年半的工资呢。然而，开弓没有回头箭，只有硬着头皮撑下去了，万一事情办不好，摊主耍我的赖，我便耍乡长、书记的赖去。

第二天，我就如无头苍蝇般开始乱撞起来。

首先，我想到了家乡有位陈姓在深圳边防总站当政委，便如捞到一根救命稻草。谁知找到他后，连说自己已退居二线，公安部门又不熟。好说歹说，他扯出在南头区煤气站当经理的外甥张姓来。

于是，我马不停蹄找到张某，这是个家乡观念浓一点的主。他陪我去了一趟派出所，讲了一通与摊主谈判的情况，提出若不赔偿，就搬家具电器抵作医疗费的想法，同时，又打出陈姓政委的牌子，当然，张姓经理多少也有面子，派出所便以模棱两可的态度敷衍，我心里就有数了。

走出派出所后，我要求他两天后派一辆大货车，他爽快答应。

在福田区，家乡有一伙混混在那里干当鸡头和帮人排队买股票的勾当，其中有熟人，我便央求他们两天后去十来个人，谈好工钱，操家伙去抬东西，要知道，那时家电值钱呢，一台彩电就是两三千元。

一切铺垫都近乎完美，我才松了口气，只是，万一对方也人多，这事就不知该如何收场了。但事已至此，我已顾不了许多，这么些年来，不就是走一步算一步地过来的吗？

三天后，我带领一行人开一辆大货车，浩浩荡荡来到养鸡场。原以为有场大对峙，不弄翻他几个成不了事，谁知这时的鸡场却冷冷清清，感觉就像憋足劲的拳手，狠命出一拳却打了个空，毫无反抗便显示不出打击者的力量，让人多少有点扫兴。

当车停稳，摊主迎了上来，我开口便是："钱呢，准备好没有？"

摊主一见这阵势，态度好了许多，递上一轮香烟后说："你做点好事，帮个忙，我给两千行不？"

"一万八千六，一分不能少。"

"那我一分也没有，你想干什么？"

我不再理他，对手下人说："大伙听着，选值钱的东西给我往车上搬。"

于是，那帮家伙先瞅准最值钱的雅马哈250摩托就往车上推，要知道，光这玩意就值两万多元。

见动真格的，摊主忙上前拦住："别这样好吗，有话好商量，有话好商量嘛。"

一番讨价还价后，摊主掏出一万一千元了结。当然，此时如果他同意出六千元，我也不说什么了。

初次去深圳，哪里也没去看，倒把自己弄得疲惫不堪。

幸好，这次总算没有丢面子，经包工头回来添油加醋一说，十几年过去了，乡政府的人一谈起这破事还津津乐道呢。而那个受伤的民工，至今还在逢年过节时，提上一壶自家酿的老酒，捉几条自家水塘养的小鱼来我家走动。

有如骆驼反刍，无事时，我老爱把那些陈芝麻烂谷子的往事咀嚼得有滋有味，就像许多上了年纪的人一样。

了不起的堂兄

从小，堂兄伦仇就是我崇拜的偶像。

他大我七岁，我却一直把他看成上一辈的人。

20 世纪 80 年代末，我年迈的爷爷奶奶被赶出县城，下放回离城八华里的老家接受贫下中农再教育。不久，堂兄伦仇也以下乡知青的身份回了老家。

伦仇下放之前，是城里中学最有名的造反组织"井冈山兵团"总司令，他以力气大脾气大胆量大闻名全城，人称"仇猛子"。有一次惹来了他的脾气，便操起机关枪打完一整箱子弹，硬是横蛮地阻止了势力更大的造反组织"湘江风雷"的围攻，万幸的是没造成伤亡事件，这事曾轰动全城。

在那个崇尚英雄的年代，我对被众人前呼后拥、叱咤风云的堂兄，佩服得五体投地。

在老家，堂兄与我们住同一个院落，那是座雕梁画栋、十分气派的砖木结构老屋。

每到周末或假期，我就回老家，风雨无阻，若哪个周末没回，爷爷奶奶就会捎带口信询问原委，谁叫我是他们的长孙呢。其实，每次回老家，我都很少在爷爷奶奶身边待着，总喜欢在堂兄背后当跟屁虫，尽管常挨他的训斥。

他去打猎，我帮他牵狗提猎物；

他去插秧，我在田埂上评价秧苗插得直不直；

他去挖地，我就跑来跑去给他打井水喝；

他去挑粪肥，我当然是跟在屁股后面闻气味。

我的这般举动，堂兄并不反感，或许，他热闹张扬惯了，突然孤零零一个人生活，总会有旁落与寂寞的感觉，而我的贴身紧跟，会让他稍许得意起来。

许多往事早已在岁月的流逝中淡忘，但我还是能记起些鸡零狗碎来。

一次去村里的水塘洗澡，他轻蔑地瞟我一眼："哼，你浮得起吗？"我不管他高不高兴，就跟着他"扑通"一声跳入塘中，当浊水快把我的肚皮撑破时，堂兄这才单手将我拖至水塘边。三番几次后，我学会了游泳。

一次，我跟他去十余里远的凤形山挑煤，他用谷箩筐挑280多斤，我用簸箕挑40来斤，总跟不上他的脚步。行至半路，我再也走不动，挨一顿臭骂后，他把我的煤倒进他的箩筐里，狠狠盯我一眼后，挑起担子打飞脚走了。

每到歇工时，晒谷坪就热闹起来，我会拿出从爷爷那里偷来的老旱烟，卷两支特大号的喇叭筒，递一支给堂兄，我也叼一支点燃，别看那时我才十一岁，却早已是资深烟民。然后，我便学着电影里的汉奸形象，嘴里横叼着喇叭筒，把头向天仰起，很神气地左手撑腰右手举起，将大拇指向后翘了翘，挑衅性地对大伙叫嚷："有谁敢与伦仇哥比试的，出来练练。"

那时主要是比力气，如搬大石头、挑土砖坯，比得最多的是掰手腕、顶手劲。通常情况下，是别人两只手掰堂兄一只手，或用肚子抵顶堂兄的手臂。堂兄若赢了，我就放肆拍手叫好，常把手掌拍得肿成馒头状。

十年后，我被招工进市氮肥厂汽车队，堂兄已在该厂当制气车间主任多时。

他仿佛具备一种与生俱来的头领气质，每到一处，身边总不乏追随者。

让我心生妒意的是，我满脸红疙瘩正值当年，两只放绿光的眼睛密切注视着厂里的靓妹，多次阴险地试图靠拢她们，却总是不能得逞。而堂兄呢，小孩都可以打酱油了，这些靓妹却仍想方设法往他身边靠。

不知几时，堂兄有了一手飞镖刺团鱼（也称鳖）的绝活，下班后，我常提个化肥袋子跟他转悠。只见他在水塘边随意站会儿，信手扔几块石头，就可判断水中是否有团鱼。如果有的话，他会用石块将其赶出水面，此后的事就千篇一律地简单了，他甩出飞镖，把线收拢，从团鱼背上拔出飞镖，我赶忙将其装进化肥袋。

那时的团鱼多而吃的人少，只要堂兄不懒惰，便天天有好东西打牙祭。

凭着堂兄的才能与人气，在上级考察厂领导班子时，他当厂长的呼声很高。不巧的是，这时正值清查三种人（"文化大革命"期间的造反派和打砸抢分子），这位造反派头目自然难脱干系，虽没作处分，当然也没被提拔。

与他相处不到两年，厂长调任地区化工局任副局长，经两头游说后硬是将堂兄也带走。他走后，我感觉待在那个山高皇帝远的地方实在乏味，不久也拍屁股走人。

这一别，与堂兄就十几年少有往来，但我却时常设法打探着他的动静。

他调到地区化工局后，在一个业务科室当小头目。20世纪90年代初，是一个下海的极好时机，当时的经济监管体制很不完善，赶潮头者的第一桶金都来得轻松。堂兄本就是个不甘寂寞的人，他下海后稀里糊涂把水扑打得一顿扑通乱响，口袋里便有了分量很重的银行信用卡，顺带操持着一个货运车队，日子过得十分滋润。

六年前，堂兄准备退出江湖，把所有业务都清算了结后，带上银两回到老家，想把风雨飘摇的古村落农桑村修复一新，建成古民居特色的，集宾馆餐饮娱乐业为一体的大院落。

他的良苦用心并没有得到预期的响应，村民各自打着自己的如意小算盘，于是，在迁出补偿问题上有了分歧。看来，即便如堂兄般的好汉也并非常胜将军，这一回就败得溃不成军，最后仓皇逃离。

老家那块风水宝地，不光只有堂兄会看上，打其主意的大有人在。堂兄刚一撤兵，一位制造香料的家伙就乘虚而入，用银两买通村、乡两级头目，在老家院落旁建起一座颇具规模的化工厂。于是，空气中终日里散发着刺鼻的怪味，满山树木不出几年就全都枯萎，工厂周围一片灰黄寸草不生。

从此，老家农桑村的水不再清，山不再绿，天不再蓝，田地不再有收成。

这时，村民开始后悔起来，当初若让"仇猛子"来打理院落，大伙都可因村落的繁华而沾光，最起码是外人不敢来此肆无忌惮横行乡里。当化工厂日趋威胁村民的生存时，大伙便自发组织起来向村、乡、市里请愿将化工厂撤走。此事哪会如村民所想的那么简单，一则厂主早已用银两将各级有权人士打理妥帖，二则这样高污染高利润的厂家，地方财税收入也很可观，如草芥般卑微的生命又算得了什么。后来有几个村民横下心与厂里据理力争，甚至拦住厂门不让车辆进出，这明明是蚍蜉撼大树，最终结局是：市政府出动多台车辆进场，公安抓走为首者关押牢狱，村民纷纷背井离乡、浪迹天涯。

堂兄在老家碰了一鼻子灰后，四处寻找适宜安放躯体与灵魂的场所，几经跋涉，在龙山森林公园选定一个去处，便将全部家当扔在那里，建成一座十分幽静又十分惹眼的庭院，以院内后山一尊形态逼真的将军形状的巨石而取名"将军石宾馆"，或许，爱耍威风的堂兄本就是冲着这块巨石而来的。

宾馆落成的五年间，我曾多次去那里游玩，去了就时时想再去，那真是个栖息的好地方。

在那里，堂兄是这样生活的：早上扛把锄头去山上，或种植菜蔬瓜果或挖掘制作盆景的树根，白天开车去附近转悠或购置点生活用品，闲时制作些形状各异的盆景，或上山打打猎，晚上看点杂书，或过问一下大堂经理收益状况、或闭目养神，回想着那些过去了的如远山一样起伏的人生。

如果恰好我去了那里，而堂兄又恰好在家，这样，两根铁杆烟枪就会在交谈中，随着嘴唇的张合显露出如木炭般黝黑的牙齿，说些天气说些世道人情说些咸了淡了的岁月。

堂兄伦仇是一个天生隆重的男人，无论在什么场合，即便他是漫不经心，但只要他一出现，隆重的气息就会弥漫在周围，这个缀满传奇的男人就会照亮那一片天地。

我很崇拜堂兄，我也想学他的成长方式，但我永远跟不上他的思维、他的生活脚步。

我总觉得：堂兄很了不起。

两次登机遭遇

2006 年，我曾有过两次截然不同的登机遭遇，闲来无事，翻出来说与大伙听听，权当无聊消遣。

那一年的五一长假期间，我刚好凑足钱买了件唐装和一条品牌裤子，那笔挺的裤子折缝完全可以把木头削断，而那唐装呢，套在我身上，会使人想起旧时的土财主。拥有这样一身穿戴，我根本没有权利只待在家里。而是要抖搂出去显摆显摆的。那会儿，运气出奇的好，我果然就碰上了一次与市委副书记易先生外出的机会。

那次，我们从长沙登机飞往昆明，然后，由旅行社派专车从昆明出发，一路逛到大理、丽江、香格里拉及泸沽湖等地，玩够后再从丽江飞深圳，一路上的好风景，也带来了好心情。

然而，事情往往不会好到个善始善终的程度，这不，从深圳返长沙时，在候机室便遇上了麻烦。

当我把行李通过安检后，行李便由机场转走。

在临飞前半小时，我与易书记手持机票及身份证，去入口处登记。同样是十六年前的老证，慈眉善目的易持着它一路滔滔过关。我却被挡了下来，那位中年女安检员鹰犬般的眼光特别厉害，瞅我一眼后，就怀疑我是个恐怖分子。

只见她拿着身份证反复与我对照后，神色严肃地说："这张身份证照片不清楚，你还有别的证件吗？"

"工作证放在密码箱内，这样吧，你问易书记，他是我们的头儿。"

"不行，得看证件。"

这个臭娘们，我在心里恨不得甩她一嘴巴，明明就是我的，我自己还不清楚吗？这分明是在故意找碴嘛。

我抢过身份证一瞧，或许是以前没认真看过，现在仔细端详，还真有点怪不得她。

那有些模糊的照片显得格外凶神恶煞，看起来不是个三K首领，就是个黑手党头目。加上本人形象确实恶劣，五大三粗的，又是一身不伦不类的唐装，怎么看怎么像个黑老大。

"那我该怎么办，密码箱已托运了。"

"你找机场派出所。"她指着百余米处的几个房间说，我还能怎样呢，只得照办。

派出所的干警凭我的机票，写了个便条，让我去取证件。幸好我腿长，又是运动员出身，便以百米冲刺的速度向行包房跑去。拿到工作证后，我赶忙跑回检查台。

那个娘们又蹦出一句："这个证件也不行，得去派出所办个临时通行证。"这时，离起飞只有十几分钟了，而易在飞机上已打过三次电话催我。

没办法，只得又跑到派出所花五十元钱拍照，办了张临时通行证。其实，这次照得比身份证更显暴力。

待我再赶到检查口时，进机场的铁栏杆已关闭，只有三分钟飞机就上天，已停止进场了。

一时我顾不了多想，咬牙切齿对着那个破娘们一连喷出几句粗话，然后从高高的栏杆上一跃而过，拔腿就是一阵猛跑。机场人员以为来了个劫机犯，一齐拼命追赶，但都被我远远甩在后面。

当我跑到飞机旁时，空姐已把门关了一半，我赶忙迎头闯进。好险！再慢半步，我就得在这该死的深圳城里露宿街头了。

第二次是当年九月份，省厅组织外出考察，在厦门下飞机后已是傍晚。

住进宾馆后，便急忙冲凉，刚抹上香皂，不小心滑一跤，重重跌在浴缸边沿，只觉左胸滚烫的。很艰难爬起，感觉左手已不能用劲，便用右手把衣服压在腿上搓洗干净，再单手洗完澡。洗完，感觉剧疼，便叫同房的老苏帮忙买几张跌打损伤膏药。贴满前胸后背，仍不管用，且一阵比一阵疼，冷汗直冒。老苏见此状忙叫来宾馆经理，马上派车和派两名保安送我上医院。

一阵忙乱后，医院 CT 照片出来，左胸三根肋骨断裂，胸腔积血。我立即打电话给单位副职加铁哥们李应农，放下手机，我便躺在病床不知阴间阳事了。

第二天，李应农与我弟弟博言乘飞机赶来厦门。

病房是一个充满呻吟哭号的地方，从早到晚都在谈论病痛与死亡，我一刻也待不下去，只想尽快回家。

第三天，李应农与博言搀扶我到候机室，岂知事情并不如想象的那么简单。

首先是安检员不准重病号登机，其次是该死的安检与验证手续十分烦琐，耗时耗力，我哪能经得住如此折腾。好在李应农特机灵特会办事特忠心耿耿，忙前跑后费尽周折后，总算让机场负责人格外开恩，同意让我登机。

待到这一切忙完，距离登机时间又不多了。幸好李应农已把关节打通，只见他找来一空姐，推着辆轮椅，不由分说就扶我上去坐下，有机场特许，当时我身上哪怕是携带一颗导弹也可带上飞机了。

空姐很靓丽，也很负责，哪像深圳机场那个搞安检的臭娘们。她推着轮椅一阵乱跑，可怜我这几根破烂肋骨被摇晃得钻心疼，差点就晕倒在轮椅上。待到得飞机旁，又是快要关门的当儿，好险！

在此，我特别想感谢这趟飞机上的乘务人员，刚进机舱门，当空姐看到我那痛苦不堪的狼狈样子，就破例把我安排在头等机舱。接着，又搬来一堆毛毯把我裹住，并不时用很温柔很甜美的嗓音询问伤情，那种感觉特好，我差不多忘记了自己正有几根贱骨头在胸腔内摇摇晃晃。

谁说洪洞县里无好人？这第二次登机的遭遇，便是我平庸生命中一个十分奢华的时刻，使我感觉到这个世界毕竟好人成堆成群，很值得我们欢欢欣欣活下去的。

一位老人走了很久，我开始怀念

一位老人已赶赴黄泉，连同他很平凡又很不平凡的人生历程。我曾写过不少怀旧的文字，却一直没写过这位老人。他对我恩重如山，我却一直心若古井麻木不仁，在经历过好些不平静的日子后，才心怀愧疚地去怀念，才猛然醒悟到，人应该懂得感恩。

老人姓丁，大伙背地里习惯称他丁老。看他年轻时的照片，精干俊朗，清秀的眉目间总透出一股令人生畏的威严。他祖籍山东，家境贫寒，年少时便随父母及兄长一起闯关东，当脚步实在迈不动时，就在大兴安岭一处荒凉之地安下身来。不久，因为贫穷因为苦难，体弱的父母相继奔了天国，而天国暂时不收的兄弟俩只能咬牙继续挺下去。

1945 年的夏季，一支八路军队伍路过家门，正四处招兵买马，听说当兵有衣穿有饱饭吃，兄弟俩便慌不择路地混入其中。四年后，兄长负伤，无奈地返回那个不遮风也不挡雨的茅屋，而一字不识的他因机灵勇猛晋升至连长，随第四野战军一路打到湖南的新化古城。

一次，他在这个风情万种的小城，偶遇一佳丽，那颗荒寂的心，注定要在这异乡莺飞草长了。

他命令小勤务兵去打探，获悉那是当地一位姓罗的名门望族千金，遗憾的是，她年少却有一不满周岁的女儿，其丈夫也是豪门子弟，正远在武汉大学念书。当时的阶级阵容分得很清，一个现役军人与剥削阶级家庭出身的人谈爱，必须经上级组织的严格审查，何况对象是有家室的。

他生来就是个无所畏惧的铮铮铁汉，认定了的事便会一往无前、不管不顾。

于是，在20世纪50年代初一个惠风和畅的日子，他带上提着礼品的勤务兵径直走向罗家的深宅大院，院子主人几个月前已撒手西去，只剩下院主的夫人和她的女儿及外孙女。这次见面后俩人一见钟情，罗女士先是写信要求与丈夫分手，后又登报离婚。他则无视组织的劝阻，甚至扬言即便开除公职，也要带她回东北老家。事已至此，最器重他的那位师部长官只得摇头叹息，对他做降职处分，调离部队，留任县城兵役科长。

三年后，他调往邻县武装部任职，从此，再没离开过这座小城。

在这座城里，他先后任过市物资局局长、市钢铁厂厂长兼党委书记、市经委主任等职。

那个年代讲究论资排辈，他斗大的字不识半升，却一直占据政府部门的主要职务。

因办事公道、为人正直，他那简单粗暴的处事作风反被认为是一种魄力。至于他的工作能力，实在是不敢恭维，只是，他的两点过人之处弥补了自身的先天不足。首先是生就了一双非凡的伯乐眼，并能恰到好处地用人。其次是善于集思广益，每当研究重大决策时，他总是很耐心地听取他人的发言，然后博采众长拍板定音。

有了这些特点，工作起来就得心应手风生水起。他曾把一个人心涣散效益低迷的市物资局，侍弄得士气高涨声名显赫，也曾把一个半死不活的市钢铁厂折腾成全国先进小高炉。

然而，没文化工作起来毕竟不是很方便，于是他做出规定，凡上级的一般性文件，都由分管领导办理，重要文件由秘书给他念诵。上台做报告前，他就在纸上涂抹些只有自己才看得懂的符号，然后即兴发挥。

更糟糕的是，仕途上好几次晋升的机会，都因没文化而搁浅，四十年间没提拔过半级。而在待遇上，就连本该享受的也眼睁睁地失去了。事情的原委是：他本来是1945年2月入伍的，为便于记忆，在最初别人为他填写履历表时，顺口说成1945年10月1日，此后，在历年填表时都照此敷衍。而共产党办事有时是很认真的，比如，规定1945年10月1日前入伍的按八路军待遇，离休后每年可加发一个月工资，其他福利也很可观，10月1日后就只能按解放军待遇，差一天也不行。而我们的丁老革命，在1945年2月就已入伍，仅仅因那顺口一句，便由八路军降格为解放军。

他曾向组织上提出此事，市组织部派人前往东北老家调查核实，好不容易找到同一部队的两位幸存者。不巧的是，这两人比他入伍还早，境况却比他糟多了，因没有跟随部队南下而回家种田，年老后则成了极贫困的五保户，落差太大，便对他的状况很不服气，"这小子算什么八路军，新兵蛋子一个。"又是随意一句话，他的待遇便尘埃落定。

他的兄长已去世多年，老家再无亲人，因了那随意的一句话，他打消了衣锦归乡回东北老家探望战友的念头。

别看他在单位可以横行霸道呼风唤雨，对孩子凶神恶煞威严有加，但在家中的两个女人面前，他是怎么也神气不起来的。一个是在老婆面前，他从不敢高声说话，工资由她掌管，连抽烟也任由她发放。每天回家后，总要无缘无故挨一顿臭骂，然后是接受喋喋不休的唠叨，以致若是碰上哪天没挨骂，心里反而觉得空空落落的。老婆从不打小孩，但只要对他诉说了谁不听话，谁就会立马挨上一记耳光外加狠狠一脚。

他有三男三女六个小孩，个个生得高大健壮，唯独三女儿显得清秀灵巧，自小就被他娇惯、纵容得有点不成体统。其他几个小孩稍有不对之处，他动不动就耳刮子侍候，而在这个三女儿面前就截然不同了，她可以在家里为所欲为，甚至可以随便呼喊他的小名，即便犯了再大的错，他不但不生气，还会想方设法嬉皮笑脸去哄她，使她从小就养成了唯我独尊、骄横跋扈的习性。

前面提及过，他看人的眼光很毒，用人的尺度也很准，这个三女儿算是让他看准了，两位老人去世后的这些年，她便成了大家庭里的主心骨。春节期间，兄妹间无论身在何处，无论有多忙乱，都要聚集在她家中团圆。

她如此霸道，却也有由不得自己的时候，比如婚姻大事：

她找的第一个对象是下放在同一个村的知青，研究生毕业后正准备赴美留学，其父是本市的煤炭局局长。

第二个是某大医院主刀医师，其父曾任本市领导，后任省某厅厅长。

　　两个对象都门当户对，男方本人也很优秀，却都因丁老在与男方的父亲共事时心存芥蒂而横遭拆散。

　　第三个对象是部队官员，也因出身农家门槛太低而强令分手。

　　正当她屡受干预心灰意冷时，丁老所在工厂一个其貌不扬的汽车修理工，因在厂里一次出榜招贤中脱颖而出考上厂办公室秘书，被他一眼看中，便软硬兼施逼她下嫁。后来的事态发展证明，他也有看人走眼的时候，或者说也有用人不当的时候，因感情这东西很复杂，这两人在一起生活有太多的不适合。

　　十二年前，这位刚强正直的硬汉，这位经历坎坷的老人，在自然力面前，完成了人生的最后一次进退，再也回不来了。随着老人的离去，那些很平凡又很不平凡的一切，都已销匿在岁月的苍茫中。

　　今夜无眠，我不由得怀念起那些光风霁月的往事，我曾与他相处十几年，受过他的格外器重，他曾极大地扶植过我的自尊和自信，倚仗这种厚爱我涉过了早年的河流。此时，我只想说：无论如何，我是有愧于他的，这并不仅仅是因为我迟至今日才动笔写他。

　　这位老人，我称呼他为泰山。

曾经很爱玩篮球

其实，我是不应该去写篮球的，我不是专业运动员，连业余爱好者都不够级别，仅仅是：爱玩篮球，玩到几近疯狂的程度。

按理说，一个好的运动员，必须是从小就开始练起，而一种好的习惯，多半是从小养成。问题是，我直到初中毕业还不会打篮球。

升高中时，以我那破烂成绩，绝不会有哪所学校收留，但偏偏是十四岁不到就快长成了一米八，偏偏是我市最有名气的体育老师聂楚升忘了"朽木不可雕也"的古训而相中了我，把我作为特长生招收。于是，骨瘦如柴，一阵风就能吹出两个篮球场的我，成了市二中篮球队队员。

我想，这或许是聂老师从教生涯中最惨的一次失误，因为直至今日，我早已不再年轻，却还没打过一场值得炫耀的球。

聂老师乃武汉体育学院高才生，只因没处理好众女生的追逐，出了点当时很忌讳的生活作风问题，才屈身于这座小城的中学里。别看他面相清秀玉树临风，脾气那是相当的大，背地里我们称他"聂土匪"。

当时，他很器重三个人：

一个是能把死人说活、能把白说黑的小个子"乔牛皮"，他出道早，运球传球技术是他的拿手好戏，临场经验足，只要有空位，就有他传来的球，万一防守太严攻不进，他还有远投的绝活。不过，若是围观的女生不多，或虽有女生但漂亮的不多，那球就打得臭不可闻了。这家伙注定会有点出息，出校门后，混到了拥有几万员工的国有企业财务部长，因头脑过于灵活，上任不久就下台了。

一个是心高气傲体质特棒的"明鸡公"，球艺不很出色，可那弹跳力是与生俱来的好，爆发力强，平时训练比我勤快不了多少，却跳得天高跑得飞快，在全市中学生田径运动会上他出尽了风头，随便一动弹就破了跳高跳远短跑纪录。盖帽是他的强项，总让他去防守对方的主力，若是一个快攻打起，常把对方远天远地甩在后面，只是球往往进不了球筐，如今已是省城大医院有名的外科一把刀。

另一个可能就是本人了，因为一个好的老师，总要选一个不顺眼的坏学生当出气筒，何况是脾气暴躁如"聂土匪"。归纳起来，我挨训挨骂最多的原因是：

训练偷懒。老聂见我太懒，甚至规定只要我完成了训练任务，其余队员就可歇工，我怎么可能轻易就完成呢？于是，我便成了队员抱怨、攻击的目标。

爱打独拍。球一到我手里，任队员如何呼叫都视而不见，哪怕两三个人防守，我也要拼命投球，加之球技极烂，几乎每次输球都是我造成的，好几次气得聂土匪要耳刮子伺候。

乔牛皮基本上不传球给我，但我篮板球厉害，抢到球就是不传出去，强行投篮，气死这帮家伙。

虽然练球很累，但比起那些狗屁文化课，就好玩多了。

我对文化课天生的低能弱智，迟到旷课就成了习惯。因此，不光常挨老聂的训斥，而且还成了其他老师蹂躏的对象。这伙敬爱的为人师表者最大兴趣是常把我叫到黑板前，让我面对一大片恐怖的数字或符号，以欣赏我在众目睽睽下因答不出题的狼狈样子而偷着乐。

如我这般不思进取者，肯定读不好书，也成不了好球员。

但我注定是与篮球有缘的。

离校后，市体委谢主任和聂老师一样粗心，稀里糊涂把我塞进地区篮球队集训，这一失误差点毁了他一世英名。要知道，那时的邵阳地区管辖十三个县市，地盘大着呢，娄底地区还是从那里划分出来的，把我拿去充数，人家嫌我提鞋子衣服都不屑。

我市当时还不叫市，只是个小县城。有了爱球如命、求才若渴的谢主任，培养了几个著名的本土球星，使得我们这个县连续几年蝉联全地区冠军，因此，经他的手送个把下三烂到球队吃闲饭，也就无人敢言了。

那一次短暂的集训，让我有幸与本地几位声名显赫的球星兄长成了至交，我们臭味相投，都厌恶读书，又都爱赌点小钱，同时，在训练时经常带着我偷懒。有他们护着，我还练什么狗屁球。

地区篮球队十名球员中，有三个还是省队下放的，而队长却是我市的曾大哥。

这十名球员中，有四个就来自我们这个小县城，如队长曾大哥，他投篮命中率极高，又有后仰动作，很难防守，加之运球神出鬼没，在球场横冲直撞如入无人之境，颇有乔丹风采。

建华兄则行走如飞，突破上篮无人可阻，抢篮板有如 NBA 公牛队的罗德曼，只是投篮也跟罗德曼一样臭。球场外，他那一手毛笔字、一副好歌喉很让我叹服。

桂生兄力大如牛，身高虽只有 1.8 米，但在对方 2 米高的中锋面前左右开弓，得心应手，是得分大王，模样和风格很像巴特尔。

他们三个配合默契，占据地区主力位置多年。

另外一个就是著名的板凳队员——本人了，我的主要职责是看管队员们的衣物，递送毛巾茶水，偶尔充当陪练，但也颇感风光。不幸的是，人家打了一辈子球身体完好无损，我却在偶尔一次上场就把右手腕摔断，至今遇上天气变化还钻心的疼。惨是惨了点，但这也成了我没在篮球场上混出名堂的极好借口。

记得当时一起在地区集训的还有周兄、王鲁湘、吴作宪、梁剑，不过，他们是在排球队。我与这几个家伙是同届不同校，其实，这些混蛋的篮球技艺比我强多了。

一般说来，玩球的人脑袋瓜子也还好使。当年我们八个在地区集训的，后来多数混得人模狗样，比如：

曾兄出任市经济局局长；

周兄充当市体育局局长；

梁剑混了个教授头衔；

吴作宪先是在一个山区小县当七品县令，现在到省政协做秘书长去了；

王鲁湘成了大学究，只是当初与苏永康合写一本《河殇》的书，闯了点祸，便满世界一顿乱跑兜售学问，现在听说在香港凤凰台混饭吃，还兼职北大的客座教授。

事情的发展往往是，有混得好的，就总有不得意的，好事不可能让我们八个全占了。

建华与桂生两位老兄下岗后，靠技术吃饭，如今每天骑一辆除铃子不响到处响叮咚的单车，载着铁锤扳手找活干。

我则成天贼头贼脑混迹街头巷尾惹是生非，人见人恨。

我玩了多年的球，球艺没长进，伤痛却受个不歇气，这恐怕与我所打的位置和个人禀性有关。

起先我打前锋位，因一直在很差劲的球队，这样的队肯定个儿都不高，我便滥竽充数改打中锋，这通常是个被重点防守的对象，一旦球到我手里，立马就会扑上两三个人，而我又是个出了名的独拍，再好的空位也不愿传出，在人堆中左冲右突，哪有不受伤的。

人家是常常在最后几秒钟比分接近的关键时刻出奇制胜，逢我在这时处理球，基本上都砸场，很少有例外。

印象很深的是前几年与市交通局的一场关键球，谁赢了谁进半决赛，最后五秒钟对方赢一分球，这时，我抢到篮板立马运球快攻，对方球员阻挡犯规，判我罚球两次，凡熟悉我的人不用想就知道结果，事实也的确如此：一个球也没罚中。当时的交通局陈局长（后任副市长）赶过来紧紧握着我的手，一个劲地叫嚷要请我的客。

　　如今我早过了玩球的年纪，但篮球赛中那无数个奇妙的瞬间，却留在了能看懂这些球技的灵魂中，让我伤痕累累仍乐此不疲。平时总爱倚老卖老，混到球队指手画脚充当场外指导。不幸的是，我死皮赖脸去哪个球队施教，哪个球队就输球。遭受许多次白眼后，我便日渐打消了去球队混的念头。

　　篮球是一种强对抗的运动，也是一种极具观赏性的运动，需要观众，需要掌声。

　　我知道，总有一天，我会因年岁因体能而打不好球，打不了球。不过，这些对我已不重要，令我沮丧的是，我与篮球缘分未断，只要天气宜人，我总要情不自禁去球场玩一阵，出身臭汗，过个球瘾。

　　看来，这该死的篮球是缠上了我。

　　不对，应该是我放不下这狗屁篮球。

这件衬衫不打折

20 世纪 90 年代初，我在三甲乡政府混饭吃。一次，与乡办铸造厂的经营厂长陈去深圳出差，那是个灯红酒绿、时尚前卫的城市。

大约是盛夏的一个午后，业务谈妥后，心情很舒畅，我与陈厂长信步来到商贸购物中心，至一家品牌女时装店前，他的脚步和脸部表情同时呆住了，我顺着他的目光看去，原来玻璃门窗内有一尊体态养眼、胸部丰满的女模特。我重重拍了一下他的肩膀，他如梦初醒般抬脚就往店里走，我感到莫名其妙，这店是卖女装的，且价格又贵得吓人，有啥好逛的？但我还是跟了进去，谁叫我们是好朋友呢。

进到店里，他径直朝那模特走去。

模特有啥好看的，还不是一副塑料模具套一身光鲜的布料，我心里暗自嘀咕。

待我走近前去，不禁也被眼前这副模具所吸引，身板该肥的肥，该瘦的瘦，毫无表情的脸上依稀可看到细碎的茸毛，皮肤柔嫩得一拧就能冒出水来，我真要赞叹工匠们鬼斧神工的技艺。那件浅色短袖衫下一定是没有穿内衣的，要不，那乳尖为何如此显眼，我不敢久看，生怕想入非非引发事端。

我强迫自己把头转向一旁，刚要走开，只听"啊"的一声尖叫，紧接着又是"啪啪啪"的几声脆响。我急忙转头一看，当即吓得魂飞魄散，只见那模特灵动起来，娇嫩的手正使劲拍打陈的手臂，而我们的陈厂长呢，正在一边躲闪一边不停地道歉。

原来，那模特是真人装扮的，怪不得如此惹眼。

也真是的，陈厂长人不怪心眼怪，衣摆不去摸，衣领衣袖也不摸，单单在胸前凸显的乳尖上用力一捏。

此时店中就有了一阵骚乱，旋即赶来了一帮保安。

我曾在《一连虚惊两场》文章中描述过我与陈厂长的模样，我一米八二的个头，骨瘦如柴。陈厂长一米五几，却圆桶般壮实，面对我俩这模样，保安们也不敢耍横，只是把我们两个带到经理室。

经理是一位戴眼镜的瘦个中年人，一看就是个特精明的家伙，问明情况后便说："这事是去派出所说话，还是在这里处理，你们给个话。"

陈在一旁没了主张，我想：这事并不算大，就是去派出所也不是什么大不了的事，但毕竟是我们错了，且又是外地人，人生地不熟的，若不让步，搞僵了，他们叫上些人来，事情就麻烦了。

好汉不吃眼前亏，我故作镇定地说："还是你说吧，你们想怎么办？"

这时，那位靓丽的女模特还在一旁不歇气地责骂，看来，她也是内地来的打工妹，若是本地土著，她电话一通乱拨，再叫来大帮人马，这事就弄大了。

"这样吧，也不为难你们，衣服被你们这么一弄，已不好卖了，也不讲什么赔偿，你们将衣服买下得了。"经理一副息事宁人的样子，打了个和牌。

刚才我们只顾看模特，并不想买衣服，现在才想起该看看标价了，不看不打紧，一看吓了一大跳，那昂贵的价格标签上注明的金额，足够我辈白干一个月活。

"这衣服也太贵了，能不能打点折？"我试探着问。

"我们这里是品牌专卖店，你懂不懂？品牌店呢，全球统一价，打折必须由 US 国总部认可，恐怕一个国际长途电话就不止件衣服钱了。"经理的话鬼才信，说不定这衣服就出自附近哪家乡村服装厂。

无奈，为息事宁人，陈只得咬牙把这件不打折的衣服买下。我们的陈厂长这一捏一摸，真的是粘上了个烫手的山洋芋。

陈怕老婆在本乡是个出了名的，他回家后把衣服价格说得很低，几乎就是捡来的。

而为弥补那笔购衣款，他已划算好半年不买烟抽，只抽自家地里产的烟叶过瘾；头发由二十天延长到一个季度理一次，装扮成个乡土艺术家；上班不搭车，天不亮就起身走路去。

然而，不论陈厂长考虑如何周全，还是出了个岔子。当他夫人试穿衣服时，就气不打一处出，骂了他个狗血淋头，因为夫人的腰身过于肥胖，而胸部又如晒谷场一般平坦，衣服穿都穿不进，更别说合身不合身了。

万幸的是，陈厂长生的全是女孩，这些长势良好的四朵金花，要不了几年，就会让那件不打折的衣服派上用场。

人物篇

饥饿的文人

他在自传中说："当你用一声啼哭向这个世界报到的时候，你就开始了酸苦甜辣的人生旅程。"

对他而言，其实应该说：从呱呱落地的那一刻起，他就开始了饥饿难挨的苦难之旅。

他降生的洪界山，是一块无愧于贫穷、落后、荒凉、偏远这些词语的地方，用老辈人的话讲，是一个屙屎不起蛆的地方。除了石缝间顽强地挣扎出几株低矮桐树外，全是散落四野的茅草，到处怪石嶙峋，方圆几里，甚至连一条小溪也没有。在这样的生存背景下，连母亲的乳汁也如这片石山一般枯涩，因此，他的啼哭多半是因饥饿而起。

五岁那年，大地上已洒满了共和国的阳光，而洪界山仍然一如既往地荒芜贫瘠。幼小的他怀着求知的渴望，背着母亲用蓝士林布缝制的书包奔跑在山路田坎，去几里远的学堂念书，只是常常饿得连走路都很不利索。

每个学期两元的学费，由母亲卖完鸡蛋后三角、五角地断断续续呈交老师，往往是学期已结束，学费还欠一大截。要不是看在成绩上乘，恐怕早就被先生赶出校门。

上到六年级，担任少先队辅导员的班主任鼓励他写加入少先队申请，他一口回绝不入，理由是：因没有买红领巾的钱。老师听得眼眶湿润，自掏三角六分钱，于是，他破烂的衣衫上就有了鲜艳飘动的红领巾。

在无数个饥饿的日子里，难忘的牙祭只有过一次，但这一次已经是传奇。一天下午他放学回家，队里的公共食堂开过饭了，他的那份红薯被妹妹一不留神吞进了肚里，那是要支撑整个漫漫长夜的食粮呀。急得母亲翻箱倒柜好一阵折腾，最终也没找出一粒米、一块红薯片来。因祸得福，意外地翻出了一个外婆送给他的旧风帽，惊喜地发现帽檐上有七个白银打制的小菩萨，母亲急忙取下，让他拿到供销社换东西吃。于是，他打起飞脚跑去换回几个发饼，那一刻的奢侈让他幸福得泪流满面。

转眼到了初中二年级的开学日子，为了筹借第二天的学费，他母亲奔波到天墨黑了才回家。望着母亲疲惫沮丧的神情，他知道，这辈子已不可能再进学堂的门了，这一年他十四岁。

树挪死人挪活，辍学后不久，他听说六十里外的涟钢在招工，向母亲要了五角钱，鸡叫头遍就上了路。

好不容易在年龄上骗过厂劳资科的干部，偏巧碰上负责体检的是省医学院来实习的女学生，偏巧那个靓丽的女学生是个很认真负责的人，叫他脱得精光一身，纤纤玉手把全身摸遍，包括那个再饥饿也很容易兴奋的地方，使得他因激动而全身滚烫，使得体温骤地增到三十九度。原来很健壮的身体，变得血压高，体温也高，本想从此可当上工人间或能吃顿饱饭，不料，却被女学生温柔的手断送了大好前程。

手里捏着五角钱，却不敢随便花销，那是可供好几个月的盐钱。忍着饥饿，拖着沉重的步子往家赶，走到一个叫明镜井的地方，天已断黑，这里离家还有二十多里路，望着眼前黑茫茫的一片，顿时失去了继续前行的勇气。便来到一处乡村小客栈，心里盘算：花两角钱睡一个大通铺，剩下三角钱吃一顿饱饭，已经一整天没吃东西了。不幸的是，老板娘眼光特狠，一眼就看到他手里的票子，硬说只有五角钱一晚的单间了，任他好话说尽，她死活不松口，最终只得乖乖地交出手中票子。

那一晚他通宵未眠，直饿得天昏地暗日月无光，只得猛灌凉水。终于熬到天蒙蒙亮，心里越想越气，便拿出前一天被女学生摆弄过的拉尿的玩意儿，把喝了一晚的凉水痛快淋漓地往棉被上喷射一空。

厄运并非如山，有志便可翻山越岭。还是在这一年，他几经周折后被招工到县杨梓铁厂。

上班不久，师傅吩咐他去六十里远的家中一趟，到达后，师傅娘子交给他一副五十多斤重的担子，一路还要经两条河，乘两次渡船。回到厂时，只觉腰酸背痛，眼冒金星，但心里很舒坦，师傅不指派别人，单挑我去，那分明是看得起我嘛。

他到厂的第二天，师傅娘子也赶到厂里。不一会儿，师傅从宿舍出来时脸色很不好看，他几次想问是不是遇到了什么不开心的事，又颇觉不便张口，临到快下班，师傅才把他叫住："谭伢子呀，师傅的东西就是你的东西，你要，拿去就是。不过，要对师傅说一声。"事后才知道，原来，师傅娘子清点东西时，发现少了几个鸡蛋。他仔细一回想，一定是在过渡时被人摸走了。

他感到很冤屈，一个饥饿的人，哪还有什么生命的尊严，几个破鸡蛋，就足以让你无地自容。由此，他记住了几个鸡蛋的羞辱，他在心底里发着血誓：今生今世定要出人头地，不为别的，就为这辈子不再挨饿，不再受辱。

他知道，要想有出息，就得有文化。

第一个月工资的钱到手后，第一件事就是去书店买回一本书，看过书后就想写点什么，写好后又不敢往工厂墙报送。于是，就在宿舍用旧报纸糊了一面墙，自办墙报，如同古战场必须有一种作战的呐喊，他的墙报应有一个响亮动人的名称，让人碰到耳朵里像是一声号角，碰到眼睛里像是一道闪电，便取了个很有普遍意义的刊名叫《钢花》，两个星期办一次，墙报的编辑、作家、读者都是他，创刊号是一首三百多行的长诗，通篇洋溢着那个时代特有的激情和盲从，可惜原稿已遗失，不然，此诗若以每十四行为段落，那应该是当时诗歌中篇幅最大的十四行诗，实在是出手不凡。只记得开头几句是这样的：

一九五九年七月

一年中最炎热的季节

我来到了钢铁新城

心花伴钢花一起飞溅……

不到两年，这家被他称为钢铁新城的小厂下马，他被调到省属金竹山煤矿。

这是一九六一年的三月，他十七岁，正是长身子的年龄，却恰好碰上举国同饿的年月，连蓝溪桥上算命的瞎子都预感到了什么。在这个特殊的环境中，怎么会不生发些与饥饿有关的故事呢。

饿得无法忍受，只得满山满地去寻土茯苓、葛根，甚至是观音土充饥，这些东西纯粹只能填肚子，根本无法消化。有时因拉不出屎，在厕所一蹲就是三个多小时，最后还得忍痛用手指头一点一点从屁眼里抠出来。

在一个饥饿的深夜，他跟随几个年长几岁的工友，摸黑走了五六里路，去县园艺场偷萝卜吃。不料，刚动手就被守园人发现，便拔腿就跑，逢水蹚水遇坎跳坎。出师不利，此后，他再不敢动偷窃的念头。

这一年碰上秋季征兵，听说部队里管穿管饭，他就抢着去报名应征，结果顺利批准，他兴奋异常，很想吃顿饱饭再说。人，是个很会动脑筋的高级动物，这不，他稍一思考就想出了办法，在准备捎回家的行李中取出最值钱的蚊帐，与别人兑了三斤大米。接着，又与人合作，他出大米别人出油，把米磨成粉做成粑粑，用油炸得黄溜溜亮彤彤的，那餐吃得现在想起还忍不住口水直淌。

几天后，新兵去县里集合，矿里发给他三个月工资，天啊，那是整整七十二元，第一次拥有这么多钱，他首先想到的依然是去吃一顿饱的。于是，他大摇大摆走进一家面馆，正是酷暑天气，他一次就要了四碗面，几口热面下肚，浑身大汗淋漓，他便脱下衬衣长裤，光着膀子大吃起来，那才叫一个爽。吃完后，他哼着小调趾高气扬地来到河边，洗了个痛快舒畅的冷水澡。

太阳偏西时，他才爬上岸，一阵微风吹来，十分凉爽。正得意时，不想乐极生悲，此时才发觉衣裤不见了，那笔三个月工资的巨款自然也不见了。无奈，只得打着赤膊，穿着那条大红颜色的内短裤，往新兵集合地走去，刚到目的地，集合的哨声吹响，只听得有人扯开喉咙喊"集合了，集合发新军装了"，他便赶忙往队伍里走，这时，他赤裸的上身和大红的短裤格外显眼，好些人笑得站立不稳，引得一时秩序大乱。

原以为到了部队就能餐餐吃个饱饭，不想，在那个年代到哪都是要挨饿的。每当开餐的号声一响，大伙便如同战场上的冲锋，连命都可以不顾，特别是吃饭的速度之快，让人瞠目结舌，哪里是在吃饭，分明就是在直接吞下，根本不用牙齿去嚼，而是塞进嘴里就生吞下，谁还去品尝什么狗屁味道。也难怪，动作不利索一点，你还没捞上第一碗饭，盆里早已空空的如水洗过一样。

他是个善于动脑筋的人，不久，就有了一套抢饭吃的技巧：听到开餐号声一响，就要如离弦之箭般飞快赶到食堂，这时若没有抢到饭勺，便用碗直接去饭盆里掏，第一碗不宜太满，这样，才能有机会弄到第二碗，第二碗必须压紧后再堆尖，因为不可能有第三碗，至少，当时在国内是不可能有。他的吃饭神态连老兵也自叹不如，常有人指着他说：坏了，新兵蛋子里来了个高手，他吃得太厉害了。

后来，日子慢慢好过了，可一到食堂，他的连贯动作就来了，生怕一不小心又要挨饿，他常告诫自己吃饭要斯文一点，盯看饭菜时的眼光别太恶，尽量多用牙齿嚼几下再吞进去，夹菜时不要一连夹几下。但想归想，一到了餐桌就原形毕露依然如故，那个吃相总会让人想起一首流行歌《饿狼传说》。

其实，仅有饥饿的体会，不一定就能当个作家，外部动力也很重要。他后来能成为作家，源于一次偶然。

有一次无意中听排长说：就在他们所在的 365 团有个叫高玉宝的娃子，闲时写过《我要读书》《半夜鸡叫》等文字，后来越写越出名，稿费就成百上千地寄来，现在可下不得地，每餐有好饭好菜，想吃就吃。

他不相信天底下竟有每餐都可以吃饱吃好的人。

排长很轻蔑地乜他一眼："他是作家，你懂不懂，作家咧。"

那一刻，他在心里暗暗发誓：这辈子我也要当个作家。

他，就是作家谭谈，我的老乡。

三年后，他在《解放军文艺》发表了第一篇小说，此后，便一发不可收拾。

后来竟有人向他约稿。

后来他的作品竟然频频获全国大奖。

后来竟当上了管作家的官——湖南省文联主席、中国作家协会副主席。

五百年前，有位官员夜宿驿站

几年前，我曾写过一篇老家古茶亭的破烂文章。

其实，民国以后，在那荒郊野岭中，好些茶亭是由古驿站演变的，我老家的牯亭，前身便是一座荒废的驿站。先声明一句，今天要讲的故事，与我老家的茶亭毫无关联。

所谓驿站，是古时提供传递公文的人或来往官员途中歇宿及换马的住所。

驿站不同于民间客栈，它是官办的，就如当今的"干部招待所"，一般说来，驿丞或驿官相当于不入流的股级或为副科级干部，驿卒则是有财政编制的办事人员。

因此，贩夫走卒是不予接待的，即便是揣着大把银两的富商大贾，也会被拒之门外，这里面有个资格问题，不像现在，只要有钱，就可堂而皇之闯进省政府甚至中南海。不过，贬官罪臣却可以入住，因这些家伙的流徙毕竟属于政府部门的事。

别看驿丞是个末流小吏，待人接物却练达圆滑。或许，他们原本就是读书人，只是屡试不第或官场上无背景，才来干这养家糊口的差事。世态炎凉看多了，应酬也就从容淡定起来。

客人一进门，他们便能从对方的衣着举止大体判断其身份，是升迁还是贬谪，是赶考还是下第。对趾高气扬者自然会小心侍候，对落魄失意者也不会唐突势利，官场风云难测，谁知道哪片云彩上有雨呢？说不定某一天时来运转，他又突然踏进你这破门槛。

然而，再见多识广处事老到，也难免有走眼的时候。

话说五百年前，即明成化年间，一位叫杨守陈的官员，在便服回乡省亲时下榻于一处驿站。他官居洗马，级别在五品以上，相当于现今的省部级干部，一般担任皇太子的老师或随从。诸位都知道，太子是候补皇上，比什么中央候补委员、政治局候补委员还牛气，一旦登基，身边亲近的人大都会被倚为股肱重臣。

杨洗马一身短打装束，其貌不扬，还没走近大门，就被驿站的大黑狗一顿乱吠，明代的狗是忠于主子的，也没什么文化，遇到衣着简陋或陌生人，就会露出凶相，这一点，与现代的狗相似。

驿丞得知他的官职称号后，以为“洗马”就是衙门里打扫马厩、饲养牲口的公职人员，便没把他放在眼里，相处时总显摆得平起平坐甚至盛气凌人，言语间带有不屑。傍晚时分，两人在庭院内乘凉闲聊，驿丞便悻悻地问道：“洗马先生，日洗几何？”

杨守陈也是个好玩的主，不但不生气，还很认真地回答：“勤就多洗，懒则少洗，是没有定数的。”

“上司不管你吗？”驿丞又问。

“还算好呀。”杨又很认真地回答。

少顷，只见驿卒慌忙前来报告，说有位御史要光临本站。

　　驿丞一听乱了阵脚，御史是地司级领导，时间紧促，光是打扫卫生、备办酒菜就够折腾的，更要命的是，仅有的几间房均已住满。看来，只能委屈眼前这位洗马先生了，便催促杨洗马赶紧腾出房间，去马厩打个地铺，反正平时跟马相处惯了。

　　杨仍很认真地说："这固然是应该的，但是别急呀，待他来了再腾出也不迟。"

　　"待他来了，还是这个样子，我这个官还当不当呀？"驿丞立时变了脸色，一边埋怨一边带驿卒把杨洗马的行囊扔进马厩。

　　杨不动声色，仍平静地摇着蒲扇、喝着凉茶。

　　不一会儿，御史驾到，进门一见到杨守陈，就忙跪下磕头请安，洗马官一看，原来是自己昔日的门生。

　　接下来轮到驿丞慌乱了，寂静的偏远小站，只听得一阵磕头声砸得山响。

　　写到这里，我有点困惑了：这个成天送往迎来、见多识广的驿丞，何以会连"洗马"也不知，又何以如此势利，该不会这位仁兄原本只是个市井小混混，因为和县处级七品官有裙带关系，开后门谋得此职不成？

民国几个有味道的旧文人

20 世纪初的中国，是个乱撕鹅毛的年头，朝代更替，风云际会，军阀混战，好不热闹。

茶余饭后，叙说那时的血腥厮杀会让人晦气，在这里，我只想讲几个旧文人的趣闻逸事。说起来，他们的名字在民国时曾经很响亮过，其实，他们的故事也很适合消遣无聊的时光。

狂人刘文典

话说 1928 年的某日，手握大权的蒋中正先生，去刘文典任校长的安徽大学视察，校园内却一片冷清，因为刘大校长冷冷掷出过一句话"大学不是衙门"。

不久，安徽闹学潮，蒋先生召见刘校长，两人言语冲突间，刘竟指着蒋说："你就是军阀。"蒋则以"治学不严"为由，将刘当场羁押并要枪毙，后多亏教育总长蔡元培等人说情，关了一个月才获释。

后来，刘文典在西南联大任教，曾经口出狂言："在中国，真正懂得《庄子》的只有两个人，一个是庄周，另一个就是我刘某人。"

一天，日机空袭，警报响起，联大的师生四下惊慌躲避，刘文典跑到中途，忽然想起他"十二万分"钦佩的陈寅恪身衰体弱，便率几个学生折回去搀扶陈寅恪，拒绝学生扶自己，并一个劲大声叫嚷："保存国粹要紧！保存国粹要紧。"这时，他突然看到沈从文也在慌乱的人流中，便气不打一处出，顾不得自己气喘如牛，转身呵斥道："你跑什么跑，我刘某人是在替庄子跑，我要死了就没人讲《庄子》，你替谁跑？"

莽汉马君武

马君武曾是孙中山先生的秘书长，同盟会章程的起草者，广西大学首任校长，极力推行现代高等教育的办学理念，与蔡元培同享盛名，有"北蔡南马"之誉，是国民党元老级人物，却因脾气暴躁，四面树敌，被国民党开除党籍。

民国初，马与教主级人物宋教仁口语不合，一怒之下挥拳重伤宋的左眼，害得宋教仁在医院躺了一个余月，伤口才"勉强愈合"。

1917年初，国会讨论对德宣战事宜，因与议员李肇甫意见相左，争议间勃然大怒，厉声喝道："放狗屁。"说罢举起手杖绕着桌追打，使得李议员的裤裆湿漉漉一片。

即便是在吟诗赏月的风雅场合，马也难脱勇武之气。一次"南社"吟诗，马被苏曼殊的诗噎得半天说不出话，恼羞成怒，挥拳欲殴打才女小苏，幸被众人死死规劝住。

怪才黄季刚

清末的一天，陈独秀在东京拜访章太炎，陈是安徽人，章是浙江人，这两省近代出的人物手指加脚趾也数不完，当俩人说到湖北大文人不多的话题时，不料壁纸那边有一个声音咆哮起来："安徽出了很多人物，未必就是足下，湖北没出什么人，未必就不是我。"

说话者，湖北蕲新人，黄侃黄季刚也。曾口出狂言："八部书外皆狗屁"。他所说的八部书，乃《毛诗》《左传》《周礼》《诎文解字》《广韵》《史记》《汉书》和《昭明文选》。

此人进北大比蔡元培还早。他自视清高恃才傲物，北大的什么三年二马、周氏兄弟、朱希祖、钱玄同等泰斗级人物，他通通看不顺眼，而最看不惯的是胡适之，胡适说白话文"很痛快"，他就反驳"喝醉了酒被刀子砍头更痛快"。

他看得惯谁呢？刘师培，这个先出卖革命党人，又参与筹安会拥护袁世凯的民国罪人，为传承刘氏经学，他毅然跪下磕头，拜比自己仅大一岁的刘为师。

一次，他上课至中途，突然神秘地对学生说："学校给我的薪水，只够讲到这里，你们要听下去，得另外请我吃饭。"说来也不好怪他，人家磕头拜师得来的学问，为什么就不值一顿饭呢。

疯子辜鸿铭

说起这个老辜，还真是个很有味道的人。

比如，慈禧做寿，万民颂德，他却公开叫喊"万寿无疆，百姓遭殃。"光绪年间，他在张之洞幕府搞洋务，辛亥革命后，他倒留起小辫，当起铁杆保皇，并在辫帅张勋麾下当了两天短命的外务部长官。

比如，他留学英、德、法、意、奥等国，获得文、哲、理、工、神学等十三个博士学位，算得上很时髦很现代的学者，却成天戴瓜皮帽穿方马褂着双脸鞋，甩着北大校园独一无二的红缨辫子大讲英国诗。

比如，一位新应聘北大的英国教授，在教员室见到个长袍马褂的老古董，便向侍役打听："这个拖着根猪尾巴的老头是什么人，竟敢坐在教员室。"老辜明知他是教英国文学的，偏偏要用拉丁文与其交谈，使其难以应对，便长叹一声："连拉丁文都说不上来，也敢来教英国文学，唉，唉！"然后甩起小辫拂袖而去。

比如，他说蔡元培做了前清的翰林后就革命，一直到民国成立，到今天，还在革命，这很了不起。

他说他自己，从给张之洞做幕僚之后就保皇，一直到辛亥革命，到现在，还在保皇，也很了不起。因此，在中国，就他们两个人堪为表率。

比如，他公开主张纳妾，赞成妇女缠足，并特爱闻小脚之臭，说写不出文章时，一捏小脚，灵感就马上来了。一次，有位洋太太反对他的论调，认为一个男人可以娶四个太太，那么，一个女人是不是也可以有四个丈夫呢？老辜连忙摇头："尊敬的夫人，只有一个茶壶配四个茶杯，没有一个茶杯配四个茶壶的道理。"

诸如此类的奇谈怪论、不一而足的荒谬行径，连他自己都承认是"辜疯子"。

还有两位也很有味道，一个是"天上地下，唯我独尊"的熊十力，另一个是自称莫须有先生的冯文炳。

　　两人同住北大的松公府后面，门对门，是不出五步的邻居，熊十力写《新唯识论》狠批佛教，而冯文炳特别信仰佛教，两人常常因此辩论，难分胜负时，每次都是先看谁的声音大，后是看谁站的地方高，俩人常把自家的凳或桌子搬出比高低，若再无结果，就只能比力气了。

　　一次，两人又大辩起来，前院的人都被这辩论声惊呆，可忽然万籁俱寂，声响全无，前院的人感到奇怪，急奔后院，一看，原来熊、冯互相用手死死卡住对方的脖子，两人口中白沫直冒，四目发黑，就是不松手，被众人使劲拉开。双方都很遗憾，因这次辩论仍然是未分胜负。

三老倌卖豆腐

老家农桑村有一座年代久远的小学，历来没出过什么大人物，近几年却突然冒出两个让村人刮目相看的人来。一个是从这里勉强上完小学外出闯荡，三十岁不到，已成了拥有近亿元资产的小老板，现远在浙江发展。

今天我要说的是三老倌，我的一个远房亲戚。

三老倌自小就长得老相，今年才六十挂零，这个小名却被喊了四十多年。

他是个孤儿，因家境贫寒，且长相欠佳，三十好几还没成家，村里见他可怜，照顾他到村小学做事，干些打扫卫生、敲钟收发兼职看守门卫等杂务，每月工资28元，空闲时在校园空地种点菜，日子也就紧巴巴凑合过着。

老校长人很随和，对他特别关照。三老倌自然也很珍惜这份工作，十分勤快，人又老实厚道，大伙都很喜欢他。但他没念过书，连自己的名字都不会写，领工资时就按个手印。

直到有一天，老校长退休，调来一个绰号"星报应"的年轻人接任校长，这是个很新潮很自负的家伙。他一上任就推行考勤签到制，学校每个职员早上来校和下午离校时，都要在教务主任那里签名登记，到周末他再检查，然后对违反制度者作通报批评或处罚。

开学后不久，"星报应"心血来潮，又要做报告了，主要是想表现给几位年青女教师看。那天教务主任有事外出，他便吩咐三老倌发个黑板通知：周五早上开全校师生大会。

"报告校长，我不会写字。"三老倌诚惶诚恐，满面羞惭地说。

"什么？不会写？我想，你还会告诉我考勤签到也不会，甚至领工资时签名也不会吧。"

"我真的不会，一个字都不认识，连自己的名字也不会写，平时我都是按个手印。"

"太不可思议了，我简直不敢想象，一个教育机构（他认为这种说法比"乡村小学"要好听些）竟有人一字不识，成何体统，明天你就不用来了。"

这番话如晴天霹雳，一下把三老倌给打懵了。

三老倌被辞退后，一时无所适从，毕竟在教育战线混过多年，再回田地里操持活计已很不习惯，思来想去，他突然计上心来，村里不是有口好水井吗？自小不是随父亲学过做豆腐吗？虽然双亲早已西去，但那做豆腐的器具还在，烂熟于心的豆腐制作手艺还在，何不就操起这个行当呢。

这个念头一起，心灰意冷的三老倌顿时又活泛起来。

做豆腐是一项技术活，也是一种苦力活，从泡豆、磨料、过滤、煮浆、点浆到压制豆腐，哪一道工序都蕴含技艺窍门，都需付出繁重体力。幸好，三老倌身怀祖传绝技，也从不吝啬汗水。每天起早贪黑，尽管很辛劳，但毕竟有了个谋生之道，有了些微薄收入，日子也就可以从从容容过下去。

三老倌的豆腐，因了农桑村的好井水，因了祖传的技艺，还因了他选料苛刻制作精细，做出的豆腐细腻爽口，很受村人喜爱，酒香不怕巷子深，不久就名扬四邻八里，不少人还慕名远道赶来以享口福。

起先，三老倌只是小打小闹，一个人晚上打好豆腐，白天挑起摊担走街串巷叫卖。

后来，他的豆腐成了俏货，不用出门挑担叫卖，也已供不应求。

再后来，他实在忙不过来，就请了一个村民打下手，到忙时，只得请了一群村民帮工，而到越来越忙时，便固定雇用了一大群人。

三老倌没念过书，并不等于他没有头脑，当有人告诉他单做豆腐卖不划算，别人拿他的豆腐随便加个工，一块就可卖出好几块豆腐的钱来，于是，他就试着把水豆腐炸成油炸豆腐，或用火烘烤成干豆腐，甚至弄成包装袋放超市卖。他的名气传到了城里，一些饭店酒家也纷纷前来订货。

几年后，三老倌的腰包慢慢鼓了起来，老家的几间破茅棚早已改建成钢筋水泥结构的大作坊，又是娶妻生子，又是在城里购房置业，把个苦煎苦熬的日子过得滋润起来。

一次，城里一位谭姓老板想要他长期供货，经一番洽谈后，谭老板呈上一份供货协议，请三老倌签字。

三老倌顺手把合同扔给读了点书的老婆："你来看一遍，就按刚才谈好的条款办，你把它签个字。"

"这恐怕不大好吧，我看还是法人代表签字为宜。"谭老板心里有点不舒畅，这么大的事怎么可以如此敷衍了事呢。

"实不相瞒，我没读过书，连名字也不会念，更不会写。"如今的三老倌早已今非昔比，对于不识字一点也不感到有何不适。

谭老板大惑不解，一个把事业做得如此红火的人竟会不识字，便说："你确实让我吃惊，没有文化也能如此成功，若是会读会写，不知还能干出些什么大事来。"

"若有文化，我可能还在教育机构工作，月收入 28 元。"三老倌笑着回答。

然后拿过供货协议，对老婆说："去把印泥拿来，老规矩，我按个手印。"

逃离红尘

我平时习惯了熬夜,早上总要睡到自然醒。今早九点不到,就被市民族宗教办主任梁某的电话吵醒,说是要去爬山,真是吃饱了撑着。

梁和我是同学,也是我们班的同学会秘书长,他慈眉善目,为人随和,办事稳重,对佛教的研究道行很深,只是见到漂亮女人眼珠便发出异样的光。按理,首先应把这个家伙毛发刮光丢进庙里。

今天要去的是城南的洪水岭森林公园。

行至半山腰,远远可看到一栋正在施工建设中的寺庙,在周围繁茂浓郁的林木中,在苍翠欲滴的色调中显得格外引人。待走近前去,工地旁还有一座苍老蔽旧、森黑斑驳的屋宇,那是老药王庙。

站在山顶上的老庙前,人的心情也随之缓缓飘升,绿梢轻拂屋面,白云凝停山墙,顷刻间,只觉纷扰世事也飘忽于视线之外,天上人间全在一片虚无缥缈中。

由于梁是市里管理佛教的政府官员,这里的和尚们与他都很熟,我俩还没跨进庙门,早有小和尚屁颠屁颠跑去报知住持,不一会儿，小和尚跟在一位长者身后从大殿走出。梁主任与之打过招呼后，便向我介绍，长者是庙里住持明大法师。只见他精练干瘦身段，六十开外年纪，脚步轻盈矫健，上扬的眉毛和凝重的目光衬托着他棱角分明的脸，平和中透出几分威严，是眉目让这张脸生动起来。

梁主任的驾到，使得这次爬山游玩掺和了一点公干的意味。

于是，法师领着我们来到新大殿的工地前，指指画画介绍工程进度情况，听他的口音，我吃惊地发现他不是本地人，莫非真应了那句"外来的和尚好念经"之古训。我的好奇心一经诱发就不可收拾，便有一搭无一搭地提问。幸好，法师久居山间，除了乏味的念经，已有许久没交谈过有兴趣的话题，今天算是找到倾吐对象了。看来，他也是个十分健谈的人，并且语气风趣生动，极具吸引力和煽动性，是个与生俱来的诵经布道高手。在交谈中，我突然就意识到，今天碰上了一位颇具传奇色彩的人物。

起初，我的提问五花八门，法师只是笑而不语，见我愚顽不化，他便明白告知："阿弥陀佛，出家人不打诳语，入佛门以前的事就免谈了。"而一说起法事来，他就神采奕奕情绪激扬，似乎有着说不完的话题。

从他滔滔不绝的话语中，我觉得他应该是说了这么些事情：

二十多年前，一次随意地游览广东佛教圣地云门山时，在大殿前被福源大师（全国十大高僧之一）叫住，说他神魂不定眼露凶光，随后送他一副开过光的佛珠，要他近段时间必须心无杂念默数佛珠。于是，他就舍弃了所拥有的斑斓锦缎荣华富贵，毅然留了下来，莫名其妙无怨无悔气定神闲地跟随大师潜心佛门。

去年四月的一个晚上，他在云门寺大殿前看到一道神奇佛光，十余米高的白云从大殿上空缓缓北移，他忙叫出师傅观看。良久后，福源大师面授机宜，凭着师傅的几声耳语，凭着对佛门的一片诚心，第二天就打点行装一路向北，义无反顾地走上了一条艰辛寂寥、饱经磨难的人生之路。

经两个余月的劳累奔波，他来到了如师傅所描述的洪水岭后，便与我市佛教同行联系，又接师傅前来察看，一番张罗后，为纪念那道佛光，取名"白云寺"，购地 100 多亩，化缘筹资 2600 多万元，现已完成大雄宝殿主体工程，其他项目将在今年春节后全线铺开。一个年迈的异乡客，一个不懂工程技术半路出家的和尚，单枪匹马掌控运行这一浩繁寺庙群建设，其难度和艰辛直让人心生不堪重负的担忧。

本来，对于寺庙我是心存芥蒂的，我曾到过许多很有名气的风景区，无一例外地被导游带至名不见经传的寺庙，由浑身铜臭且巧舌如簧的家伙一番鼓噪，不烧个几百元一柱的香是万难脱身的。本想去感知一个清澈虚无的佛门圣境，却总是碰撞到一鼻子厚重的世俗尘灰。

然而，在与明大法师的交谈中，对其建寺庙的良好动机我却深信不疑，若贪图几个小钱，断不会将四处化缘布施募得的巨款扔到这深山里。

说起来，我应该是个令人生厌的造访者，强烈的好奇心驱使我去刨根究底，因我无法理喻，一介草民，何以人到中年后毅然了断尘缘而孤守黄卷青灯，夜雨秋窗。又何以不畏艰难不辞劳苦折腾如此大的动静，更何况，当今社会人心不古世风日下，这笔巨款又是怎样筹措到的。每当我涉及这些话题，他都很巧妙地避开。

但在我提到他为何被福源大师叫住、佛光是怎么形成的，以及他为何会选定洪水岭这个陌生的地方安度终生等问题时，我听到了这样一番施教般的话语：佛门之事，本为人心所设，信则有，不信则无。佛教以善为本，其法则行为，原是让人生的痛苦得到抚慰，使灵魂的空虚有所寄托。经幢宝刹无非肃穆其心，吃斋打坐不过养生之道。所谓我心即我佛，实为崇尚道德，与科学无关，只是世人无知，偏要用尘世的方式去验证生命的轮回及因果的报应，才惹出这无数痛苦万般是非来。

其实，我对法师这通玄奥的禅语毫无兴趣，而我想知道的东西他又守口如瓶。志不同则道不谋，在庙中吃过斋饭后，便匆匆下山了。

途中，我忍不住又向梁主任打探法师出家前的事，他说知道的也不多，但可以带我去见一个人：此人姓武，是享受市级领导待遇的军转干部。

下午，我们约见了武先生，此前，尽管我一直在想象着法师内心里隐藏着的是怎样一些秘密，但在听过武的陈述后，我对那些如传说一般曲折离奇的经历还是深感震惊。

武先生和明大法师是战友。

法师益阳人氏，自幼父母双亡，少年时被叔叔送到武当山出家。

六年后，一位东方伟人在天安门城楼上挥挥手，一时间，所有寺庙就作为"四旧"遗物被拆除废弃，法师便结束了苦行僧的日子，兴高采烈回了家。

当时家乡驻有一个兵站，生产队长见法师疏于农活，在一次拥军爱民活动中，就把他塞给了兵站打零活。

话说法师面相俊朗，人很机灵也很勤快，在军需库从事装卸活。武当山下临别时，他师傅曾说过："你绝非久困之人，命中注定有贵人相助。"

果然，在一个盛夏的晚上，兵站为前来视察的47军军长举办一个文艺晚会，黎原军长是一位战功卓著的军人，既爱红装也爱武装，兵站把全体女兵都找齐，仍嫌节目单调，就赶鸭子上架，让法师表演一段广播体操。不想，在众多女兵面前，法师与黎军长一样情绪高涨，把个广播体操表演成了正宗的武当拳。

我说过，黎军长既爱红装也爱武装，法师那令人眼花缭乱、精彩绝伦的表演，引起了黎军长的极大兴趣，马上就把他叫到身前，问他是什么地干活，法师知道闯祸了，忙回答是本地种田的农民。黎军长兴致正浓，当即表态: 还种什么狗屁田，现在起，你就是我黎某的兵了。

1967年这个盛夏的晚上，明大法师成了47军的一名士兵，12年后成了团长，此时，他那从当八路军就干起的老岳父也不过是师长。

这一年，他带领全团弟兄（包括当军医的新婚妻子）开赴越南，在一次异常惨烈的交火后，伤痕累累的法师仅带回十余个同样伤痕累累的弟兄，其余人就都交付给那场自卫反击战了。

从此，他的心灵深处，就潜隐了一种空前绝后的孤独与落寞。

战争很快就结束，法师面临两个选择：一是留在部队交更多的兵给他带，二是去某市任市委副书记。

这时的他已是万念俱灰，便神色萎靡地禀告首长，让我好好想想。

就这样，他身着便装开始四处游走，只是，那次硝烟弥漫的拼杀场景如影相随，挥之不去，他面色安详，心里却是怎样的排山倒海。

这次散心出走，冥冥中注定是要发生些什么的。当他随意地出现在云门寺大殿前，被福源大师慧眼识中，于是，佛门里就多了一位虔诚的弟子，而一个了无牵挂身心清静的汉子，把军人的坚韧与信徒的执着融合成一体，完整地交给一种信仰，这应该是佛门的幸事。佛教不是为他而生，但是，从此他却要为佛教而死了。

当他不小心一脚跨进佛门，我想：这或许也是法师的幸事，如果引用一句"放下屠刀，立地成佛"的俗语，对法师而言实在有点不恰当，但在他的人生中上演过如此震撼灵魂拷问生命的一幕后，总算是找到了一种思想的皈依，一个精神的家园，一件抗拒庸风俗雨的盾牌，一块疗伤镇痛的栖息地。

刚刚看到一则消息，号称"中国第一神童"的宁铂，于1978年考入中国科技大学少年班，时年13岁。如今在五台山当和尚，与明大法师不约而同遁入空门。莫非，红尘过于疲惫，出家才真的是一种解脱？

古人曰：大难不死，必有后福。法师从生死场上捞回的十余条生命，如今都已混得风生水起神采飞扬，随便甩出点银两，就可让法师忙乎好一阵。

现在，当我怀着一种复杂的心情，凌乱地记下这场人生偶遇，我为自己一而再、再而三地纠缠法师不愿示人的往事而愧疚，毕竟，撩开昨日的面纱窥探凝血的伤口是不道德的，但从此，我对生命的起落便有了一份更理智更执着的关注。

记得郭沫若先生说过："我们这缥缈的浮生，好像这黑夜的酣梦，前也是睡眠，后也是睡眠。"

联想起自己这大半生红尘疲惫的岁月，总有些飘无定所的恍惚，突然就觉得，明大法师逃离红尘遁入空门，其实也是一种不错的选择。

较　量

　　我所待的这座小城，地域不大，能人不少，我在以前的文字里曾写过几位，以后还将陆续给诸位讲述。

　　二十年前，当现今的全国首富，即三一集团老总，还在我市的乡下老家邀几个人倒腾劣质电焊条，全市首富用劳保用的手套和塑料制品，四处奔波兑换国库券时，阿平早已是腰缠万贯富甲一方了，全城人都知道，他做的是进口小车走私生意。

　　起先，他从沿海某城市的阿古那里进货，由阿古操办所需程序，然后，开回本地冠冕堂皇地把车卖出，然后，钱就把手指头数得生疼。

　　生意做得太顺畅，难免有粗心大意或得意忘形的时候。好几次因提车过多却带少了车子的落户手续资料，便只得舍痛用钱买通关卡的检查人员。有一次，他又带少了手续资料，仍想花钱消灾，可到达广东的清远检查站时，傻眼了，只见十余名手持微型冲锋枪的武警站在关卡前，正仔细盘查着过往车辆。身后已无退路，只得硬着头皮上了，当时，我的一位好友也在车上，微笑着说："看来，你这车是靠不住了。"

　　"不一定。"阿平也微笑着答道。

车开到关卡前，阿平照例递过驾驶证和行驶证。

检查员看过证件后，要求把车开往旁边的地坪，接受更为严格的检查。

这时，栏杆刚放开，阿平突然猛地加大油门，箭一般向前驶去。值勤人员一时懵了，待回过神来，车已走远，于是，十余支枪对着远去的车一顿乱打，并驱车猛追，只是，他们的车技哪是阿平的对手，追了十几公里后，那辆弹痕累累的小车早已跑得去向不明。提起这事，我的好友至今还得吞下口水再说话呢。

后来，阿平获悉，直接去香港提车利润更大。而自己也对操办程序很熟练后，便偶尔避开阿古自谋出路。

他一般每周去一趟香港。为避嫌疑，便从八个进港的口岸轮流出入境。不料，在罗湖口边检站，他遇上了一个可怕的对手，那是位从边检总站技术处调来罗湖口的副站长老麦。

老麦很正直也很严肃。做事特别爱较真。天生就是干边检的料，有点像《悲惨世界》里的警探沙威，一个正义的坚持者，也是个正义的顽固者。他很少坐办公室，每当一辆汽车经过关卡，他就问车主同样的问题："你是去哪，车上带了什么东西？"

偶尔他会让一位司机下车，然后仔细地检查，通常，他这样做的时候，一定是有人事先透露了消息，或是他有某种预感。事实上呢，只要谁被他亲自盘问，差不多每次的结局都糟糕透顶。

老麦看到这个老开着崭新的黑色豪华皇冠车频繁入境的阿平时，总觉得有点不对头，便留意起这台车来，准备在他返回时认真搜查一次。可是，一连几天都没见到他。半个月后，当老麦差不多忘记了此事时，又意外地看到了那辆皇冠车从香港入境，便立即派人前去拦住，严严实实地搜了个遍，遗憾的是，竟没有发现任何问题。

　　既然入境没发现问题，他就将注意力放在出境上。可是，连续两个月都没见他出过境，却照样开车入境，他很诧异地看着这辆烂熟于心的车型，猛地想起，车从这里入境，并不表示它会从这里出境，深圳有八个边检站，它可以有多个出境的选择呀。

　　老麦是个自我感觉良好的家伙，曾破获过好几起震惊全国的特大走私案。这次，他总认为阿平有问题，心里暗自思量，一定要查个水落石出。于是，他向总站头目谈了自己的疑虑，并要求总站通知各关卡，详细记录这辆车的出境情况。然而，一个月过去了，得到的回复是，所有关卡都没看到过这辆车出境，奇怪的是，这个叫阿平的家伙却四次驾车入境。

　　他固执地相信自己的预感：阿平有重大走私嫌疑。车上一定是载有走私品偷偷出境，然后大摇大摆地返回。他决定亲自出马，不相信会找不出一些蛛丝马迹来。于是，当阿平再次驾车入境时，他带领一帮人将车子从里到外查了个遍，仍未发现半点问题，让他百思不得其解的是，一年多时间了，这辆见过无数次的车竟像刚买时一般簇新。

　　自这次搜查后，阿平和那辆车就如人间蒸发般再没露过面。他推测，这是个走私高手，是头一个在他跟踪追查期间一直在走私，却又屡屡得手的家伙。

　　很多年过去了，老麦的边检生涯中充满鲜花和荣誉，他无与伦比的侦查技巧，在整个边防总站甚至边检系统成了传奇，只有他自己清楚，与阿平的较量，一直是他心底深处一道没迈过的坎。

几天前的一个晚上，刚退位不久的老麦去广州一个很有档次旳茶楼闲坐，猛地看到吧台旁一张熟悉的面孔，竟是许久不见的阿平。看来，是罗湖口岸太大，十几年都没碰上，广州一定很小，不经意间就遇到了。

他走过去拍了拍阿平的肩膀："嗨，还认识我吗？"

阿平迟疑片刻后，终于记起来了："哦，麦站长，幸会，幸会。"

"看来混得不错嘛，又在哪发财？"

"哪里，哪里，近几年少有走动，闲来无事，开了这个破茶楼玩玩，今天喝茶我请客。"

"是用走私的钱开的茶楼？"

"就算是吧。"阿平也不忌讳地应道。

"不玩走私了？"

"不玩了，那不是人干的事，整日里提心吊胆的，特别是那次你亲自带人来搜查，我就知道已被你盯上，就改行干别的事去了。"

"想请教一件事，当初你究竟走私些什么，那些东西藏在哪里，又如何在众目睽睽下从没失手过。"

阿平想了想，然后微笑着说："其实很简单，我只要花点钱在本地交警部门打通关节，携带小车落户手续的全套资料，轮流从八个关卡租车或搭车出境，在香港提车时，现场填写发动机和底盘号码，然后开回去把车卖掉。"

接着又补充了一句："对了，我专买卖黑色豪华皇冠车，这种车型好出手，利润空间也大一点，'走私'这个词很难听，那段时间，我基本上是每个星期弄一台回来，就这么回事。"

一包红枣

傍晚时分，刘长贵总要到校园后山坡的皂角树下坐上一阵，落寞寂静中，常不由自主地想起那天因腹泻所发生的事。他为此琢磨了近五十年：若是当初他忙完农活不赶回学校；若是赶回学校前吃了晚饭；若是没有下周二的县里联考；若是没有辗转两年的那包红枣，他的日子就会平和快活许多。然而，在漫漫人生路上，谁又会时刻谨慎地审视前方，谁又能总是留意脚下的路况，即便你真的如此小心，也说不定哪次不经意地抬腿和落脚已成整个人生了。

那是 1957 年盛夏的一个周末。夜幕已拉下很久，湖南中部一座小城的东郊，有座由刘家祠堂改成的青烟公社中心小学，正殿左侧的小厢房里蚊声如潮，酷热难当，语文老师刘长贵正摇着蒲扇，燃起艾蒿枝，在如豆的煤油灯下备课。

两年前从安化师范毕业分配来此，任教的班级一直不如人愿。那天他忙完农活，想起下周二是县里联考的日子，必须抓紧时间准备资料，明天让学生全面复习一遍，好让所在班级的名次向前有所挪动，便不顾母亲的极力挽留匆忙赶回学校。

忙碌到夜深，一天的劳累使他眼皮有些睁不开，便用冷水淋了一遍，身体是舒爽了，可饥饿感也来了，全身直冒虚汗，脑门火星四迸，才想起还没吃晚饭，便满屋翻找可充饥的东西。好不容易才在书桌抽屉里找出一包红枣来，是用旧报纸包扎的，中间还贴了一小片红纸。

看到这包红枣刘老师就忍不住想笑，那还是前年春节母亲让他捎去看外婆的。这半斤红枣由他亲手包扎，报纸上的文章他曾看过一遍，印象很深。后来不知怎的，这包红枣又转到二舅家，两个月前二十岁生日，又由大姨母作为生日礼品送给自己。那是个物资匮乏的年代，谁都舍不得吃，无奈，现在只好奢侈一番了。他打开纸包，昏暗的灯光下仍可看出枣子表面的灰白东西，像是发了霉，他用水草草一洗就全吃了。

俗话说：动口三分力，吃完后顿觉精神爽朗，思路清晰。一鼓作气备完课，抬头看闹钟已是凌晨四点，便顾不上蚊虫叮咬倒头便睡。年轻嘛，只要睡了个天光觉，一早起来又是容光焕发了。不想，天刚亮就被一阵腹痛扰醒，肚里五味杂陈乱搅，便翻身爬起就往茅房跑。虽说不足十米距离，裤裆还是夹了大片黏糊糊的东西，他解完手忙把裤子洗了，想再睡会。第二轮翻搅又来了，便打起飞脚再进茅房。

一阵折腾后，已是早上七点，觉是睡不成了。当他第九次从茅房返回时，教导主任来通知他八点开教职员工会。于是，他抓紧时间把备课案卷翻阅一遍，认为十分熨帖后便去食堂吃早餐。后又赶到公社卫生院买几片土霉素吞下，回学校后会议已开始了。只听校长说，在本校要报一名右派上县里，由大家提名。二十余名与会人员都清楚，右派不是个什么好名称，谁粘上都很糟。校长说了，右派的条件是平时说了错话或做了错事。

校长讲完后会场一片肃静，大家都缄默不语。谁能保证自己句句正确、事事稳重呢？谁去提名都可能遭到强有力的反击，其错误言行便会被对方成盆成桶倒出。在利害攸关面前最好是保持沉默。

沉默持续十余分钟后，该当刘长贵老师有事，那该死的肚子又咕噜咕噜响起，一阵比一阵猛烈。不久，便感觉到屁股眼有滚烫的液体流出，脸也涨成猪肝色。他暗自想，自己来校不久，平时为人低调谦和，工作也很扎实，加之又是本地人，宗族势力颇大，再怎么也不会轮到自己。情急之下，顾不得多想，他拔腿就往茅房跑。

前后不到三分钟，待他火急火燎解完手回来，在会议室门口迎面碰上散会的人流。大家的表情怪怪的，他扯住走在后面的校长问："散会了？"

"散会了。"

"谁做右派？"

校长面露难色，半天才蠕动嘴唇，"小刘呀，不要灰心，其实右派也并非很丢人。"然后拍拍刘老师的肩膀，快步走开了。

会后不久，刘长贵被开除公职，戴上那顶并不丢人的帽子回到离校四里地的老家。接下来的磨难和不幸便可想而知了。直到二十多年后，才被落实政策返校守门卫。

当年青春年少的小伙子，如今每天缩在门卫室里，不敢多看那手拿备课案卷的老师，更不愿去想每次联考后老师们脸上流露的成就感。那卑微猥琐的神态，让人感到他在人生暮途挣挪的困窘，使人不由得生出一缕莫名的酸辛。只有傍晚时分，在校园后山坡上独坐冥思时，他才缓缓地舒胸挺腰长吁一口气，心想，总算又熬过了一天。

出趟远门

十几年前，我在离城不足三十华里的龙须山扶贫，曾写过一篇记述式的狗屁文章，眨眼十几年过去了，那个穷乡僻壤亘古不变的仍然是：房门从不上锁，衣着打扮另类。不上锁是因家中没有值钱的东西，房门仅用来遮风挡雨和防止牲畜入室。而衣着呢，若非逢年过节或出远门，总是重叠着大大小小颜色各异的补丁。

这一天，陈金宝穿了身没打补丁的半新衣裤，一看就知道，他肯定是要出趟远门。说起来，这小伙子还真是个人物，龙须山自古以来，就他读完了初中，因留级三年才拿到毕业证，应属初中本科生。

前几天，有个远房亲戚捎信要他去广州，说是给找了份既轻松又收入高的好工作。顿时，他差点被这天上的馅饼砸晕，于是，他紧锣密鼓四面出击东挪西借，总算凑足了路费，只等天一亮就启程。

其实，对于这次外出，他还是很纠结的，虽然可以去看大世界去挣大钱，然而，自己从未出过远门，这一脚踏出去，还真不知道深浅，会有着怎样的遭遇。正当他忐忑不安时，伯父陈富贵（这里虽穷，却一点不妨碍拥有个很大款的名字）打着火把赶来家中。

　　说起来，他这伯父更是个人物，二十多年前就去过广州，而龙须山的芸芸众生，去过县城的人都寥寥可数，更何况千里以外的大城市了，对那一次经历，他也就有充足旳理由向乡亲邻里反复讲述。听说侄儿也要去广州，当然要尽点长辈的责任，把自己在那里的所见所闻详尽叮嘱一通。

　　"你上火车后不久，就会有穿制服的人来查车票，你若没买票，就千万别跟他们理论，不然，除了补票还要罚款呢。第二天早上到达广州，出站后会有一个身背小孩的妇女，脸色比哭丧时还要显得痛苦，你就给她一分或两分钱，她会不停地感谢你，若给她一角或两角钱，她甚至会下跪求谢。"

　　"可是，伯父，现在一瓶水都要一元多钱，去哪里找这一分两分的钱币呀。"金宝有点为难地说。

　　"这个嘛，到时你看着办。这个妇女走后，会有两个男人向你推销电子手表和掌中游戏机，你若不要，就千万别开价，不然，他会赖着你买下。"

　　陈富贵一小口苞谷酒下肚后，继续说着："你往南走几里地后，便到了市政府门口，那里聚集着数不清的人，举着很多牌子和横幅喊着口号游街。这时，不管你听不听得懂，都要和大伙一样高声叫嚷，别让城里人笑话，说山里人没见过世面，然后，有人会发给你一些传单和矿泉水。"

　　"这事我听人说过，那还是 1989 年的事，再说了，那不叫游街，是学生游行。"金宝纠正了一句。

　　听侄儿这么一说，富贵老汉有点不高兴了："什么游行，那就是游街。还有，广州与我们这里不同，没有河也修桥，那座旱桥旁边的旅店很便宜，也很安全，你就住那里。对了，回来时如果钱不够，你可以从车站右边的小巷翻墙跳进站内，沿铁路走到站台，在火车的另一侧爬窗户进去，查票时钻进座位下就行了。"

"多谢伯父，我一定按您说的去做。"陈金宝听完伯父的述说后，心里踏实了许多，对这次外出有了些底气。

第二天，他上了火车，果然，不久便有穿铁路制服的人相继走过拥挤的车厢，先是一个穿制服边走边叫喊："本次列车还有卧铺，谁要？"后来又有一个制服女捧着几本笔记本电脑走来："谁想看光碟，最新版的，十元钱一小时。"接着，陆续有制服男女推着餐车、零食车鱼贯而出，一路叫卖，就是没见谁来查票。

车到广州，只见黑压压的人群拥挤在广场上，他刚出站，走过来一位妇女，问他要不要住宿，有靓妹陪睡，可吃快餐也可包夜，他听后惊恐地连连摇头。

这妇女刚走，又有人向自己迎面走来，但不是伯父所说的推销什么东西，而是猛地一把抢过自己肩上装行李的化肥袋子后，迅即跑开，他急忙追赶，突然有人伸腿绊了他个狗吃屎。他沮丧地爬起，心想：这大白天，这人堆里，怎么也有人行抢，而在龙须山，连房门都不用关，也不会丢东西呀。可惜了那袋子，仅用过几次，里面还装有好几件补丁不多的衣裤。幸好，钱都藏在内裤特制口袋里，而唯一没打补丁的衣服又正好穿在身上。

当他来到市政府门口时，那里围有许多人，但没有举牌子和扯横幅，也没游行，这些人正在和几个干部模样的人争执着什么。他为显示自己是见过世面的人，就按伯父说的，走上前去大声吆喝了几句谁也听不懂的话，让他大惑不解的是，不但没人发给他传单和矿泉水，反而被人叫骂着推出好远，一打听，原来，这帮人是在上访。

随后，他好不容易找到那远房亲戚，想早点上班挣钱。不料，一见面就被人把身份证给收了，接下来是连续几天被强迫上课，听那些如何去发横财挣大钱的天方夜谭。

他终于忍不住了，便向亲戚打探工作的事，得到的答复是，这听课就是工作，并很有耐心地解释：其实，发大财很容易的，只要交7200元就可以成为公司的员工，而每发展一个下线，就有很高比例的提成。他听得目瞪口呆，7200元，天哪，整个龙须山60多人把口袋翻遍，也凑不够这么多钱。

他猛然醒悟，自己显然是受骗了，当晚便设法逃了出来，当走到一座立交桥边时，发现果真有住宿的店铺，一问，住一个晚上要120元，他惊呆了，那可是大半年的油盐钱呢。他掉头走出门外，发现桥洞里睡有好些人，这时，他已十分疲惫，便在桥洞找了个空地昏昏睡去。第二天醒来时，不但缝在内裤的钱被偷，连脚上的半新布鞋也不见了。

没有钱怎么回家，这时，他想起了伯父传授的绝招，于是，打着赤脚穿过小巷翻越围墙，沿着铁路一步步走到站台，不幸的是，他仔细观察老半天，傻眼了，所有列车窗户都是封闭的。几经周折后，总算爬上了一节北上的货车。

躺在隆隆作响的货车车厢上，尽管很疲劳，却怎么也睡不着。他十分害怕回去后伯父会狠狠地数落，临走前曾教给自己这么多的经验，一到广州却老是差错不断洋相百出。他心里清楚，伯父在村里从来都是威风很重一言九鼎，他所叮嘱的决不会有错，那么，这些天来的遭遇，是自己浅薄无知处事不当呢，还是世道有了变化。

这时，他突然前所未有地想家了，龙须山上虽然很穷，却有着清新的空气，漫山的花草，大片的竹林，在那里，心可以很平静，生活可以很简单，人与人的交往也可以很真实，而在外的这些日子，每件事都复杂得千头万绪。

他在心里告诫自己：家里再苦，也不愿出远门了。

怀念爷爷

不知不觉间，祖父已离开我们二十余年。历历往事，今天我将其从积满尘埃的回忆里掘出，仍如昨天一般记忆犹新。

祖父派名益楷，一生命运多舛，来世上仅十天，曾祖母病故，四岁时曾祖父又身亡，自此家道破落，幼年便寄居他人篱下。祖父的青少年生活显得异常凄楚悲凉，生活的磨难也造就了祖父坚毅稳重的性格、虚怀若谷的胸襟和与人为善的情操。

他十四岁时就分家另立门户，十七岁那年，继曾祖母要他在奶奶和另外两个姨奶奶中挑一个做婆娘，他不假思索地排除了两个比他幼小的姨奶奶，而选上比他大五岁的奶奶。

年少时，祖父曾经习过武，其功夫名震四邻八乡，特别是刀剑与桌凳功夫十分了得。每年春节耍龙灯，祖父都要露几手，比如双手一撑跃过六张方桌，一条长凳舞得呼呼生风，眼花缭乱。一次挑商担经新化圳上，在荒野小道遇见一伙手持刀棍的强人，祖父从他们几个的出场招式看出，其功夫并不怎样，因此连担子都未放下就向前走。突然，那为头的大汉狠命挥来一棒，祖父旋即用手臂一挡，只听一声闷响，木棒飞出十几米，其余人看呆了，再不敢上前，祖父双手作揖微笑道"对不起，失陪了"。

几十年后，祖父讲起这个故事时还不无得意，津津乐道，把个毛骨悚然的惊险场景说得如此轻描淡写。

说到这里，我还得描述一下祖父的外表，他身高一米七八米，身材瘦长匀称，五官搭配十分得体，20世纪50年代的全家福照片中，祖父长袍马褂，全然一派超尘脱俗的潇洒样子。

祖父十七岁成家，曾经务过农，在蓝田吉庆裕粮店和湘潭裕湘纱厂当过学徒，在新化清潭桥做过生意。然而，命运不济，务农遭天灾，学徒受凌辱，做生意亏血本，真是靠山山倒，傍墙墙塌，打击接踵而来。一番折腾后，祖上传下的家业就只剩下两间茅屋、小片旱土，一家六口靠祖母养猪、纺纱，熬糖维持生计。

古人云：天无绝人之路。祖父天资聪慧，素有大志，饱览经史，思维活跃，少年时曾读过七年私塾，1937年受聘于作新小学教书。教学期间，其天才的组织才能和社会活动能力得到施展，这一切被安化地下党蓝田中心区委书记陈养吾所看中，于1938年4月亲自介绍其入党。从此，祖父的命运与这个组织结下了不解之缘，他的喜怒哀乐，他的荣辱毁誉，甚至他的家庭、后代，都由于入了这个组织而整体地陪伴他沉浮与进退。

他那充满激情与朝气的声音，那透发出智慧与正直的心灵之光的锐目，那从平常生活中体现出来的卓尔不群的气质，使陈养吾感觉到祖父在这个组织里的巨大潜质。于是，他做出了一个让祖父在后半生屡遭困顿的决定，旋即，地下党通过艰难复杂的社会活动，在竞选中把祖父推上安化县玉田乡第三保保长位置上。这一当就是十年，直到新中国成立前夕。

　　祖父是一个与生俱来的职业革命者，是一个一旦有了某种信仰就会为之出生入死，甚至以生命相许的铮铮铁汉。凭着他对组织的忠诚，凭着他卓越的业绩，1940 年 3 月与 1949 年 7 月曾两度出任地下党三甲支部书记和蓝田街道支部书记（见《涟源市组织史》第 30 页）。

　　地下组织艰难困苦的遭遇，我没有亲历亲为不想多写，那么多电影电视文学作品都有过精彩的描写。但有一点是铁定的，那就是提着脑袋吃饭，做好随时随地再也回不了家的准备。在任保长的十年间，在白色恐怖血雨腥风的日子里，祖父的每一天都可能发生惊心动魄的故事，但这些我都知之甚少，只能留在万千想象之中了。

　　祖父被组织安排打入国民党基层政权后，他卓越的组织才能、应变能力和社会活动能量得到了淋漓尽致的发挥。他办过夜校，利用伪保长的合法身份掩护地下党开展活动，曾多次以全家性命为代价担保被捕的地下党员（地下党区工委委员梁介福便是其中一位）。

　　他兼任过作新学校校长，把学校作为宣传革命真理、培育革命志士的摇篮。

　　他当过蓝田锦文染坊的老板，以染坊作为地下党秘密联络点，与国民党巧妙周旋。

　　不难想象，正当年的祖父时而布衫短束，时而长袍马褂，时而西装革履，是何等的风流倜傥飘逸潇洒。可有谁知道，这里正蕴藏、体现着一种视死如归的胆魄和情怀！

　　有一次，为肃清叛变分子，安化地下党派闵文峰来蓝田与祖父单线联系，由祖父作保在中山街开了家"应时面馆"

做掩护，蓝田地下党派梁步斌暗地协助出任面馆二掌柜，经过半年侦查终于揪出叛变分子。这样的事例不胜枚举，而最让我佩服和想起后怕的是，地下党蓝田支部于1940年底因叛徒告密遭破坏，任支部书记的祖父被通牒追查归案，直到1946年国民党安化党部还以顽固赤党分子予以追查，祖父硬是在敌人眼皮底下镇定自若地活动。这便是一种超常的胆识、一种过人的谋略。

记流水账一般讲了祖父生平，现在该走马观花地写一下我和祖父生活八年之久的松柏园了。

松柏园见证着我一生中最珍贵、最值得回味的童年时代，地处蓝田西郊的柳家湾，那里有一栋白墙青瓦院落，是民政局在"大跃进"年代建成的敬老院，当时住有二十来位孤寡老人。我家就住在二楼。院子后面有一棵几抱围粗的大槐树，记得松柏园十多个小伙伴爬上树在浓密的枝叶中一钻，不留神还根本看不出有人藏在其中。院门前有三口大池塘，中间那口便是有名的柳家大塘。院对面是一座坟山，密密麻麻排列着几百座坟堆与墓碑，夏日的夜晚山上到处闪烁着幽蓝的磷火，阴森恐怖，加上院内大厅摆放的十余口黑漆漆的棺材，间或死上一两位老人，使人能嗅出一种阴间的味道。从院门口沿着一条仄仄麻石小道往东去，不足三百米远便是兰溪桥，桥下有一口古井，井深七米，水质清甜可口，透过水面可清澈地看到掉在井底的几枚硬币或几支钢笔。

松柏园住着一群与我年纪相仿的小伙伴，他们爬树戏水打架，一个比一个顽皮捣蛋，闹得地方上鸡犬不宁。祖父一直不许我们表兄妹几个与他们一起玩耍，兄妹七人只得长期待在院子里，拘束寂寞百无聊赖时，总要在祖父不留神的当儿溜出院子，去和那些小伙伴嬉闹。那时，柳家湾与雷家巷子的小伙伴隔三岔五要在柳家大塘附近干上一架，使用石块和瓦片，每次不打得几个血肉模糊绝不散伙。热天里，柳家大塘那才热闹呢，几十个精光一身的细伢子赤条条地扑进水里，把水"扑通扑通"打得山响。这就是我记忆中的松柏园。

1952年，祖父突然被取消党员资格，他曾立志为之奋斗终生的信仰突然被强行剥夺而成了别人的事情。他过惯了那种轰轰烈烈、紧张刺激的生活，突然之间要他停息下来，还真有点手足无措。他不甘寂寞，总想要让自己的才华有个施展的机会。

于是，自告奋勇去街道夜校当教员。一期下来，捧着个先进工作者的奖状他总是兴奋不已。

于是，他主动带领私营工商者组织联社——华和公私合营，让私营工商业者接受社会主义改造。

于是他不顾年届花甲和关节剧痛。积极报名参加白马水库和湘、黔铁路工程建设。

祖父的种种热情和诚意，其实无人喝彩，甚至可以说，祖父的出场根本就没有观众。这时，祖父才忽然发觉自己已经老了，人生舞台的大幕已经徐徐下落。于是，祖父小心翼翼将自己颠簸的小船靠近家庭宁静的港湾。恰在这时，他的长孙——我呱呱坠地。不久，重熙、认言、南山、博言、国庆、丽兰等相继出生。由于我父母及三个姑姑都是国家工作人员，工作繁重，便将我们表兄妹七个一股脑儿推到祖父的身边。于是，荒凉偏僻的松柏园因有祖父的驻足而显得温文儒雅，因为有我们这些细伢子而充满了生机和活力。在儿孙绕膝的乐趣中，无形中将祖父事业上的失落感冲淡了许多。

信不信由你，孩提时的我曾有过一生中最值得怀想的往事。

三岁时，母亲带我去铁路桥上散步，回家后我便会像模像样凭记忆去画火车，画中有车身、铁轨和失圆的车轮，有几根叫作烟雾的曲线冉冉向上。

敬老院大厅的《黄忠老将竞赛台》上的字，我能模仿得八九不离十。一手与年龄不相称的毛笔字总是让祖父心花怒放，每当老家来人便要拿出来炫耀并送上几张。

在我未上学前，祖父把十六开的毛皮纸折叠成 20 个方格，规定每天写 10 张。对写字姿势的要求十分苛刻，如身子要坐正，腰板要挺直，格子中的字与笔要对准鼻梁，手要放在离笔尖一寸半的位置，这个写字姿势我至今未变。

自我懂事时起，祖父在我眼中就是一种威风凛凛的形象，令我望而生畏，一向不苟言笑的祖父只有在我写了几个有点看头的字时，才会把板起的面孔稍稍放松。

那时我不懂事，总爱贪玩。有一次祖父要我写字，我欺他年老体衰，便胡乱找个借口后掉头就跑。几步不到，只觉得一阵风向我扑来，衣领早已被祖父提起。自此，我领教了祖父的功夫，再不敢偷懒，那 200 个令我头痛的大字每天会很自觉地完成。其他几个表弟妹并没这样的要求，使得我对他们的自由自在总是心生妒意。

　　那时城里没电，当然也没有电风扇，深夜醒来，经常感到凉风习习或灯光摇曳，原来，是祖父在给我摇蒲扇或用煤油灯罩口烧死蚊子，想不到平日刻板严肃的祖父也有如此的细心与柔情。冬天里，我会抱着祖父的双脚一觉睡到天亮。我从小便对祖父产生了一种相依为命的情感，一种心有灵犀一脉通的默契。

　　平时，祖父外出总爱带上我，或去看老戏，或去散步、买米。每次出去，总要到蓝溪桥上玩一阵，看西洋镜，观桥上垂钓，然后去桥头的面馆吃上一碗肉丝面或馄饨，有时也吃那很可口的烘糕和百粒丸。如果隔了一些时日没外出，我便要去揭开米桶盖，然后提醒祖父该买米了，不管米桶是空还是没空，祖父总是会意地一笑"这个哈吧崽，又想出去了"。于是，我便赶紧拿起米袋，祖孙俩乐陶陶上路。

　　一到傍晚，我们必须归家，如果大家在白天都没有犯错，祖父就很高兴，就会给我们讲他自己的或别人的故事，讲得最多的是什么员外书生、小姐丫鬟之类，这些一点也提不起我们的兴趣，我们想听的是那些又杀又打惊险刺激的东西。可他并不搭理，也许，曾经的峥嵘岁月已让他激情不再。

　　如果白天有人犯了错，就要被罚站，罚站时间一般根据犯错情节来定，严重者还要打手板，祖父用那特制竹片，打得不轻不重，刚好感觉到痛，感觉到以后还是不犯错免得手板痛的程度。遇到这种情况，我们就巴望院里的老人来家串门，这样，就会在劝说中免除一次责打。最常用的手段是向祖母讲好话、决心痛改前非之类，只要祖母出面责打就会免除，祖父在她面前很听话，我想大概是大他五岁的缘故吧。在我的记忆中，祖母从未打过或处罚过我们，但我们还是很怕她，因为只要她向祖父奏上一本，我们就得留神了。

祖父做事很认真，比如罚站，他规定是半小时或一小时，那是要以闹钟为准的。通常罚站的是我们几个年纪稍大的，有时一两个，有时三四个，当然也有七个同时罚的。在罚站过程中，碰上祖父进里屋或下楼梯，我们就会像猴子一样敏捷地将闹钟拨动一些，于是便提出罚站的时间到了，祖父看一眼闹钟，嘟噜一句"莫名其妙"或"莫名其纱"，便放了我们。随后，我们会选一个恰当时候把闹钟再拨回来。他从不怀疑。

我发蒙读书是在光明完小，那是座破庙改成的学校，昏暗的教室拥挤着我们这些并不想读书的细伢子。由于自小受祖父监管练字，在小学四年级时，全校举行写字比赛，在有高两年级参与的情况下，我轻而易举地获得第一名，让数百芸芸学子眼睁睁看着我接过由肖开怀校长亲笔题词的奖状和奖品。

不到六岁，祖父便带我去蓝溪桥下的井里挑水，去河边洗衣洗菜，平时井里的水距井台足有两米，我曾三次在井沿提水时跌进井里，然后抓住水桶被大人吊上来。说来也险，那时我还不会游泳。每掉下井一次，祖母便要带我去井边喊魂，她在前面喊"讷言，回来噢"，喊一声在我额头上抹一下，我在后面应道"回来哩噢"，这样一路喊到家。

在松柏园这块土地上，在祖父的精心照料下，我磕磕碰碰地成长着。我十岁那年，正值"文化大革命"运动，那时，学校已乱成一锅粥，老师自顾不暇。因祖父当过保长，被认为有历史问题。老师不敢管事，祖父又遭批斗。于是，我选择了逃学，逃学的日子实在好玩，所有的烦恼和不幸都在游玩中忘却。吃完早饭，背上书包，我便带领弟妹们上山摘果、下河玩水，或去街上东游西串，好不惬意。校门口有一个码头，码头对面常停靠着一只水文测量船，它像哲学家一样严肃地躺着，这是我们玩得最多的地方，若是其他细伢子来占地方，我们就一拳打得他们到河里去捡人。玩累了，我们在船上一边往河里掷瓦片赛"漂漂"，一边哼一些不成调的歌，一副神气而又散漫的派头。

祖父顽强地活了下来，那个比他大五岁的伴侣离他远去，那种孤独是伤感的，体弱多病的大姑把他接回城里，住在红旗居民点，我与大姑住同一栋楼，那时我正为生计和前程奔波，只有星期天才有空，每当我的房门打开，祖父便拄着手杖不期而至，他老人家的出现，我总有一种温馨、亲切、幸福满盈的感觉。这时的祖父体质很弱，常常便溺失禁。是呀，连金石的身躯都快要锈蚀了，经不住这漫漫的雨和露、雪和霜。只是，他那与生俱来的气质和仙风道骨的神采，仍然会让所有遇见他的人肃然起敬。

他每天拄着手杖孤独地、漫无目的地蠕蠕行走，依旧是那样沉默寡言的严肃，依旧是那样遇事不惊的沉着，在他面前，一切澎湃的激情已消失，一切对人生的热望已黯淡，一切痛苦都变得麻木，一切情感的波澜再不会泛起涟漪。在缓缓独行中，他神色漠然，步履沉重，他把自己的内心世界深藏起来。我是他的长孙，我很清楚，祖父看似昏聩糊涂，但在他的心灵深处，在那个可能他自己的理智也不能常达到的心灵深处，却是一个异常清醒生动的世界。不然，祖父何以能每天不厌其烦而又十分准确地散步到我房前，不加思辨地用手杖敲我的房门，又何以能在他八十岁生日时还能兴致勃勃吐词清楚流利顺畅摇头晃脑神态自如朗朗上口一字不漏地背诵《回澜阁》全诗。

也许，在每天的散步中，他正可以怀着一颗宁静的心，去欣赏那风光的美丽，领略那古迹的深沉，同时因循踪迹，默默地回顾那与远山一样起伏曲折的人生。

这一辈子，他甜过、苦过、风光过，也曾遭际过四面楚歌志士断腕的悲壮。当曾祖母带着疲惫的微笑将他捧给这个世界时，他已经是一座高山，是一片大海了。性别交给他一副重担，指给他一条路，对他说，走吧，你这男子汉，于是，他便练就出一副铮铮铁骨，把脚下的大地踏得咚咚作响，去完成他的使命，他的光荣。

谨颂祖父在天之灵安歇！

久伏的鸟儿要高飞

　　一年前，我偶尔走进余梅的博客，她的画一下就攫住了我的目光，凝视良久，心中竟涌起一种不可名状的激动，几幅画能摇撼我心灵的时刻实在不多。于是，我静下心来，通读了她所有的文字和画，一个鲜活的形象便跃然眼前，我必须得承认，这世界上有天才，她在荒废学业十四载后，只试笔了两年，就显示出了不凡的实力，刀笔起落间偶尔刮出点什么，常会让人惊讶得睁大双眼。

　　与余梅交往一久，便有了一种认识：其实，一个有潜质的画家，仅有对绘画事业的热爱是不够的，再加上勤奋刻苦的创作激情和炉火纯青的扎实功底，仍是不够的，一定得有生活阅历，更重要的是，一定得有天赋，这样，才能有对绘画的独特感悟。因为一个有实力的绘画者，可以把景物画得很逼真，倘若缺少生活阅历，便会显得单薄肤浅。倘若缺少天赋，便会少了许多神韵。我们知道，能画出花瓣来的是画匠，而能画出花香和灵性来的才叫画家。能画出虎的仍只是画匠，而能画出虎威来的才是画家。

　　这么一说，我突然觉得余梅具备着一个画家的全部要素。

她对绘画的痴迷达到了如癫如狂的程度，自小习画，又极具天赋。仅用了一年多时间，经她纤纤玉手勾勒出来的作品，无论是构图还是意境，无论是色调还是笔触，都给人以视觉上的震撼，连她的导师也颇感惊讶。今年初她送往深圳的画作全部被拍卖成交，今年3月25日，《中国当代艺术周刊》以首页整幅版面登载了她的作品与访谈录。在很短的时间里，她就这么不动声色地信步走进了艺术殿堂，并小有成就，这无疑是个意外。

而说到生活阅历，余梅是有理由用深刻和丰富这样的词句来表述的。对常人而言，苦难也许仅仅是苦难，但对一个艺术家来说，经历过那些刻骨铭心的苦难，往往是一笔弥足珍贵的财富。总在想，那段经历正渐渐沉淀为一级台阶——她站在台阶上，便很容易地重新恢复高度。

她于1970年出生在宜宾的一条小巷里，这个川南重镇是著名的"长江第一城"，金沙江与岷江在这里汇合，江水奔涌，群峰凝翠，宛如一幅天然画卷。上苍并没有让她生在朱门绣户，却赋予了她极聪慧的心灵和追寻美的眼睛。在没有一星半点艺术氛围的陋巷与环境中，她在儿时竟迷上了绘画。当别的孩子成天沉溺于嬉戏玩耍时，她则常常独自蹲在地上或站立墙边，用铅笔和石灰描画所看到想到的一切。

值得庆幸的是，余梅有一位睿智大气的母亲，当觉察到女儿的绘画天赋后，便在经济不很宽裕的情况下，毅然送她去市里最好的美术培训班学习，很快，她就在同龄人中脱颖而出。凭着对艺术的执着追求，凭着天资与勤奋，她于1992年顺利地考入重庆工商大学商业美术设计专业，毕业后很快找到了一份称心的工作。

　　她生就一副十分姣好的容颜，一个思维异常活跃的头脑，举手投足间极尽雍容华贵。然而，清纯秀美才华横溢的她，其实只想与普通人一样，有一份聊以生计的工作，找一个两情相悦的爱人，建一个温馨简朴的小家，做贤妻良母相夫教子，在有闲的日子里，便用画笔去追怀童年的无忧时光，去探寻儿时的绘画梦想，过一种平凡的幸福快乐的生活。

　　于是，在她心中有梦的最佳年华里，被一位男人苦苦追求后成了贤妻，不久又有了让她爱到心疼的女儿。这时，她把朝朝暮暮当作天长地久，把缱绻一时当作被爱了一生，便奢望执子之手，幸福终老。

　　婚后，因丈夫的收入甚微并且很不稳定，她不得不暂时舍弃了从小就立志的绘画事业，主动承担了家庭经济的重任，为了这个家庭的生计甚至是温饱而终日疲惫奔波，经常不得不忍痛离开已经得心应手且深受器重的单位，只为多挣些许薪水而不断跳槽。她辛劳得无怨无悔，挣扎得心安理得。

　　然而，她的丈夫却不愿意再这样过下去了，婚后第七年，当她因眼疾不能上班，遭遇既无钱吃饭更无钱看病的困境时，丈夫却另寻新欢，用一些残忍的方式促成这场婚姻的终结。那时的苦难排山倒海，只觉得前景渺茫，万念俱灰，坚强的她甚至没有了活下去的勇气。

　　谁也不喜欢悲苦，她却经历了那样的时刻，十四岁就来到山城重庆求学，然后结婚生子，以为会在那里安营扎寨度此一生。不料，一场不幸的婚姻击碎了她的好梦，曾以为会天长地久的其实很快就灰飞烟灭，于是，她一步一回头地离开了生活二十二年的伤心之地，恰逢那时双亲同时住院急需人照顾，那年，她回到父母身边。

回宜宾后，母亲因年老多病，便把自己亲手创建的幼儿园交给她管理。

经历过那一场人生的大悲喜后，她实在需要一个安静的地方来梳理自己的心境，而幼儿园正是这样一个与世无争的好去处，她便全身心地投入培养教育下一代的事业中，只想以繁杂的工作来冲淡痛彻心脾的悲苦。

经过近两年平静而简单的生活后，她突然懂得，人不能老是停留在痛苦的回忆和泪水的旋涡中，这么些年来，苦难铺天盖地，羸弱的她几乎再难支撑下去，可是，总有一些东西，会穿越岁月，顽强挣扎，让她始终保持内心的坚守。

绘画，是她儿时的梦想，是她毕生的深爱，原来，这种深爱早已刻画在自己的灵魂中。这时，也只有在这时，她才感觉到，这种刻画在灵魂中的深爱始终萦绕于怀，绘画的冲动从不曾停歇过。当她屡遭困顿而挣扎在世俗的喧嚣中，当所有的信念和追求开始苍白以后，才明白能够还原生命的，依然还是那些色彩斑斓的颜料和已近荒废的画笔。

她再一次找到了自己心的朝向，十分清醒地意识到"我们在大地上只活一次"，以往耽搁的正是艺术创作中最具创造性的时光，从此，她再不敢懈怠，再不敢轻言放弃。于是，她重新拿起了荒废已久的画笔。她只觉得，原本被生活揉得皱巴巴的那颗心，正被绘画这一只无形的手抚得平平顺顺。

客观地说，余梅是个很勤奋而且兴趣爱好广泛的人，她经营着一个小小幼儿园，过着衣食无忧的独身生活，她性格率直开朗，心地善良诚实，她思维异常活跃，兴趣爱好广泛，很有才气，也很有人缘。只要不画画，她便和常人一样尽情地享受生活。她爱唱歌，温润如玉的嗓音和对音乐的理解，能把歌唱出专业歌手的味道。她爱舞蹈，那翩跹柔美的舞姿让人赏心悦目。她爱上网，爱看外国大片，爱欣赏世界油画名作，也爱玩爱热闹，与朋友聚会时她总是理所当然的主角。然而，当终于找到了绘画的感觉时，她便会把自己关在陋室埋头创作，闭门不出，会忘了饥饿忘了疲惫。

当突然有了绘画的冲动时，她便会收拾好简易的行囊，收拾起滚滚红尘中的琐碎心情，兴致勃勃地去野外写生作画。当她面对边陲的旷野、异乡的小路，面对群芳争艳、柳芽鹅黄，抑或是古镇旧宅月色荷塘，她都会心旷神怡，按捺不住内心的冲动，此时，尘世的一切纷扰烦恼都会离她远去，她的世界里只剩下绘画。

我曾有幸亲临现场看过她野外写生，记得那是个酷热难当的日子，当她选好最佳的应景位置后，便在无遮无拦的荒地里铺排好画架与颜料，一站就是好几个小时，在烈日暴晒下挥笔如神也挥汗如雨，那种忘我的境界让人感动更让人心疼。待到收笔时，娇嫩的肌肤早已晒得脱皮，身上被蚊虫叮咬得一派狼藉的红肿。我便觉得，对一件事情如此执着如此专注如此虐待自己，一个女人不该是这样的，除非她是画家。

过去，我从来没有为哪一个人的行为这么动情过，可是此刻，我不能容忍我的麻木，因为她的画，也因为她对绘画的全身心投入，我应该膜拜一次。

余梅很爱美，人也长得花儿般美丽，她外表纤巧灵秀，内心则刚强率直，看她一眼，就像看一片平原，坦坦荡荡，一览无余，所有这些，体现在她的画中，则是用笔潇洒，但繁而不乱，色彩华丽，却艳而不俗，正如她曾归纳过的自己的绘画风格是：奔放不能脱缰，娟秀不能拘泥。俗话说，隔行如隔山，内行看门道，外行看热闹。说实在话，起初看到余梅的刀笔油画，并没引起我的注意，只是觉得色彩和构图很美，有视觉上的冲击。后来，当我翻出她的一系列人物头像速写、钢笔连环画以及临摹世界油画名作，我才知道她的功底和天赋是如此厚实。

此时，我以一个外行人的眼光和思维来评述她的画作，一定是班门弄斧、贻笑大方了。我妄自理解为，曾经的苦难历程并没有给她带来太多阴影，明快和鲜亮是她的主流色调，她的画着色艳丽，充满着温暖深重的力量，她笔下的世界，没有灰色和清冷，天总是湛蓝，花总是红艳，永远呈现蓬勃向上的光明一片，让人觉得生活无论如何都该是美好的，都值得欢欢欣欣过下去。

在《金色的油菜花》中，画面有无数油菜花覆盖着田野，远山与近景反射着从云层里透出的阳光，画面充满了温馨和安详，仿佛能嗅到油菜花的清香。谁看过此画后都会搁下心里的一切烦忧，去尽情享受大自然的美丽，她正是努力用画笔记录着当时的心态，而这个心境早已被遍野的油菜花荡涤得清清明明。让人觉得是那样的鲜活和神秘，再悲苦的人也会感到豁然开朗心旷神怡。

在《绣球花》中，她的表现手法，不同于以往我们在花卉油画中对于色彩渲染绚烂感的追求，而是以一种素雅的色调描绘。她采用简化的手法表现物象，使画面富于平面感和浓厚的装饰意味。画面以绿色和蓝色为主调，红色与黄色互为点缀，勾勒出的花瓣和茎叶生动多姿。底部的浓重色点，具有醒目的效果。那大胆恣肆、坚实有力的笔触，以不同的走势，在平实的底色上找寻不同的结构与色调，把朵朵绣球花表现得生趣盎然。

色彩感觉的敏锐和细腻，是余梅刀笔油画的另一特色，在《起舞的山茶》《映日海棠》《锦葵若锦》《石榴花开时》《杨梅缀枝》《天门》《翠绿衬溪》《紫薇清远》《睡莲》系列等作品中，她以醋畅恣肆的笔触，亮丽明朗的色彩，把山茶花翩翩起舞的形态，把海棠、石榴花等灿烂盛开的景象描述到极致，让人无端生发出蓬勃向上的激情与畅快。

余梅的画，大都以色彩艳丽的花草树木、田园风光居多，在仅有的几幅反映古旧民居与村落小景的作品中，如《古镇风貌系列》《和顺民居》《山村流水》《桃园第一庄》，尤其是最近的《宏村》系列等，她一反常态，以一种厚实深沉的色彩浓抹重铺，笔触粗拙遒劲，透出不尽的沧桑和久远，当人们日益厌倦灰冷稠密的钢筋水泥森林，日益恐慌心烦意懒的交通拥堵时，看到这些幽静清新的画面，总想摒弃喧嚣，收敛浮躁，来到这里寻觅返璞归真的情趣，宁静地怀想那些曾经走过的岁月，体味这里雨润烟浓的晨昏，以便让自己的心绪静下来，神经松下来，脚步轻下来。

其实，在余梅两年来的近百幅作品中，我最看重的是《荷色满夏之三》，我从没见过有谁能把荷花描绘得如此洁净、幽雅、美艳动人，一眼望去，水波潋滟，就像刚被一阵骤雨刷洗过，挨挨挤挤的荷叶青翠欲滴，星星点点的荷花有的袅娜地开放，有的羞涩地打着朵儿，隐约可看到露珠闪烁，可闻到荷香轻飘，可听到荷花绽开的声音。恍如置身在一个夏日的荷池边，有风淡淡吹来，颊上是几许湿润的清凉，让人体会到那种直逼内心的宁静与安详，把这个远离尘俗的清静去处画得如此动人心弦。没想到，面对这幅美轮美奂的作品，却只看得我满腮清泪。

先开的花或许早谢，久伏的鸟儿一定高飞。我有理由相信，搁笔良久后的余梅，凭她的天赋与阅历、热爱与勤奋，总有一天，在岁月的千山万水之外，她的绘画理想终将实现，她的作品终将牵动世人的眼球。

那颗困惑的灵魂

我爷爷生活的那个年代，是个乱撕鹅毛的年代，也是个枭雄四起的年代。

偏巧，我爷爷及他的五弟都生就侠肝义胆，志向高远，于是，他们的生命流程就有了一次次的跌宕起伏，如危崖泻瀑，既失重落魄又飞珠溅玉。

前年，老父亲带我去桂林，寻找那从未谋过面的五爷爷的妻子及女儿。二十六年前，五爷的女儿和外孙曾来过我家，因父亲出远差而错过相聚的机会，便总想去回访一趟，以了平生心愿。在桂林，我们见到了八十七岁高龄的五奶奶及家人，从他们的交谈中，我多少知道了一些关于五爷的故事。

五爷号笃仁，别名国安，生于1906年，兄弟五个数他天资聪慧，先是考入省立岳云中学，两年后，又以省城第一名的成绩考上高中。因省城开销过大，要求转安化师范就读，从此，便走上了一条既轰轰烈烈又险象丛生的人生轨道。现在，我只能以记流水账的方式予以描述，以后在适当的时候，我会用大篇幅写下他的传奇经历。

1926年8月，由中共地下党安化县党部书记卢天放介绍入党。

1927年1月，任蓝田第五区农运特派员。同年2月担任正谊学校校长。同年5月作为安化县代表，出席由郭亮主持的省总工会与总农协大会，在长沙东长街来悦旅社被捕，在押送途中机智逃脱。回家后，冒险到新化锡矿山联系矿警大队，率队伍于5月26日在蓝田胡家坝阻击许克祥反动武装。一场血战后惨遭失败，他被许部通缉，我爷爷护送他连夜逃往武冈。

几天后，他又赶往安化收编被蒋介石打散的唐生智残部，然后带领这支队伍攻打安化县城，烧毁国民党县党部历年档案，打开监狱放走所有囚犯。第二天队伍被打散，在逃亡途中，被土匪捉住押往新宁县，又是一番左冲右突的逃离。

这次脱身后，由于历经太多的坎坷，由于对前程的茫然，他在人生的岔路口，走上了一条截然不同的歧途。

在和地下党失去联系后，为了生计，于1933年在桂林进桂系第7军19师57团任文书。

1936年考入黄埔军校12期，毕业后任中尉排长，兼任桂林女中军训教官。

这时，老大不小的五爷爷凭着一表人才，也凭口袋里有了银子，女中一姓申的女学生便成了我的五奶奶。

婚后不久就开赴前线，先后参与对日寇的广西昆仑关、吴圩、友谊关、龙州及湖北襄阳、樊城、广济、黄陂等战役。因作战机智勇敢，至1940年升任188师563团2营少校营长。

1941年考入陆军大学第20期，毕业后驻守中越边境。

1943年生下女儿彬云。

1944年8月，率全营扼守桂林城区，恶战两天两夜，日寇败退。后因黔桂路告急，奉命转双桥火车站阻击日寇，一番生死搏击后又获全胜，受到37集团军总司令杨森嘉奖，全营犒赏国币60万元。

1946年调任46军19师中校参谋处长，同年8月受命遣送日本战俘到关岛、长崎及东京。

1948年任46军236师706团团长，第二年在广西钦县投诚，转入解放军26团。

1950年因病不能随部队去云南，转入桂林市工商局工作。

戎马生涯十几年，他把每次与妻儿的离别都看成是生命轨道上的一次罹难。他虽然站起亮堂堂，坐下响当当，但作为一个职业军人，他终不过是一株泛漂的浮萍，行无踪迹，居无定所，又那能给心爱的人以安逸与幸福呢。他对妻儿深怀愧疚，而怀想自己几十年的风雨坎坷，有谁知他用命运这方皱巴巴的手帕擦去过多少血迹与泪滴。

经历过这一连串激情澎湃的人生驿站，他突然就想起，要有一个宁静的去处，来梳理自己狂放不羁的心境。而故乡，也只有故乡，才是他心灵深处最温馨的一隅。

于是，他向五奶奶提出回湖南老家去颐养天年，去过男耕女织的平静生活。自小便在城里长大的五奶奶被他这一想法搅得云里雾里，她过惯了城里的生活，也舍弃不了教书的职业，去那贫瘠乡村，她会面临太多的艰辛与不习惯。而桂林是她出生与成长的地方，既有山清水秀旳生活环境，又有可常走动的亲朋好友，于是，她一口就回绝了五爷这一荒唐的提议。

达不成一致便只能分道扬镳，五爷爷决然毅然地选择了回老家，抛舍了曾经恩爱的妻子和年幼的女儿。这一走竟成永别，五奶奶至今也没能原谅他的绝情。

五爷爷回到老家后，对农桑事的生疏，日子自然是异常的艰辛，然而，在那个动乱的年代，他复杂缤纷的人生际遇，面临的就不可能是单纯地过日子了，那一个接一个的政治运动，更让他备受煎熬。

他也曾动过返回桂林的念头，他有充足的理由回那里生活：为守护这座城市而出生入死过，有身上的累累伤痕做证。他也曾强烈地思念相依为命的妻儿，那种温馨常让他一想起就幸福满盈。这些，他在弥留之际曾很动情地跟我说过，说起这些时已是老泪纵横，泣不成声。

五奶奶在等他回头而失望后，不得已另成新家，这时他终于明白，自己的人生舞台，所有的热闹和憧憬都已谢幕，这一次是真正地挣扎得溃不成军、穷途末路了，便心如死灰，伤悲地强咽下自己酿成的苦果。

从此我的五爷就茕茕孑立，形影相吊，独自抗争着如草芥一般的命运。

顺便提及五爷的二哥，也就是我爷爷，于1938年就成了中共地下党三甲支部书记，他们兄弟俩其任职与业绩在2009年4月编写的《中国共产党涟源历史》（1921—1949）一书中有所记载（见此书第43页、第78页、第79页、第104页、第111页、第146页、第193页等）。后来干脆把我那正在念中学的父亲也拉进了中共地下党。

1988年，五爷爷在遗憾和无望中走完了他的一生。

当他那颗困惑的灵魂孤独地飞升天国后，我只想对五奶奶说：他是个真正的男人，来到这个世上，就是为了展示自己，要么出人头地，要么悄然隐退。请能在宥他对家庭的无所担当和决然的绝情，其实，他是真心爱你的。

杨博士小传

去年陪弟弟去省城一家很有名的医院看病，认识了一位很有名的医学博士，我总觉得他是个怪才。

他姓杨，是我的老乡，卫校毕业后分在我市一乡镇卫生院。平时不显山不露水，个头矮小，其形象实在不敢恭维，加之无任何背景，卫生院便没安排他坐堂就诊，把他放在无人愿去的化验室，化个血和尿之类的事务。

乡村医院本来就业务清淡，化验室更是门庭冷落。太清闲，总得找点事打发时间，大伙见他好脾气，人又厚道，就常喊他打点小牌。杨的牌技很差，手气又顺风臭得三十里，那点工资发下不到十天，就丢在了牌桌上，下半个月通常是东挪西借过日子。这样，落雨背稻草越背越重，后来就无人敢借钱给他。没有钱，对象也无人跟他谈，乡下媒婆见了他都远远避开。

人在这种困境下，要么堕落要么奋起，杨既没勇气堕落，也没豪情奋起。无钱打牌，就把上卫校时的破书搬了出来，看着看着就上了瘾。几年后，他认为自己竟懂得了很多东西，便壮起胆子报考省城著名的医学院，轻易就考上了研究生，毕业后又留校任教。

人的运气来了门扇都挡不住，杨先是被老教授看中，霸蛮要他做了上门女婿。后是成了博士生导师，是国内小有名气的肝病专家，研究成果举世瞩目。

我弟弟患的是肝癌，我便找上了杨，也开始熟悉了他。

第一次去他的实验室，一脚踩进去，灰尘"砰"地腾起，皮鞋便失去光泽，四周一望，只见桌凳、柜子及地上到处是书本和稿纸，墙上镜框旁挂着一排蜘蛛网，那镜面满是灰尘，可用手指头写下什么备忘录之类。如果把笔插进墨水瓶，里面的苍蝇就会"嗡"地飞起。此时，杨博导正伏在桌上鼾声如雷。

我小心搬开凳上的书稿坐下，等了片刻，杨终于醒来。他见我坐在凳上，脸色很不好看："唉，怎么去搬动那些资料呢？"然后，用手抹去桌子书稿上的大滩口水。

后来相处久了，才知道：他每天的工作时间一般是在晚上十二点以后，白天只处理些杂事。他嗜酒如命，中、晚餐一般都有饭局应酬，总要喝个酩酊大醉，几颗门牙早已在与地板的冲撞中掉落。他记忆力特好，书稿堆得满屋凌乱，却能很熟悉地随意找来。如果哪个手下门生帮他整理好，便会乱了套，他再翻不到所需资料。

杨博导对家乡人感情特深，不论地位高低贫穷富贵，只要找他都热情相帮。十几年来，他带了大帮狗屁研究生、博士生，都已成了医院业务骨干，加之他人缘极好，所以，在医院没有他办不好的事。

虽然杨在学术界很风光，却依然赤脚医生的着装打扮，裤腿常常一高一低卷起，里面的衣服总比外衣长，生活中丢三落四惯了。因医院大楼常更换保安，杨又不爱带证件，就常被保安挡在门外。

有一次春节回老家，赌瘾来了，被乡政府治保人员当场抓获。杨开口闭口市长书记乡长书记，都是好朋友，把治保人员不放眼里，把这帮治保人员惹急了，硬逼着他头顶方桌手提麻将，去乡政府接受处罚。多年没吃过这苦，待走到乡政府大楼下，早已累得腰酸背疼、头晕眼花。

此时，乡党委书记严梦龙正悠闲地站在二楼走廊上，一眼望见放下方桌与麻将的杨博导，心想：糟糕，大水冲了龙王庙，便三步奔作两步跑下楼来，边走边大声训斥治保人员："你们这帮混蛋，连杨博导也去抓。"

好一番赔礼道歉后，搭上两瓶好酒两条好烟，才把他打发走。

唉，这个杨博导。

后　记

原以为生命年轻的时候，就像散步时一段很长的路可以慢慢悠悠去走，赋闲时一曲可心的音乐可以反反复复去听，一不留心，却在碌碌无为中走过了大半生。

在小城蓝田街上，我的爷爷七十八年前就在这里教书并兼任地下党的支部书记，父亲六十八年前在这里加入地下党，并成为这座小城的第一任财政科科长。

我也应该算是小城的老土著，这里是我的摇篮，也将是我的坟墓，我把一辈子，这仅有的一辈子全部地交给了它。在那时光的兵荒马乱中，我从不曾离开过这里，我在这里读书生活，成家立业，日渐老去。因此，每当要动笔写点什么时，我的文字都是以这方水土作为支撑。

我总以为，这座小城的兴衰变迁，应当以 20 世纪 60 年代中期为界来划分。

之前可称为古城：密密匝匝的青砖黛瓦粉头墙，所到之处全是青幽发亮的石板路，沿河拥挤着错落有致的吊脚楼、低矮的店铺以及雨润烟浓的小巷。

之后呢，实在不知道该叫什么为好，就称为新城吧，因了五十年前那场运动，一阵大破大立，把一切古旧传统的东西毁坏殆尽。现今的蓝田街上，到处充斥着一堆堆钢筋混凝土的建筑垃圾，再难寻觅旧时模样。

一年，又一年，在时光的流转中，我们都不可避免地苍老着，多少个艰辛而忙乱的日子后，终于可以卸下人生中难以息肩的重负，日子变得清闲恬淡起来，每每于夕阳晚照时分，独自漫步老街，故家旧宅那些风晨雨夕的往事总会浮现眼帘，一股氤氲厚重的陈旧气息扑面而来，脚步会突然间变得滞缓凝重。心，便有了一丝丝惆怅，便有了用笔记录下当年小城旧事的念头。

在这个快餐文化的时代，人们忙于生计忙于名利，对于蓝田那些远去的过往，要去记录它，比我年长者，或无此兴趣或力不从心。比我年幼者，因没有亲身经历，只能从长辈零星断续的闲聊中知晓一鳞半爪，难以真实地描述。而愚笨如我者，在蓝田街上土生土长，尚有大把残余的生命，又有可支的精力和乐此不疲的雅兴，更重要的是，我很庆幸我所出生的年月，正好目睹了这里的一段很关键的时期。

我是一个粗人，笔力不逮，学养不足，思维不深，与那些对人文史学进行条分缕析妙笔生花的文化人不同，我只不过是小城变迁的现场见证者，我所能做的，仅仅是为蓝田这把古旧的器具掸尘去土，显现出一些隐隐约约的陈旧迹象来。

十年前，我的习作《蓝溪桥记忆》，经文学巨匠谭谈的大笔斧正后，推荐给文学刊物发表，从而让我对写作有了极大信心和兴趣，于是，我的文字开始陆续见诸各类报纸杂志，让更多的人知晓日渐远去的小城旧日时光。今天，当我把这些文字结集成册时，特别想感激恩师谭谈，亲自为本书撰写序言和封面题词，使原本轻薄的小册子顿时有了分量。